Der Crako

Band 1

Die *Crako*-Serie:

Band 1: *Der Crako und der Gierfraß*
Band 2: *Der Crako und das Giftmädchen*

Der Autor

Michael Kirchschlager, Jahrgang 1966, Studium der Germanistik und Geschichte, lebt als freischaffender Historiker, Verleger und Schriftsteller in Thüringen.

Er ist Miterbauer der Runneburger Steinschleuder. 1998 entdeckte er das Weißenseer Reinheitsgebot zum Brauen von Bier aus dem Jahr 1434.

Zudem ist er Herausgeber zahlreicher Editionen zur deutschen Kriminalgeschichte und zum Aberglauben (u. a. *Das mitteldeutsche Obscurum* in drei Bänden, *Ich will ein guter Koch sein – Küchengeheimnisse des Mittelalters und der Renaissance*).

Im Festa Verlag erschien von ihm u. a. *Mörder, Räuber, Menschenfresser – Einhundert Biografien deutscher Verbrecher vom 15. bis 18. Jahrhundert.*

Michael Kirchschlager

Der Crako

und der Gierfraß

Historischer Thriller

FESTA

1. Auflage März 2006

Lektorat: Malte S. Sembten und Oliver Hellfeier
Druck und Bindung: PBtisk s.r.o., Pribram

ISBN 3-86552-031-6

PROLOG

Ende September 1730. In einer zur sächsischen Grenze hin gelegenen Stadt im Süden des Königreichs Preußen, deren Namen aus vielerlei Gründen verschwiegen werden soll, pulsierte das Leben an diesem sonnigen Morgen, dem letzten schönen Tag des Jahres. Bereits seit einer halben Woche strömten fremde Menschen aus den Nachbarstädten und -dörfern ununterbrochen zu den Stadttoren herein. Die Torwärter hatten alle Hände voll zu tun, die Gasthöfe freuten sich über belegte Zimmer, die Garküchen verkauften Gebratenes und Gesottenes wie seit Langem nicht und den Schankwirten und Brauern spülte der Durst der Einwohner und Besucher so manchen zusätzlichen Taler in die Tasche.

Eine Bande von Dieben, Räubern und Mördern wartete auf ihre Hinrichtung, so verkündeten es die öffentlichen Aushänge, und so erscholl es in den Gassen. Die Exekution würde auf dem Marktplatz beginnen; immerhin mussten sieben Armesünder zu Tode gebracht werden, zwei Weiber und fünf Mannspersonen. Einige Bürger hatten eigens zu diesem Anlass ihre Hausdächer abnehmen und die Dachziegel in ihren Höfen verstauen lassen. Die dadurch gewonnenen Sitzplätze auf den Dachsparren wurden zahlungskräftigen Schaulustigen angeboten, die das blutige Spektakel aus nächster Nähe und ohne Gedränge sehen und genießen wollten. Dass dadurch die Bauordnung der Stadt außer Kraft gesetzt wurde, interessierte niemanden, gehörten doch zu den Anbietern dieser luftigen Logenplätze neben angesehenen Bürgern auch Vertreter des örtlichen Rates, ja, der Bürgermeister selbst.

Die Exekution begann um zehn Uhr morgens. Zuerst sollten die beiden Weibspersonen decolliert* werden. Zwei schöne Frauen mit vollen Busen, eine goldgelockte und eine fuchsige.

*Anmerkungen und Worterläuterungen findet die geschätzte Leserschaft im Anhang.

Ihnen warf man Kindsmord, Raub, Buhlerei und Hurerei – und damit Ehebruch –, außerdem Brandstiftung, Hehlerei und zahlreiche weitere Schandtaten vor. Sie waren die Konkubinen des Anführers der Mörderbande und sollten ihre gerechte Strafe als Erste erleiden. Diesen beiden losen Gänsen würde es an den Hals gehen, und um Schwierigkeiten vorzubeugen, hatte man sie fest an Stühle gekettet.

Nachdem der Richter den Stab über die beiden Schandvetteln gebrochen hatte, wurde der Scharfrichter freigesprochen. Sollte er ›putzen‹, also fehlhauen, durfte ihm der Pöbel, der dann meistens ziemlich aufgebracht war, kein Leid zufügen. Zwei Pfarrer sprachen ihre Gebete.

Meister Hans war ein kräftiger Mann von etwa 45 Jahren, und wer seine Arme sah, konnte gewiss sein, dass der Schlag, den er führte, sein Ziel nicht verfehlte und den Kopf in einem Streich vom Rumpf trennte.

Zuerst war die Goldgelockte dran. Sie hatte ein schönes Gesicht, war zierlich gebaut, von weißer Hautfarbe, mit schlanken Händen, und nur der Blick ihrer hungrigen, gierigen Augen, mit dem sie die Männer verschlang, ließ erahnen, wie stark die Macht des Hurenteufels in ihr wirkte. Viele von dieser Sorte Frauen befiel die Lustseuche, ihre Lenden und Leiber wurden Opfer der unerbittlichen Fäulnis, die nicht nur ihre Liebesgrotten stinken und veraasen ließ, sondern ihnen auch das Gesicht wegfraß, die Haare und Zähne zum Ausfallen brachte und sie ihres Verstandes beraubte. Die meisten endeten unter Brücken, in Kloaken oder blieben in den Gossen. Oft setzten sie ihrem erbärmlichen Leben durch einen Sprung ins Wasser oder mit einem Strick um den Hals selbst ein Ende. Einige töteten sogar ihre hilflosen Kinder, bevor sie aus ihrem jämmerlichen Dasein traten.

Bei dieser wollüstigen Hure jedoch hatte der Franzosensamen noch keine Leibesfrucht gezeugt. Fast schien es so, als triebe sie das schändliche Verlangen, noch den Scharfrichter und seine Knechte zu umbuhlen, ja, ihren schamlosen Körper womöglich den Tausenden von Zuschauern in unerhörter Weise feilzubieten. Doch die eisernen Ketten dämpften ihre Brunst.

Mit herabgezogenen Mundwinkeln blickte sie jetzt verächtlich und böse in die aufgeheizte Menge. Sie spuckte auch in die vorderen Reihen, erntete aber nur Hohngelächter.

»Mal seh'n, ob du nach dem Streich noch immer genug Luft zum Spucken hast«, rief einer und empfing als Anerkennung seines Humors einen derben Schulterhieb von seinem Nebenmann.

Meister Hans beeilte sich, der Todeskandidatin ein schwarzes Tuch vor die Augen zu binden. Fürchtete er ihren bösen Blick? Die Fuchsige hatte man indessen so gesetzt, dass sie die Enthauptung ihrer Kumpanin mit ansehen musste.

Das Schwert des Henkers blitzte in der Sonne, und als er zum Schlag ausholte, herrschte augenblicklich solche Stille, dass das vereinzelte Husten eines Gaffers laut wie ein Pulverknall über den Platz hallte. Man konnte kaum glauben, dass etwa 10.000 Menschen den Marktplatz und die Dächer der angrenzenden Bürgerhäuser des kleinen Städtchens füllten. Nur ein paar Betrunkene, die wahrscheinlich nicht genug sahen und sich in den hintersten Reihen an die Häuserwände lehnten, schrien zotig und schimpften.

Der Goldgelockten, oder besser gesagt, ehemals Goldgelockten, rutschte das schwarze Tuch bis auf die Nasenspitze. Sie saß äußerlich ungerührt, mit abgeschnittenen, struppigen Haaren und starren Blick in ihren Ketten. Sie zuckte auch nicht, als der Henker vernehmlich Luft holte, ehe die niederfahrende Klinge des Richtschwerts einen Silberbogen in die Luft schnitt. Die Schneide zertrennte Haut, Fleisch, Sehnen, Blutgefäße und Knochen. Es war ein gelungener, sauber geführter Streich, ihr Kopf sprang förmlich vom Rumpf. Doch bevor das Haupt auf die Bohlen des Schafotts polterte, langte einer der Scharfrichterknechte geübt zu, packte es am kurz geschnittenen Schopf und hob es hoch empor, sodass jeder die Trophäe sah. Jubel brandete auf, tausendfaches Händeklatschen erscholl wie ein rauschender Platzregen. Die gebrochenen Augen der Delinquentin besaßen selbst im Tode einen zornigen Glanz, doch trübten sich die Augäpfel bereits. Vom Blick dieser Schandmetze würde nichts Böses mehr ausgehen. Und doch schien es auf unheimliche Weise, als könnten diese blauen Augen plötzlich wieder höhnisch aufblitzen, als könne die Besessenheit jederzeit in sie zurückkehren.

Die Rothaarige hatte das Ende ihrer Komplizin mit Schrecken verfolgt. Und so gnädig das geschickte Handwerk des Henkers mit der Blonden umgegangen war, so schnell der Tod sie ereilt hatte – der Anblick des versprengten Blutes auf den Bohlen des Schafotts, auf den Stiefeln des Henkers und den Kleidern der Hingerichteten, der rote Strom, der den Halsstümpfen des Rumpfes und des abgetrennten Hauptes entquoll, stürzte sie in eine rasende Panik. Sie warf sich auf ihrem Stuhl hin und her, schrie und trat aus, doch die Stricke und Ketten hielten. Hilflos überschüttete sie die Richter, den Rat und das anwesende Volk mit unflätigen Beschimpfungen. Ihre Fingernägel gruben Scharten in das Holz des Stuhles, durch ihr Aufbäumen schnitten die Fesseln aus Hanf und Eisen umso tiefer in ihr Fleisch.

»Die möcht ich mal im Galopp geritten haben«, sagte der Witzbold aus der ersten Reihe. »Diese bockige Fuchsstute!« Der Rotschopf war die zweite Gespielin des Bandenführers. Sie hatte unter der Tortur gestanden, ihren Ehemann mit Ratzenkorn vergiftet und ihm dann, weil er daran noch nicht hatte sterben wollen, flüssiges Blei in den Schlund gegossen zu haben. Dazu kam mehrfacher Kindsmord auf die nämliche grässliche Weise. Auch sollte sie eine Leibesfrucht abgetrieben haben, indem sie sich einen Stein, wie man ihn zum Beschweren auf den Deckel eines Sauerkrautfasses legte, immer wieder auf den prallen Bauch geschlagen hatte.

Bei allen Mordtaten hatte sie mitgemacht und Schmiere gestanden. Wann immer es ihr gefiel, hatte sie sich an den Quälereien der armen Opfer beteiligt. Ihr war keine Gnade bestimmt, Meister Hans schien sein Handwerk vergessen zu haben. Sein erster Schwerthieb fuhr der Fuchsigen links vom Halsansatz in die Schulter, sodass ihr Arm nur noch an einer letzten Sehne hing. Blut spritzte über das Schaffot und benetzte die Zuschauer der vordersten Reihe.

Sie zuckten kaum. »Na, endlich hat man was davon«, äußerte der unentwegte Spaßvogel, doch wurden seine Worte übertönt vom Schmerzgeheul der Verstümmelten.

Der Scharfrichter holte zum zweiten Schlag aus. Er war nicht besser gezielt als der erste. Die Schneide des Schwertes traf das Weib so unglücklich am Kopf, dass dieser nicht vom Rumpf getrennt, sondern gespalten wurde. In den austretenden Blutschwall mischten sich Gehirnstücke. Der Pöbel johlte. Einige riefen dem Scharfrichter auch Drohungen zu: »Metzgergeselle! Steinigen sollte man dich!« – »Du Stümper!«

Der Geschmähte holte zum dritten Schlag aus, jetzt sah man seine Arme deutlich zittern. So traf er abermals nicht wie es sich gehörte. Die Klinge biss in das Gesicht der armen Sünderin und zerschnitt das einst so verführerische Antlitz der schönen, aber bösen Frau zu einer blutigen Maske rohen Fleisches. Dabei hatte die Wucht des fehlgegangenen Schlages den Stuhl samt Delinquentin umgeworfen. Schnell sprang der Scharfrichter herbei und hackte ihr mit zwei, drei hektischen Schwertsteichen auf den blutroten Bohlen endgültig den Kopf ab – oder das, was einmal ein menschliches Haupt gewesen war. Auch dieser bis zur Unkenntlichkeit entstellte Schädel wurde der Menge präsentiert. Die Faust des Henkersknechts, der die Trophäe in die Luft reckte, war über und über mit Blut und Haaren besudelt, und er hatte es eilig, den Kopf samt der austretenden Hirnmasse in einen Leinenbeutel zu stopfen. Er warf ihn zu dem anderen in eine hölzerne Kiste. Später würde man sie zusammen mit den Rümpfen auf dem Schindanger vergraben. So gut es ging, wischte er sich die Hände an seiner Schürze ab.

Jetzt führte man vier Männer auf die Bühne des Todes. Ihnen wurden Buhlerei, Diebstahl, Raub und Mord zur Last gelegt. Es waren allesamt junge Burschen, fehlgeleitet von ihrem teuflischen Anführer und dessen Gespielinnen. Doch was half es? Vor dem Recht sind alle gleich.

Der Älteste zählte kaum zwanzig Jahre. Während die drei Jüngeren um ihr Leben flehten und winselten wie die jungen Hunde, blieb er standhaft und bat seine Mutter, die weinend und schreiend inmitten der Meute Schaulustiger stand, um Vergebung seiner Übeltaten. Auch für diese Delinquenten hatte das Gericht sehr wohlwollend als Strafe den gnädigen Tod durch das Schwert bestimmt. Nun war Meister Hans wieder er selbst. Die vier jungen Burschen verloren ihre Köpfe ebenso schnell wie die Blonde. Anschließend wurden ihre Überreste, wie es der Urteilsspruch verlangte, symbolisch gerädert.

Jetzt erst brachte man den Anführer der Mörderbande aufs

Schafott. Friedrich Priesel war sein Name, aus Ostpreußen gebürtig und 38 Jahre alt. Zwar sah er hübsch, beinahe vornehm aus, doch in seinem Wesen verbarg sich die ganze menschenmögliche Bosheit. Da man glaubte, er stehe mit dem Teufel im Bunde, hatte man ihn in der Folterkammer mit den Händen an der Decke aufgehängt, bevor man ihn verhörte, denn wenn seine Füße den Boden nicht berührten, so glaubten zumindest seine Richter, konnte er vom Bösen keine Kraft beziehen. Seine Haft verbrachte er in einem eigens für ihn geschmiedeten an einem starken Deckenhaken hängenden Eisenkäfig. Doch trotz der peinlichsten Befragung, der härtesten Folter, gestand er keine seiner Taten, sondern beschimpfte den Rat, die Richter und den Henker, der ihn marterte.

Dieser Mörder und Missetäter erholte sich sehr schnell von den Verletzungen der Folter und glaubte sich bei seiner Hinrichtung wieder im vollen Besitz seiner Kräfte.

»Wohlan, du Schelm«, begrüßte ihn der Scharfrichter, der sich das Blut des letzten Geräderten mit einem Tuch von den Händen wischte, »wollen sehen, ob du noch immer so lästerlich redest, wenn wir mit dir fertig sind.«

Diese Drohung schien den Todgeweihten wenig zu beeindrucken. »Nur zu, waltet Eures Amtes, Meister Hans. Ich habe meinen Spaß gehabt auf dieser Welt.«

»Wir werden mit dir und dem Rad auch Spaß haben! Mach es uns leicht und lass dich ohne Widerstand fesseln.«

Der Delinquent lachte, dann legte er sich ohne Murren auf die besudelte Vorrichtung, auf der bereits die enthaupteten Leichen seiner vier Spießgesellen mit dem Rad gebrochen worden waren. Seit einigen Jahren hatte der Rat hierzu eine Art Kreuz in Gebrauch, woran die Hinrichtungsopfer an Hals, Händen, Leibesmitte und Beinen fest gebunden wurden. Diese strenge Fesselung war nötig, damit die Inquisiten sich nicht unter den grässlichen Qualen der Räderung gewaltsam befreiten und den Fortgang der Prozedur störten oder gar, schlimmer noch, einen öffentlichen Aufruhr entfachten. Die Beine seiner Hose und Ärmel seines Hemdes waren hochgerollt worden, sodass die Gliedmaßen, die das Rad treffen sollte, freilagen.

»Sieh her, du Halunke«, sagte der Scharfrichter zu Priesel,

indem er das mächtige Wagenrad über diesem emporwuchtete, »wie dir dieses Rad gefällt!«

»Macht es kurz, Meister Hans, bringen wir den Pöbel um sein Vergnügen.«

»Bestimmt nicht«, entgegnete der Schinder. Dann wandte er sich an seine Knechte: »Möchte einer von euch den Anfang machen? Heute ist die Stunde der Lehrlinge.«

»Ich, Meister, würde beginnen wollen«, sagte der jüngere, kleinere der beiden. Meister Hans nickte und übergab ihm das Rad. Es überraschte, wie fest und kräftig der Junge es hielt. »Zerstoß ihm zuerst das linke Schienbein. Ein einziger Schlag sollte dazu genügen.«

Der Knecht, begierig, vor seinem Herrn und dem vielen Volk ein kleines Meisterstück abzulegen, durchbrach das Schienbein des Verurteilten auf Anhieb. Priesel jaulte und schrie vor Schmerz.

»Gut. Nun das andere!«, befahl Meister Hans.

Nachdem auch Priesels zweites Schienbein gebrochen war, trat der Scharfrichter an den Stöhnenden heran. »Na, du Haderlump«, fragte er, »bist du zufrieden mit unseren Diensten?«

Der Mörder versuchte ein verächtliches Grinsen, das allerdings unter den Schmerzen misslang, und presste zwischen zusammengebissenen Zähnen einige gequälte Silben hervor, die aber selbst der Henker nicht verstehen konnte.

»Jetzt zerhaut ihm den linken Oberschenkel. Gebraucht eure ganze Kraft. Und bricht der Knochen nicht beim ersten Hieb, dann beim zweiten oder dritten. Aber die Hiebe müssen schnell aufeinander folgen.«

Der zweite Henkerslehrling war stärker als sein Vorgänger, als er das Rad hob, aber er traf den starken Knochen des Delinquenten nicht kunstgerecht. Stattdessen rutschte das Rad am Oberschenkel entlang und zerquetschte das Knie.

»Gib her das Rad!«, griff der Scharfrichter ein. »Ich zeig euch einen guten Stoß.« Er umgriff das furchtbare Instrument mit beiden Fäusten und stellte sich mit leicht gespreizten Beinen über die Füße des Verureilten. Dann ging er ein wenig in die Knie und sah dem Mörder in die gequälten Augen. Er grinste. »Wirst den Schmerz erst nachher spüren.« Er stellte den rechten Fuß auf das linke gebrochene Schienbein und ließ das Rad niederfahren. Mit einem vernehmlichen Knacken ging der Knochen entzwei.

»Ein löblicher Stoß, Meister!«, sagten die Lehrlinge bewundernd. Meister Hans gab das Rad an den ersten Lehrjungen zurück. »Dein Versuch. Jetzt der andere Oberbeinknochen.«

Doch das laute Wimmern des Gepeinigten lenkte den Scharfrichtersknecht ab. Das Zerschmettern des Knochens gelang erst beim dritten Hieb.

»Halb so schlimm«, tröstete der Meister, »dieser Kerl wird in der Hölle noch ganz andere Dinge zu ertragen haben. Immer ruhig Blut, und jetzt die Elle. Das geht auch für Grünschnäbel leicht.« Er hatte Recht, die Unterarme des Delinquenten waren im Nu zerbrochen.

»Bei den Oberarmen müsst ihr euch mehr ins Zeug legen, die sind bei dem hier ziemlich stark«, mahnte der Scharfrichter seine Schüler.

»Darf ich weitermachen, Meister Hans?«, bat der Jüngere.

Der Meister nickte, und der Scharfrichtersknecht erhob erneut das Rad. Schweißtropfen standen bereits auf seiner Stirn. Er stieß ein lautes Keuchen aus und schmetterte das Rad mit ungeheurer Kraft auf das Opfer nieder. Dann fuhr das Rad wie ein stumpfes Beil durch den nach oben gerenkten gefesselten Arm. Selbst auf den Dachsparren-Logen am anderen Ende des Marktes vernahm man das Knacken des Knochens. Der Gefolterte hatte gnädigerweise das Bewusstsein verloren.

Das gefiel dem Henker nicht. »Gönnt ihm eine Erfrischung!«, befahl er. »Die hat er sich verdient.«

Einer der Knechte ergriff einen bereitstehenden Eimer mit kaltem Wasser und ergoss ihn über das Gesicht des Liegenden. Dieser schlug die Augen auf; qualvoll sah er zu seinen Henkern empor.

»Na, du Schelm, verschläfst dein eigenes Theaterstück!«, spottete Meister Hans. Die Knechte lachten.

»Los, Jungs, jetzt noch den anderen Arm, und dann flechten wir ihn auf.« Der Schlag war schnell ausgeführt und auch erfolgreich. Der Missetäter war wieder bei vollem Bewusstsein, aber zwischen seinen Zähnen drang kein lästerliches Wort mehr hervor. Die Henkersknechte banden ihn von der Holzvorrichtung ab, drehten mitleidlos an seinen zerschmetterten Gelenken, um festzustellen, dass sie tatsächlich entzwei waren, und hoben ihn wie einen hilflosen Greis in die Höhe. Der einst so gefürchtete Mörder, der mit eigener Hand wohl zwölf Männer erschlagen hatte, war nun gerichtet und gebrochen. Die Knechte legten ihn auf das Rad, mit dem sie ihn verstümmelt hatten, wanden seine zerstoßenen Glieder in widernatürlichen Winkeln um die einzelnen Speichen und banden sie mit dicken Stricken fest.

Der Scharfrichter setzte seine Lehrstunde fort: »Manche Geräderten sollen überlebt haben, ja, einer wurde angeblich sogar völlig wiederhergestellt. Doch jetzt schaut, was ich noch mache.« Er zückte ein scharfes Messer, kniete neben dem Bösewicht nieder und grollte: »Selbst wenn du weiterleben solltest, laufen wirst du nimmermehr.« Er fasste ihn am linken Schienbein, drehte es sich zurecht und durchtrennte die noch unversehrten Sehnen in der Kniekehle. Dasselbe tat er mit allen Sehnen, die dem Geräderten aus dem zerrissenen Fleisch ragten.

Die Knechte richteten das Rad mit dem an die Speichen Geflochtenen auf und zeigten es der Menge. Tosender Beifall und Jubelgeschrei erfüllten den Marktplatz.

»Na, dem Priesel wurde nichts geschenkt!«, freute sich der Gaffer aus der ersten Reihe, und sein Kumpan stimmte zu: »Vielleicht ging es mit den Weibern doch ein bisschen zu schnell.«

Ganz in der Nähe konnte man einen Mann erkennen, der hoch zu Ross das ganze furchtbare Treiben von Anfang an mit strengem Blick und starren, wie aus Marmor gemeißelten Gesichtszügen verfolgt hatte. Wie man ihm ansah, war er höheren Standes, von den Stiefeln bis zum Dreispitz ganz in Schwarz gekleidet. Lediglich die versilberte Scheide des Stoßdegens mit Portepee an seiner Seite und die silbern-schwarz durchwirkte Schärpe setzten sich von seiner düsteren Gesamterscheinung ab, denn auch das Pferd, auf dem er saß, war schwarz. Dieser kräftige Mann von etwa 30 Jahren war ein Crako, ein Königlich Preußischer Criminalkommissarius. Der typische Preußenzopf an seiner Perücke und der polierte Ringkragen kennzeichneten ihn darüber hinaus als Armeeoffizier. Von Zeit zu Zeit beäugten ihn die Umstehenden, deuteten auch ehrfürchtig mit den

Fingern auf ihn und tuschelten dabei. In diesem Flüstern lag das ganze Geheimnis um seine Person. Mit Entschlossenheit, Verstand und Mut hatte er die Priesel-Bande gestellt und dingfest gemacht. Ihm war es zu danken, dass die liebliche kleine Stadt vom Schrecken befreit worden war. Als er sah, dass der Letzte und Schlimmste der Bande gerichtet war, wendete er sein Pferd und lenkte es still durch die Reihen der Zuschauer. Die vier geköpften und geräderten Mordbuben wurden gemeinsam mit ihrem noch lebenden Anführer und unter Begleitung tausender Menschen zum Rabenstein gebracht. Hier waren bereits tiefe Löcher fertig ausgehoben, um darin die Baumstämme zu versenken und aufzurichten, an welche zuvor die Räder mit den Leibern der Verbrecher zur öffentlichen Schaustellung und Abschreckung angenagelt werden sollten.

Meister Hans und seinen Knechten rann dabei der Schweiß in Strömen, zumal die Sonne schon hoch am Himmel stand. Bevor der Bandenführer an seinem Rad aufgerichtet wurde, flüsterte der Henker ihm folgenden Satz ins Ohr: »Beschimpfe niemals einen Scharfrichter!« Und fügte mit lauter Stimme, sodass es alle Umstehenden hören konnten, hinzu: »Ein sonniges Aussichtsplätzchen für unseren Schelm!«

Man drehte das Rad so, dass der darauf Geflochtene zur Stadt hinsehen würde. Der Meisterknecht strich dem Gefolterten über das wirre, schweißnasse Haar. »Wir heben heut noch einen auf dich«, versprach er ihm.

Dann wurde der Baumstamm samt dem Rad mittels Stangen und Seilen aufgerichtet.

Der folgende Tag begann grau und kalt und blieb es bis zum Abend. Hatte es zunächst den Anschein gehabt, als würde die Sonne dem Winter für ein paar weitere Tage die Stirn bieten, so hatte jener sich doch überraschend und mit Macht zurückgemeldet. Die Kälte, die er in der letzten Nacht mit sich gebracht hatte, ließ die Teiche gefrieren und überzog die Fenster mit Eisblumen; einige einsame verfrühte Schneeflocken nahmen die letzten Herbstblümchen in die Würge. Das Geschnatter der Enten war verstummt. Sie standen mit eingezogenen Köpfen am Rand der Teiche und Flüsse und harrten dessen, was noch kommen mochte. In den Bächen schwammen nur noch einige arbeitsame Biber.

Der Crako hatte die Stadt hinter sich gelassen. Nachdem er eine Weile geritten war, kam er an den Rabenstein. Zwei wegen Korndiebstahls gehängte Diebe schwangen, vom eisigen Wind bewegt, an ihren Stricken hin und her und brachten das Galgenholz zum Knarren. Die Krähen und Raben hatten ihnen bereits die Augen ausgepickt und die Schädel aufgehackt. Die gierige Meute der Schwarzröcke hatte sich sofort nach der Hinrichtung über diese armen Sünder hergemacht. Es war ein trefflicher Festschmaus, gewiss über mehrere Gänge. Eine große Krähe zog gerade eine Leber hervor, eine andere zerrte am offenen Fleisch eines Schenkels.

Gewöhnlich herrschte unter den Schwarzgefiederten Zank und Krakeel, um jeden Gehängten oder Geräderten wurde erbittert gestritten, doch heute war alles anders. Neben den beiden Galgen standen hohe Baumstämme mit daran genagelten Schindrädern. Vier der Geradbrechten, die jungen Mitläufer, waren enthauptet ans Rad geflochten worden. Der fünfte, der einst so kecke und unerschrockene Anführer der Mörderbande, lebte noch, wenn auch in kläglichem Zustand.

Es war nicht zu erraten, was den Gerichteten am meisten plagte, die Schmerzen in den offenen Wunden und gebrochenen Gliedern, der Hunger oder die Kälte. Da die vier abgeschlagenen Köpfe seiner Spießgesellen mit großen Eisennägeln an die Radnaben gehämmert worden waren, hatte das triefende Blut sofort die Krähen herbeigelockt. Mit Leichtigkeit hatten ihre scharfen Schnäbel die Schädel geknackt. Den Leckerbissen der Gehirne sicherten sich stets die größten und stärksten Vögel. Die kleineren Exemplare dieser gefiederten Räuber nahmen mit dem Rest vorlieb, von dem die Tafel heute zur Genüge bot. Da es sich um wenigstens 100 Aasfresser handelte, deren Zahl ständig zunahm, konnte man gewiss sein, dass die zwei Gehängten und die fünf Geräderten in den nächsten Tagen bis auf die Knochen abgepflückt sein würden. Das ganze von lautem Gekrächze erfüllte Galgengelage erinnerte den Crako an ein wüstes Bankett der Bettler und Siechen, denen man Körbe voll Brot und halb verdorbener Früchte vorwarf.

Der Geräderte bemühte sich trotz seiner gebrochenen Glieder und Gelenke mit hilflosen Bewegungen der Finger, die fressgierigen Leichenschänder loszuwerden. Doch einem stillen Betrachter konnte nicht verborgen bleiben, dass es den Krähen und Raben mit der Zeit fast zum Spaß geriet, den Unglücklichen zu peinigen, ja, der Crako glaubte zu erkennen, dass die Vögel ihm sogar mit besonderer Boshaftigkeit in die Finger hackten, so wie Hühner nach Regenwürmern picken. Doch sie ließen sich Zeit. Dieser Leckerbissen würde ihnen nicht entgehen und auch noch zum Nachtisch reichen.

Der Crako war einen solchen Anblick gewohnt. So etwas sah er jedes Mal, wenn er eine Stadt verließ oder in eine neue Stadt einritt.

Etwa 500 Schritte vom Rabenstein entfernt saßen zwölf Schwäne unbeweglich auf dem Acker. Ein allegorisches Bild, dachte der Crako, hier die böse schwarze Meute, dort die schönen weißen Schwäne, die seltsamerweise einen Kreis gebildet hatten. Hielten sie etwa Gericht wie die Menschen?

Sehr gern hätte der Crako die Schwäne weiter beobachtet, doch hatte er dringende Order erhalten, bei dem Minister von Cocceji vorstellig zu werden. Und wen Seine Exzellenz der Herr Minister höchstpersönlich zu sich befahl, der durfte keine Sekunde säumen.

Aus den Aufzeichnungen
des Freiherrn Friedrich von Krosigk,
seines Amtes Criminalkommissarius Seiner Majestät
des Königs Friedrich Wilhelm I. von Preußen
und in besonderen Diensten
Seiner Exzellenz des Herrn Justizministers
Samuel Freiherr von Cocceji stehend

I

Als ich das geräumige Arbeitszimmer des Ministers betrat, stand Seine Exzellenz gerade mit auf dem Rücken verschränkten Händen am Fenster und beobachtete den Drill der Roten Grenadiere auf dem Potsdamer Exerzierplatz. Die so genannten *Langen Kerls* waren das Steckenpferd Seiner Majestät, und man konnte dem König keine größere Freude bereiten, als seinem Leib-Grenadierregiment Nr. 6 einen neuen Langen Kerl zuzuführen. Bisweilen erhielt er hoch gewachsene junge Burschen von fremden Fürsten und Königen als Geschenk. Häufiger brachten die zahlreichen und durchtriebenen Werber mit zwielichtigen Methoden geeignete junge Männer dazu, in das königliche Leibregiment einzutreten.

Das Arbeitszimmer des Ministers wie auch die Räume seiner Untergebenen lagen in einem Stadtpalais am Exerzierplatz. Das ministeriale Gelass war prachtvoll ausgestattet mit Gemälden, großen Wandspiegeln und feinstem Parkett. Der Stuckateur hatte sich mit dem Deckenschmuck als wahrer Meister hervorgetan.

Sowie er mich eintreten hörte, wandte sich der Minister von dem Exerzierschauspiel ab, drehte sich abrupt um und begrüßte mich auf seine joviale Art: »Ah, mein lieber Krosigk, wie schön, Euch zu sehen. Bitte, setzt Euch doch.« Und zu seinem Domestiken gewandt: »Bring er dem Herrn von Krosigk einen heißen Kaffee!«

Der Freiherr war ein stattlicher Mann mit markanten Gesichtszügen. In den letzen Jahren hatte er auf Befehl des Königs eine weit angelegte Reform des Justiz- und Kriminalwesens in Angriff genommen und zum Teil auch schon umgesetzt. Dabei gingen ihm seine Adjutanten zur Hand, zwei junge Freiherren von Bildung, Sachverstand und Durchsetzungsvermögen.

Auf dem Sekretär des Ministers stapelten sich Aktenordner

und Briefe. Sein Arbeitspensum war enorm. Genüsslich machte er es sich in seinem breiten Ledersessel bequem und brannte eine Tabakspfeife an (dabei nicht vergessend, auch mir eine anzubieten, was ich herzlich annahm). Bevor er zu sprechen ansetzte, zog er, wie schon bei unserer jüngsten Unterredung zum Fall der Gespenster von S., seine Augenbrauen finster zusammen.

»Mein lieber Krosigk, Ihr habt Euch in N. (gemeint war das von der Priesel-Bande heimgesuchte an der Grenze zu Sachsen gelegene Städtlein) wieder einmal bestens bewährt. Die Mörderbande wurde aufs Rad gebracht, ein segensreiches, wenn auch etwas barbarisches Ende dieser leidigen Angelegenheit. Ihr kennt ja meine Meinung bezüglich des Räderns und ähnlicher Praktiken.« Der Minister verfocht die Meinung, dass das Schwert zum Vollzug der Todesstrafe völlig ausreiche, das Rad hielt er für ein Relikt aus dem finsteren Mittelalter, das in unserer aufgeklärten Epoche und im reformierten Königreich Preußen nichts mehr zu suchen habe. Mit den ›ähnlichen Praktiken‹ meinte er unter anderem das Zwicken mit glühenden Zangen, das mit dem Rädern einherging – ganz zu schweigen von dem Vierteilen und Ausweiden.

»Scheußlich und als Abschreckung nicht effektiv, und vor allem viel zu teuer.«

Der Minister zog die Mundwinkel herab. »Aber wie Ihr Euch denken könnt, habe ich Euch nicht zum Tabakrauchen und zum Meinungsaustausch herberufen. Die neue Sache ist etwas anderer Art als das Aufbringen der Priesel-Bande.« Er verscheuchte mit einer Handbewegung die Tabakschwaden, die sich vor seinem Gesicht geballt hatten, und fuhr fort: »Heuer ist es ein Dörflein südlich von Königsberg, das uns Ärger macht …«

An dieser Stelle unterbrach ein Pochen gegen die Zimmertür die Rede des Ministers, und der Lakai servierte meinen Kaffee. Das Getränk war stark und duftete herrlich nach gerösteten Bohnen. Der Kaffee bei Herrn Minister von Cocceji war der beste in Potsdam, und viele rätselten, woher er ihn bezog. Dies jedoch gehörte zu seinen gut gehüteten Dienstgeheimnissen.

Vielleicht handelt es sich um beschlagnahmtes Diebesgut, schoss es mir durch den Kopf, doch allein dieser Gedanke war strafbar, und ich verwarf ihn sofort. Der Minister aber schien meine Gedanken erraten zu haben. Vergnügt lächelnd hob er seine eigene Kaffeetasse an die Lippen. »Eine gute Freundin, Krosigk, eine gute Freundin.«

»Ihr Kaffee ist wie immer ein seltener Genuss, Exzellenz.«

»Ich weiß, doch lasst uns beim Thema bleiben. Ich habe heute noch viele Pflichten vor mir, und Seine Majestät erwartet mich Punkt fünf Uhr zum Tabakskollegium in Wusterhausen. Also: Wie Ihr vielleicht wisst, ist zurzeit ein größeres Kontingent seiner Majestät Truppen in Königsberg stationiert. Seit einigen Wochen laufen dem dortigen Befehlshaber, General von Wartenbach – übrigens ein guter Freund von mir –, die Soldaten davon. Das ist eigentlich kein Fall für uns, sondern betrifft die Armee selbst, und er, der General, wäre auch Manns genug, das Problem eigenhändig zu lösen. Und doch kommt er der Sache nicht bei, auch unter Anwendung der härtesten Strafen nicht. Die Männer desertieren weiterhin, obwohl schon fünfzehn wieder aufgegriffene Fahnenflüchtige erhängt wurden. Alle Abschreckung scheint vergebens, und das, obwohl der Grund für die Desertionen ein recht läppischer ist. Doch lest selbst!«

Damit reichte er mir einen an ihn gerichteten Brief des Generals, den ich überflog, bis ich die anscheinend entscheidende Stelle erreichte:

… bei allen Verhören fand sich die Furcht der Kerls vor diesem so genannten Gierfraß. Kaum auszudenken, wenn das um sich griffe! Die Kerls haben mehr Angst vor diesem Gierfraß als vor ihren Offizieren, und das will einiges heißen. Übrigens war es bei allen dasselbe. Sie behaupten, der Gierfraß töte bei Vollmond, und zwar vornehmlich Kinder und junge Mädchen, weswegen sie sehr um ihre Liebsten und Nächsten bangen. Auf die Frage, was sie unter einem Gierfraß überhaupt verstünden, hieß es, dieser sei so etwas wie ein Blutsauger oder ein Werwolf, indessen viel gefährlicher als jene. Wiewohl ich solchem Spuk nicht traue, scheint die Sache doch bedenklich, denn bereits ein großer Teil meiner Offiziere erwägt ernstlich, Militär auszusenden, um diesem Gierfraß beizukommen …

Ich las den Brief ein zweites Mal durch, dann legte ich ihn beiseite und tat einen tiefen Zug aus meiner Tabakspfeife. Von einem ›Gierfraß‹ hatte ich noch nie etwas gehört. Blutsauger und Werwölfe kamen mir bei meinen Studien bisweilen unter, wenn ich auch bisher keinem leibhaftig begegnet war. Ein Gierfraß allerdings war neu.

»Der General bat mich in dieser Angelegenheit um Hilfe«, informierte mich der Minister. »Ihr wisst, was Seine Majestät vom Aberglauben hält. Auch dürfen wir nicht vergessen, was für widrige Auswirkungen diese Geschichte haben kann.« Der Minister nippte wieder an seinem Kaffee. »Mein lieber Krosigk, falls wieder einmal der Aberglauben unserer lieben Bauern, aus deren Reihen unsere Soldaten nun mal stammen, um sich griffe, wäre es für unsere Truppen in Königsberg fatal. Leider ist es damit dort oben schon allzu weit vorangeschritten. Seine Majestät der König braucht keine Truppe aus zähneklappernden Geistersehern, sondern ein schlagkräftiges, formidables Heer. Gerade jetzt, da alles danach aussieht, als würden ...« Er hielt abrupt inne. Nach einer Sekunde der Verlegenheit sagte er beinahe streng: »... Nun, Krosigk, Ihr habt den Ernst der Lage verstanden. Wie ich den Berichten unserer Leute entnahm, fand man vor wenigen Wochen eine Kinderleiche, ein kleines Mädchen. Das ist nun leider fast schon etwas Gewöhnliches, doch dieser Fall steht exemplarisch für eine ganze Reihe weiterer Gräueltaten. Das Kind wurde in einer Vollmondnacht angefallen und ermordet. Sie stammte aus dem Dorf D., dessen Einwohner als besonders abergläubisch gelten. D. gehört zur Herrschaft derer von Wolfsdorf, heutigentags im Besitz des Generals von Wolfsdorf, eines hervorragenden Offiziers Seiner Majestät. Sofort war dort die Mär von einem Gierfraß in aller Munde, genährt von dem Umstand, dass die Kleine ganz entsetzlich zugerichtet war. Der dortige Amtsrichter äußerte in seinem Protokoll die Vermutung, ein großer Wolf könne die Tat begangen haben. Demgegenüber sagten einige Landleute aus, es könne auch ein Blutsauger oder Werwolf gewesen sein. – Doch egal! Geht der Sache auf den Grund, von Krosigk! Bringt mir einen Wolf, einen Mordbuben oder, in Gottes Namen, einen Gierfraß, aber löst den Fall schnell, bevor die Sache gänzlich aus dem Ruder läuft. Falls wir zu lange warten, haben wir ganz Preußen voller Gierfräße und Werwölfe.«

Nach einer versonnenen Pause fügte er düster hinzu: »Und eine Armee voll abergläubischer Trottel!«

Seine Exzellenz händigte mir die betreffenden Akten und einen Passierschein nebst Empfehlungsschreiben aus.

»Es wäre überdies gut, wenn Ihr Euch noch heute mit Herrn Professor von Gundling, dem Präsidenten der Sozietät der Wissenschaften, in Verbindung setztet. Er hat gewiss eine Fülle historischen Materials in dieser sehr obskuren Angelegenheit zu bieten. Ihr seid schon für heute Nachmittag bei ihm angemeldet.«

Der Minister verschanzte sich wieder hinter seinen Aktenbergen und nahm einen Brief zur Hand. »Ermittelt in dieser Sache äußerst diskret und einfühlsam. Denkt daran, der Herr Generalmajor von Wolfsdorf entstammt einer sehr alten, angesehenen Familie, die sich um unser Land und den König mehr als verdient gemacht hat. Wir dürfen ihn auf keinen Fall brüskieren.« Etwas dubios fügte er hinzu: »Für den Fall, dass Ihr schlagkräftiger Unterstützung bedürft, habe ich Euch einen, nun ja, Adjutanten, an die Seite gestellt, Hauptmann Karl von Kosemaul. Ein vortrefflicher Mann, diente als Offizier in der Festung Magdeburg, Infanterie-Regiment Nr. 20. Habe ihn dort von der Observierung einer unbedeutenden Diebsbande abgezogen. Er meldet sich morgen früh in Eurer Wohnung zur Stelle, Punkt sieben Uhr.«

Während ich mich verbeugte und ging, hörte ich den Minister einen langen Seufzer ausstoßen. Er hatte wirklich schlimmere Sorgen als den Gierfraß. Der König wollte ihn heute in der Angelegenheit des Leutnants von Katte sprechen …

II

Der Auftrag, den der Herr Minster mir soeben erteilt hatte, überraschte mich weit weniger, als man hätte vermuten können. Es geschieht häufig, dass Seine Exzellenz, der Herr Minister von Cocceji, mich zu sich ruft und mit einer undurchsichtigen, heiklen Mission betraut.

Vor ein paar Jahren hatte Seine Majestät der König die Order erlassen, dem Wüten des Aberglaubens, vor allem aber den eingebildeten Kobolden, Blutsaugern und Hexen, im Königreich ein Ende zu bereiten. Dem zum Trotz hatte er den Professor von Gundling in dessen Bestallungsurkunde, wenngleich mehr aus einer Laune heraus und zu seinem eigenen Vergnügen sowie dem seiner Militärs, mit der Beaufsichtigung der Kobolde, Gespenster und Nachtgeister betraut, mit der Observation der Werwölfe, Bergmännlein und Drachenkinder, mit der Schatzsuche in der Mark Brandenburg und ähnlichen ›staatswichtigen Aufgaben‹.

Unser Königreich ist auch heutzutage noch nicht in eigene Kriminal-Distrikte untergliedert, wie es zu wünschen wäre, wohl aber hatte der Herr Minister kurz nach dem Erlass des Königs eine Hand voll Crakos bestellt, die den Stadtgerichten und anderen juristischen Kammern mit Rat und Tat zur Seite stehen sollten. Diese Criminalkomissare stammten sämtlich aus den Reihen des Militärs und besaßen gründliche Kenntnisse im Bereich der Rechtspflege. Zusätzlich zu dieser Eignung für ihre Aufgabe stattete der Minister sie mit weit reichenden Sondervollmachten aus.

Ich, Friedrich von Krosigk, bin einer der ersten Crakos des Königreichs.

Manchmal wird unsereiner zur Bekämpfung schrecklicher, aber profaner Verbrechen gerufen, um diese aufzuklären und ihren Urhebern das Handwerk zu legen, so wie ich es im Fall der Priesel-Bande getan hatte.

Unsere vordringlichste Aufgabe jedoch besteht im Kampf gegen die Mächte der Finsternis, an welche Seine Hoheit der König nicht glaubt (Seine Hoheit der König glaubt nur an die Macht seines Heers). Wir jagen vermeintliche Hexen, Poltergeister oder nur einfach vom Wahne Befallene, überaus bedauernswerte Kreaturen, die sich für Söhne oder Töchter des Satans halten, ›Eingebungen‹ verspüren (sie selbst behaupten, ›inspiriert‹ zu sein) und dadurch das Volk verunsichern, aufwiegeln und allgemein den schädlichsten Aberglauben befördern. Oft auch behaupten schwer wiegender Verbrechen Beschuldigte, sie seien vom Teufel besessen oder vom Widersacher zu ihren Untaten angestiftet worden. Leider glauben die Angehörigen des gemeinen Volkes allzu leicht daran, dass der Teufel selbst der *Spiritus Rector* aller abscheulichen Taten ist. Der Klerus schließlich, der den Teufel weiterhin von den Kanzeln herab als »Mörder von Anfang an« geißelt, leistet dem Aberglauben eher Vorschub, als ihm entgegenzutreten.

Natürlich glauben wir Crakos selbst nicht an den Teufel. Täten wir es, wären wir für unsere Arbeit ungeeignet.

Dem ministeriellen Ratschlag folgend (genau genommen fasste ich ihn als Befehl auf, immerhin hatten Seine Exzellenz bereits einen Vorsprechtermin für mich anberaumt), begann ich diese neue Mission, indem ich mein Pferd, den guten ›Graukopf‹, bestieg und mich auf den Weg nach Berlin zur Sozietät der Wissenschaften begab. Dort sagte man mir, dass ich den Herrn Professor von Gundling in seinem Privathaus antreffen würde, was auch der Fall war. Eine ehrwürdige, ältere, etwas streng aussehende Hausbedienstete ließ mich ein und meldete mich bei dem großen Wissenschaftler und Historiker an.

Jacob Paul Freiherr von Gundling empfing mich wie vorher schon der Minsister in seinem Arbeitszimmer. Mit einer Handbewegung bedeutete er mir, ich möge warten. Der Professor saß hinter einem breiten Schreibtisch, der unter der Last zahlreicher voluminöser Bücher durchzubrechen drohte. Er war ein vom Leben und vom Alkohol sichtbar gezeichneter Mann mittlerer Größe und schlanker Gestalt. Er trug einen rot samtenen, mit blauen Aufschlägen besetzten Rock. Seine kunstvolle, einem

Mann seines Standes und seiner Bedeutung angemessene Perücke war ihm tief ins Gesicht gerutscht. In den Regalen, die drei Wände seines Zimmers vom Boden bis zur Decke ausfüllten, reihten sich Bücher und Manuskripte unschätzbaren Wertes aneinander. Der Gelehrte selbst hatte einige materialreiche Werke zur Geschichte und Geographie Brandenburgs, Pommerns und des Herzogtums Magdeburg verfasst.

Während ich untätig in der Gelehrtenstube stand, nahm er kaum Notiz von mir, sondern beschrieb mit zitternder Hand ein Stück Papier. Indessen der Professor schrieb, ließ ich den Blick über die Rücken seiner beeindruckenden Folianten schweifen. Nach einer Weile, wobei das untrügliche Gefühl in mir aufgestiegen war, dass mich der Professor bereits vergessen hatte, hüstelte ich verlegen.

Jetzt sah er auf, schob die Perücke zurecht, musterte mich kurz, sehr scharf und kritisch und fragte: »Was begehren der Herr?«

Ich stellte mich mit wenigen Worten vor und erklärte respektvoll mein Anliegen, nämlich dass ich auf Empfehlung und Anraten Seiner Exzellenz des Herrn Ministers der Justiz von Cocceji gekommen sei und von ihm, dem Herrn Professor, einem in der preußischen und pommerschen Geschichte so gelehrten Mann, etwas über den so genannten Gierfraß zu erfahren hoffte sowie darüber hinaus alles, was mit Blutsaugern und Werwölfen zusammenhing.

»Ihr kommt also von Minister von Cocceji?«, versicherte sich der Gelehrte, und ich bejahte.

»Ein kluger Mann, der Herr Minister, kein solcher Dilettant wie all die anderen.« Der Professor erhob sich etwas mühsam und wanderte grübelnd hin und her, dabei immer wieder seine mächtige Hauptzier zurechtrückend. Der langjährige Ärger, die hinterhältig gesponnenen Intrigen, die zahlreichen Beleidigungen der Hofkamarilla und nicht zuletzt die äußerst anstrengenden Sitzungen und Gespräche im Tabakskollegium Seiner Majestät des Königs, während derer unentwegt dem Biere zugesprochen wurde, hatten ihn nicht nur körperlich, sondern auch seelisch geschwächt. Hinzu kam der niederdrückende Umstand einer kinderlosen Ehe. Professor von Gundling zitterte am ganzen Körper, ein sicheres Indiz seiner langjährigen Alkoholsucht. Dass er nicht nur ein Trinker, sondern auch ein Gelehrter war, verrieten nur noch seine klugen, wachen Augen. Die weißen Locken der Perücke umrahmten ein gerötetes, gedunsenes Gesicht. Die Mundwinkel liefen steil nach unten. In ruhigem Ton begann er zu sprechen:

»Also der Gierfraß, hm. Ich bin in Ostpreußen und Pommern häufig auf den Gierfraß gestoßen, ebenso wie in den anderen Ländern. Das dortige einfache Volk bezeichnet ihn auch als Gierrachen, Gierhals, Unbegier. Wie treffend, denn die Gier ist sein beherrschendes Merkmal. Ganz besonders giert er nach dem Blut von Jungfrauen. Auch Kinder verschont er nicht. Die Leute erzählten von grausam zugerichteten Kinderleichen, meistens zur Gänze zerrissen. In der Literatur habe ich ihn allerdings nur selten angetroffen. Ein Kollege aus Königsberg schrieb mir einmal, er habe einen Domestiken in Diensten, der aus einem Dorf stamme, wo der Gierfraß umging. Dieser Hausdiener beschrieb den Gierfraß als ein teuflisches Wesen, in dem sich interessanterweise die Eigenschaften eines Blutsaugers mit denen eines Werwolfes vereinen. Alle 30 bis 40 Jahre wiederholt sich das Töten, ohne dass man bislang den Gierfraß fangen oder erlegen konnte, und so geheimnisvoll wie er auftaucht, so unerkannt verschwand er ein jedes Mal wieder. Das geschah vor etwa 30 Jahren …« Der Professor setzte ein feines Lächeln auf. »Dieses heimgesuchte Dorf hieß bezeichnenderweise Wolfsgrube.«

Er berichtete weiter: »Die Blutsauger schmatzen im Grabe, und das einfache Volk glaubt, dass sie immer wiederkehren, sofern man ihnen nicht mit einem Grabscheit oder ähnlichem den Kopf abschlägt. Auch begegnete ich Fällen, wo man ihnen einen Pfahl ins Herz stieß, um sie zu bannen. Doch sollen diese Vorkehrungen noch nicht ausreichen. Wirklich sicher geht man nur, wenn man ihre Körper auch verbrennt. Man erkennt diese Wiedergänger oder Nichttoten, weil ihre Leichen nach dem Begräbnis nicht verwesen. Nach dem Glauben unserer lieben Preußen wird jeder, der im Leben ein Werwolf war, im Tod ein Blutsauger. Sie können sich zudem in Wölfe verwandeln, und hierin liegt ihre Verwandtschaft zu den Werwölfen. Manchmal vermischen sich die mordgierigen Wesen. Dennoch töten Werwölfe Blutsauger. Sie hassen sie regelrecht. Der Werwolf wird getrieben von einer unersättlichen Mordgier, einer unerbittlichen Feindschaft zu den Menschen. Ganz wie der Blutsauger. Werwölfe trinken und saugen mit gieriger Lust Menschenblut. Sie graben Leichen aus und fressen und nagen sie ab. Der Blutsauger ebenso. Der Werwolf ist ein in Wolfsgestalt verwandelter Mensch. Der Blutsauger ein lebendiger Toter. Da liegt der größte Unterschied.« Hier machte der Gelehrte eine kurze Pause, um fast vorwurfsvoll fortzufahren: »Aber Seine Majestät der König glaubt ja nicht an solche Wesen, wie er auch Gespenster, Hexen und Kobolde für Ausgeburten abergläubischer Einbildung hält.«

»Glaubt denn Ihr selbst daran?«, fragte ich vorsichtig.

Er schnaubte. »Ich glaube an gar nichts mehr. Wenn Ihr mich aber fragt, ob ich an das Böse im Menschen glaube, dann entgegne ich Euch ein ›Ja‹. Ich glaube nicht nur daran, dass das Böse im Menschen wirkt und lebendig ist, ich habe es tausendfach zu spüren bekommen. Das Böse geht mit dem Unwissen einher, es spekuliert mit der Ignoranz. Es nährt sich von Neid und Hass.«

»Gestattet mir eine weitere Frage. Könnte sich ein Mensch in einen solchen Dämon verwandeln, auf welche Art und mit welchen teuflischen Hilfsmitteln auch immer?«

»Sucht Ihr einen Blutsauger, dann müsst Ihr einen toten Menschen suchen. Sucht Ihr einen Werwolf, müsst Ihr einen lebenden Menschen suchen. In jedem Fall sucht einen Menschen, keinen Dämon.«

»Könnte man einen Gierfraß mit einem Lykanthropen gleichsetzen?«

Er hielt in seinem Auf- und Abwandern inne und sah auf. »Ah, Ihr kennt Euch aus?«

»Nur ein wenig«, antwortete ich bescheiden.

»Ja, auch ein Lykanthrop könnte einen Gierfraß abgeben. Alles ist möglich. Selbst ein Priester kann zum Werwolf werden, wenn ihn eine Hexe verwünscht oder ein Zauberer verflucht.«

»Woran könnte man ihn erkennen, wenn er ein lebendiger Mensch wäre?«

»Den Blutsauger erkennt Ihr nur in seinem Grab. Er hat ein rotes blutvolles Gesicht, ins Maul geschlungene Leichenkleider, er schmatzt und kaut vernehmlich in seinem Grabe, nachdem er nächtens seine Opfer aussaugte. Vielleicht hat er noch ein geöffnetes Auge. Beim Werwolf ist es schwieriger. Man sagt, Menschen, oder besser Männer, mit über der Nasenwurzel zusammengewachsenen Augenbrauen seien Werwölfe. Auch solche, die zwei Haarwirbel auf dem Haupte haben, sollen Werwölfe sein.«

Diese Behauptung verschlug mir für einen kurzen Moment den Atem – ich selbst nenne zwei Haarwirbel mein Eigen. Doch ich fasste mich schnell: »Eine letzte Frage, Herr Professor. Ist es ein Märchen oder verlässlich, dass man einen Werwolf nur mit Erbsilber töten kann?«

»Das ist nur ein Mittel von mehreren. Man kann Werwölfe auch erschlagen.«

Der Professor zog einige Bücher aus einem der Regale.

»Hier findet Ihr alles über Blutsauger, Tierverwandlungen, Werwölfe, mörderische Katzen und so fort, das Für und Wider unter den gelehrten Männern unserer Zeit. Doch vergesst bei Eurer Suche nach dem Gierfraß oder einem Werwolf eines nie: *Homo homini lupus.*«

Der Freiherr von Gundling drückte mir den Stapel Bücher in die Hände.

»Lest sie – und vor allem: Bringt sie mir wieder zurück«, mahnte er mich. »Und zwar unbeschädigt!«

Ich verließ das Haus des Professors, vor dem gerade eine Kutsche über das Pflaster ratterte. Eine hübsche junge Dame blickte aus dem Fenster und lächelte mir vieldeutig zu. Ein kokettes Ding, dachte ich mir. Ob sie auch nur im Entferntesten ahnte, mit welchen Problemen ich mich herumschlug?

In Gedanken versunken betrat ich die belebte Promenade. Mein schöner Rappe ›Graukopf‹ erwartete mich ungeduldig. Er hatte Hunger.

Was hatte der Professor zum Abschied gesagt: *Homo homini lupus? – Der Mensch ist des Menschen Wolf …*

Es klang wie eine Warnung vor eher diesseitigen Gefahren.

III

Während meiner Aufenthalte in Potsdam wohnte ich in einem herrschaftlichen Haus außerhalb der neu erbauten Stadtmauern inmitten eines kleinen Waldes. Meinen Haushalt besorgte eine Köchin, die gute Frau Siebenwirt. Sie stammte aus dem Schlesischen, war überaus verträglich, verlässlich und eine Meisterin der Küchenkunst. Der Karpfen blau, den sie zu bereiten verstand, lenkte mich so manches Mal von den schrecklichen Gespinsten meiner Arbeit ab. Um das Haus selbst sowie den Garten kümmerte sich ihr Gemahl, ein alter Eigenbrödler. Er redete nicht viel, ganz im Unterschied zu seiner Frau, doch wenn er etwas sagte, besaß es prophetische Bedeutung. Ich erinnere mich an folgende Geschichte: Ich bewirtete bei mir eine Runde von Gästen, darunter einen jungen Offizier, der mit seiner Ausbildungsmethode prahlte, die darin bestand, seine Rekruten gemeinsten Erniedrigungen auszusetzen. Dies berichtete ich später Herrn Siebenwirt, der als junger Mann selbst drei Jahre im Heer des Königs gedient hatte, und fragte ihn, was er von dem Offizier und seinem Ausbildungsprinzip halte. Ich bekam die Antwort: »Der junge Mann sollte zum lieben Gott beten!« Warum, wollte ich wissen. »Damit kein Krieg kommt«, erwiderte Siebenwirt. »Denn dann kriegt er eine Kugel, und zwar eher von hinten als von vorn.«

Nach dem Besuch bei Professor von Gundling zog ich mich in dieses Anwesen zurück und brachte den Rest des Tages mit dem Studium der Akten des Falles zu, die mir der Herr Minister ausgehändigt hatte. Dazu trank ich Kaffee, schwarz und dampfend aufgetragen von Frau Siebenwirt, wenngleich er sich mit dem des Ministers nicht vergleichen konnte.

Früh begab ich mich zur Nachtruhe, doch die Bücher des kauzigen Professors ließen mir keine Ruhe, auch hielt der reichlich genossene Kaffee die Müdigkeit von mir fern. So setzte ich mich an meinen Schreibtisch und begann mit dem Studium der Bände. Was sich mir bei Kerzenlicht erschloss, war dazu angetan, mir die unerfreulichsten Träume zu verheißen: Ich las von Blutsaugern, Werwölfen, Kinderfressern, Leichenschändern und unvorstellbaren Untaten. Noch in derselben Nacht begann ich mit meinen Exzerpten, schrieb die wichtigsten Fakten sauber auf und betitelte die beiden Teile meines Manuskriptes: I. Von den Blutsaugern oder dem Schmatzen der Toten, II. Von den Werwölfen.

Ich kopierte Zeile um Zeile, verfertigte Notizen, Glossen, Randbemerkungen. Diese Arbeit hielt mich bis um die vierte Morgenstunde wach, dann jedoch hieß mich mein Verstand, endlich das Bett aufzusuchen.

Folgendes hatte ich zur Vorbereitung auf meine Ermittlungen festgehalten:

I. Von den Blutsaugern oder dem Schmatzen der Toten

A. D. 1345 starb im Städtlein Lewin im Königreich Böhmen ein Töpferweib. Der Hexerei beschuldigt, erhielt sie ein Hundsbegräbnis. Hierauf hieß es, sie ginge in mancherlei Tiergestalt um, erschrecke die Hirten, verjage das Vieh, lasse sich in dem Städtchen und in den umliegenden Dörfern lebendig sehen, rede mit den Menschen, ängstige sie und bringe auch etliche um. Infolgedessen wurde ihr Grab geöffnet. Man entdeckte, dass sie die Hälfte ihres Totenhemdes schmatzend in sich hineingeschlungen hatte; das aufgefressene Ende des Totengewandes wurde ihr blutig aus dem Hals gezogen. Man schlug ihr einen eichenen Pflock zwischen die Brüste, wobei große Mengen Blutes aus ihrem Körper flossen, und verscharrte sie wie zuvor. Dieser Maßnahme zum Trotze ward sie wiederum gesehen, sogar häufiger als vorher. Sie erschreckte die Menschen, würgte sie und tanzte mit den Füßen auf ihren misshandelten Leibern. Zum zweiten Mal öffnete man ihr Grab. Sie hatte sich den Pflock, der sie hatte bannen sollen, aus dem Leib gezogen und hielt ihn fest umklammert in den Händen. Nun wurde sie samt dem Pflock aus dem Grab gezerrt und verbrannt. Die Asche wurde mit der ausgehobenen Erde vermischt und in die Grube zurück geschüttet. Von nun an hatte das Übel ein Ende.

In Pestzeiten geschah es, dass Opfer der Seuche, besonders Frauen, im Grabe mit dem Maule schmatzten und sich gebärdeten wie Säue beim Fressen. Unter solchem widernatürlichen Schmatzen oder Kauen nahm die Pestilenz zu, und die Menschen wurden haufenweise hingerafft. *(Anmerkung: Von solchen Fällen hörte ich auch in Sachsen, Anhalt und im thüringischen Brotterode.)*

Welches sind nun die gegen solche Heimsuchungen zu ergreifenden Mittel?

Etliche Ratwissenden empfehlen, das Grab der schmatzenden Person zu öffnen und den Kopf mit einem Grabscheit oder Spaten vom Rumpf zu trennen. Dabei kommt mitunter das eingeschlungene Grabtuch ans Licht, und nach dem Abschlagen des Hauptes tritt oftmals flüssiges Blut hervor.

(Die Theologen verdammen solche Auffassungen, die sie für reinen Aberglauben halten: Ihnen zufolge wird das Schmatzen nicht vom toten Körper im Grabe verursacht, denn wo keine Seele den Leib bewohnt, da gibt es auch kein Leben, ergo kann kein Kauen, kein Schmatzen und kein Schlingen stattfinden. Da der Tod die Trennung der Seele vom Leibe und ihre Rückkehr zu Gott bewirkt, aus dessen Schoß keine Rückkunft möglich ist, bleibt der Totenleib der Seele auf ewig beraubt. Selbst die Seelen der Ungläubigen und Ruchlosen kehren nicht in ihren Kadaver zurück, sondern fahren an den Ort der Qual, von wo gleichfalls keine Wiederkehr möglich ist. Wenn aber demzufolge kein Fressen und Schmatzen der Toten im Grabe möglich ist, was ist es dann, dass diese hör- und sichtbaren Phänomene bewirkt? Antwort: Es ist die Bosheit und der Trug des Teufels.)

Augustinus lehrt, es sei gegen jede Vernunft, zu glauben, dass sich Menschen in Wölfe verwandeln könnten. Hierbei handele es sich um *Trugbilder des Satans.*

Noch vor 100 Jahren glaubte man hier in Preußen, dass manche Menschen zu Wölfen werden. Die Bauern brachten einen von ihnen zum Herzog in Preußen und klagten, er habe ihrem Vieh mit Würgen und Reißen großen Schaden getan. Er war ein hässlicher Mensch, sein Gesicht war von Narben und frischen Wunden entstellt; es hieß, die Hunde hätten ihn so zugerichtet, als er ein Wolf war. Der Fürst befahl, den Mann zu verhören. Dieser erklärte, sich zweimal im Jahr in einen Wolf zu verwandeln, einmal um Weihnachten, das andere Mal um Sankt Johannis nach Pfingsten. Während dieser Zeit sei er gezwungen, wie ein richtiger Wolf auf dem Feld und im Wald mit anderen seiner Art zu laufen, zu reißen, zu wüten und zu toben. Doch immer, wenn die Verwandlung einsetze, ihm Wolfshaare wüchsen und seine Gestalt sich verforme, überkomme ihn Schrecken und Traurigkeit, die er am ganzen Leib fühle. Nach diesem Geständnis kerkerte man ihn ein und befahl seinen Wärtern, darauf zu achten, ob er sich in einen Wolf verwandele. Aber es wurde kein Wolf aus ihm, sondern er war und blieb der hässliche und vierschrötige Bauer, als den man ihn ins Loch gesteckt hatte. – *Keine Verwandlung, Einbildung. Ähnliche Geschichte auch von einem Weib gefunden, die sich mit einer besonderen Salbe einrieb und glaubte, als Wölfin dem Vieh Schaden zugefügt zu haben.*

Ähnliches fand ich von einem Bauern aus Passau, der sich für einen Wolf hielt. Er sprang Feldtiere an und brachte sie um. Im Verhör sagte er aus, sein Wolfsfell wachse unter der Haut nach innen! Daraufhin zerschlugen ihm einige Männer mit ihren Schwertern die Schienbeine und hieben ihm die Arme ab. – *Starb nach wenigen Tagen!*

Krankheit der vermeintlichen Wolfsverwandlung, die etliche *Melancholiam Lupinam* oder *Infaniam Lupinam* nennen.

Hiervon befallen, glaubt der Kranke, er sei ein Hund, Löwe, Wolf oder ein anderes Tier. Diese Einbildung tritt auch bei Menschen auf, die zuvor von einem rasenden oder wütenden Wolf gebissen worden sind. – *Habe hierzu einen Fall von einem Bräutigam gefunden, der seine Braut in der Hochzeitsnacht erwürgte und anfraß, weil er vor der Hochzeit von einem tollen Hund gebissen worden war. Musste erschossen werden.*

Wenn einer Bärenhirn frisst, so soll ihn dies glauben machen, selbst ein Bär geworden zu sein. Als man einmal einem spanischen Edelmann Bärenhirn zu essen gegeben habe, sei dieser im Wahne, ein solches Tier zu sein, alsbald in die Wälder ausgebrochen.

Geschmack von Menschenfleisch: Einer, der zu Würzburg ins Gefängnis kam, sagte aus, es gebe kein besseres Fleisch als Menschenfleisch, und wer einmal solches gekostet habe, könne davon nicht mehr ablassen. – *Gleiches sagte auch ein mörderischer holländischer Pastetenbäcker!*

Zu Köln wurden im 16. Jahrhundert mehrere Werwölfe gerichtet, die laut eigener Aussage zum Teil über 30 Menschen ums Leben gebracht hatten. – *30 entleibt!*

Gespenstischer Werwolf: Einer unheimlichen Werwolfsart muss noch gedacht werden, nämlich des gespenstischen Werwolfs *(mit dem Blutsauger von einer Wesensart!)*. Dieser Werwolf ist kein verwandelter lebender Mensch, sondern ein dem Grabe in Wolfsgestalt entstiegener Leichnam! Ein merkwürdiges Beispiel ist der grausame und gefährliche Wolf von Ansbach im Jahre 1685, der für das Gespenst des vertorbenen, zu Lebzeiten unbeliebten Bürgermeisters gehalten wurde. Von diesem erzählte man, dass er seinem eigenen Begräbnis aus einem Dachfenster seines Hauses zugesehen habe und dem Wächter nachts in Wolfsgestalt, mit einem weißen Tuch umhüllt, erschienen sei. Am 10. Oktober fiel er im Weiler Neuses bei der Verfolgung eines Hahns in einen mit Röhricht überdeckten Schöpfbrunnen und wurde von den Bauern mit Steinen totgeworfen. Darauf zog man ihm die Haut ab, die der fürstlichen Kunstkammer zugute kam, machte ihm aus Pappe ein

Menschengesicht mit einem Schönbart, lang und weißgrau, und tat ihm ein Kleid von gewichster fleischfarbener Leinwand sowie eine kastanienbraune Perücke an. So wurde er auf dem Nürnberger Berg vor Onolzbach an einem eigens dazu errichteten Schnellgalgen aufgehängt. *– Von Bürgermeistern fand ich bei all meinen bisherigen Recherchen nie Gutes! Scheint, dass sich alle Bürgermeister im Laufe ihrer Amtszeit zu Unmenschen entwickeln! Einige wurden jedoch barbarisch justifiziert oder machten ihrem jämmerlichen Leben selbst ein Ende – Gott möge ihren Seelen vergeben!*

In *Danzig* glaubt man, man müsse den Werwolf verbrennen, nicht begraben, denn er finde in der Erde keine Ruhe und erwache wenige Tage nach der Bestattung. In einer Art von Heißhunger fresse er sich dann das eigene Fleisch von den Händen und Füßen, und wenn er danach nichts mehr zu verzehren habe, wühle er sich um Mitternacht aus seinem Grab hervor, um auf Beutefang zu gehen. Er falle das Vieh auf der Weide an oder steige in die Häuser der Menschen ein, wo er sich zu den Schlafenden lege und ihnen das warme Herzblut aussauge. Sobald er sich gesättigt fühle, schleiche er in sein Grab zurück. Die Leichen der Ausgesaugten fände man anderntags in ihren Betten, und nur eine kleine Bisswunde auf der linken Seite der Brust zeuge von ihrer Todesursache. *– Wieder ein Blut saugender Werwolf!*

Hier enden meine Aufzeichnungen.

IV

Um Punkt sieben Uhr am Morgen klopfte es kräftig an meine Zimmertür.

»Treten Sie ein«, rief ich, von den durchwachten Nachtstunden noch benommen, und war nicht wenig erstaunt, als meine gute Wirtin einen riesenhaften pausbäckigen Kerl in die Stube brachte. Der Riese steckte in der blauen Offiziersuniform des Infanterie-Regiments Nr. 20 der Garnison Magdeburg, die zwar maßgeschneidert war, aber dennoch aus allen Nähten zu platzen drohte. Die Knöpfe seiner Uniform glänzten ebenso wie seine Stiefel, der Ringkragen und der Offiziersdegen. Selten hatte ich einen Mann gesehen, der so beleibt war, ohne dabei fett zu wirken.

Er hatte einen gewaltigen von dicken blonden Strähnen umrahmten Stierkopf und zwei große Zähne, die beängstigend über seine Lippen ragten, doch furchterregender als diese Hauer war seine ›machdeborjer‹ Mundart.

»Jestatten, dass ick eintrete?«, fragte er in soldatischer Manier, dabei den Dreispitz abnehmend.

»Jawoll!«, antwortete ich ebenso zackig. »Legt ab, nehmt Platz und kümmert Euch nicht um mich. Ich habe bis gegen vier Uhr nachts gearbeitet und mache mich nur ein bisschen frisch.« Und an Frau Siebenwirt gewandt: »Bereitet uns nur schnell etwas Gutes zu Essen!«

Hauptmann Karl Freiherr von Kosemaul war durch und durch Soldat und zeigte einen Schliff, der von lebenslangem Drill zeugte. Das wunderte mich wenig, denn der Gouverneur der Festung Magdeburg war kein geringerer als Fürst Leopold von Anhalt-Dessau. Doch alles soldatische Gehabe konnte die Unbeholfenheit, die seinem fassähnlichen Körper anhaftete, nicht völlig überdecken. Es war nicht zu übersehen, dass sich unter der soldatischen Fassade ein grobschlächtiger, beinahe plumper Menschentyp verbarg. Jetzt wunderte ich mich natürlich nicht mehr, warum ihn der Minister von einer Observierung abgezogen hatte.

»Hawe schon jehört, um was es jeht«, begann der Hauptmann, seine eberartigen Zähne in einem Grinsen entblößend. »Na, da wolln mer ma dem Jierfraß jehörich in den Arsch treten.«

Ich sah den Freiherrn von Kosemaul an, lachte vergnügt über seine ungezierte Ausdrucksweise und versicherte ihm, dass ich mich freute, mit einem so großartigen Mann auf die Gierfraßjagd zu gehen.

Ich hatte bereits Gefallen an ihm gefunden. Dennoch wollte ich meinen ungeschlachten Kombattanten noch ein wenig kennen lernen. Und so fragte ich ihn unumwunden: »Sagt, Hauptmann, warum dient Ihr nicht mehr in der Armee Seiner Majestät?«

Der Hauptmann errötete, nestelte verschämt an den Knöpfen seiner Uniform und sah betreten zu den Spitzen seiner gewichsten Stiefel. Er biss die Zähne aufeinander, und ich bemerkte ein deutliches Unbehagen in seinen groben Zügen. Meine Frage hatte ihn offensichtlich tief getroffen, und beinahe schämte ich mich meiner Taktlosigkeit.

»Meine Frage sollte Euch nicht beleidigen, Herr von Kosemaul.«

»Nee, nee, schon jut. Is ne blöde Jeschichte.«

»Ihr braucht sie mir nicht zu erzählen.«

»Doch, denn irjendwann erfahrt Ihr sie ja ohnehin. Es war vor zwee Jahrn. Ick verlangte nach nem Pferd. Ick glowe, ick wollte ausreiten, awer is och ejal. Jedenfalls jaben mir diese elenden Kerle en unjerittenes Pferd. Der Gaul warf mich ab und ick fiel unglücklich. Was zur Folje hatte, dass mein Bein brach und so schlecht heilte, dass ick noch heute ... Na, Ihr seht ja selbst.«

Er erhob sich von dem Stuhl, auf dem er meiner Einladung folgend Platz genommen hatte, und tat einige bärengleiche Schritte über die Zimmerdielen. Tatsächlich fiel mir erst jetzt auf, dass Kosemaul das linke Bein nachzog. Er erklärte: »Aus diesem Grund bekam ick meinen Abschied. Die Kerls wurden awer bestraft. Während des Prozesses lernte ick enen von den Adjutanten Seiner Exzellenz des Herrn Ministers von Cocceji kennen, der mich ansprach, ob ick nich für sie arweiten wolle. Und so nahm ick an. Besser 'n Crako als jar nich mehr dem

Könich dienen.« Der Stuhl knarrte protestierend, als er sich wieder hinsetzte.

»Kosemaul, als Crakos dienen wir dem König genauso gut, vielleicht sogar besser. Übrigens, auch ich diente Seiner Majestät dem König als Offizier, und zwar im Kürassierregiment Garde du Corps Nr. 13.«

»Nee, nee«, schüttelte der Riese den Kopf, »es jeht nischt üwern Soldatenstand.«

»Nun gut, ich will nicht mit Euch streiten. Im Übrigen halte ich es mit dem alten Spruch, der sagt: ›Man fragt nie einen guten Mann, woher er kommt.‹«

»Dit jefällt mir. Ick glowe, wir zwee werden jut mit'nander auskommen.«

»Gewiss.«

»Ihr könnt Euch voll off mich verlassen.« Bei diesen Worten lehnte er sich zurück und schlug leicht auf die in seinem Gürtel steckenden Pistolen, zwei doppelläufige Prachtexemplare, die mir bereits aufgefallen waren, als er seinen Militärmantel abgelegt hatte, und von denen er sich offenbar ungern trennte, denn sie mussten beim Sitzen unbequem sein. Voller Stolz fuhr er fort: »Ick war der beste Schütze im Rejiment. Ick könnte jlatt ner Fliege des linke Aure ausschießen – sojar währ'nd se fliecht!«

Das gefiel mir, denn einen guten Schützen an meiner Seite zu wissen, beruhigte ungemein.

Bald darauf war das Frühstück aufgetragen, und wir gingen in den Speisesaal. Auf dem Weg erzählte mir Kosemaul von seinem Gut, welches zwischen Magdeburg und Potsdam lag und zu dem reichlich Wald gehörte, in den er oft ausritt und am liebsten, Seiner Majestät dem König gleich, *par force* jagte.

Wir setzten uns. Ich bot dem Hauptmann einen Kaffee an, aber er verlangte einen Krug Bier. Dann steckte er sich die Leinenserviette in den Kragen, was sich als bitter nötig erweisen sollte, um Spritzer und Flecken von seiner sauberen Uniform und der Schärpe fern zu halten, und beantwortete mein ermunterndes Zunicken, indem er der Mahlzeit ungestüm Bescheid tat.

Kosemaul hatte nicht nur ungeheure Körperkräfte, er besaß auch einen maßlosen Appetit. Er packte den Bierkrug an, als wäre er mit Federn gefüllt und nicht bis zum Rand mit schäumendem

Gerstengebräu. Beeindruckt sah ich ihm zu, wie er ihn in wenigen langen Zügen und mit hektisch arbeitendem Adamsapfel austrank.

Frau Siebenwirt musste ihm einen ganzen Brotlaib und einen halbpfündigen Schinken reichen, ehe er gesättigt war. Ganz nebenbei löffelte er noch eine Tasse Brotsuppe aus und stopfte fünf hart gekochte Eier in sich hinein. Dabei blickte er ab und an verlegen zu mir, dann wieder entschuldigend zu meiner finster dreinschauenden Frau Siebenwirt hin, die ein Gesicht zog, als würden uns 100 Russen den Keller leer fressen.

»Esst ruhig, bis Ihr satt seid, Hauptmann, wir haben eine lange Reise vor uns.« Anerkennend beobachtete ich, wie der Riese in Uniform die Reste meines Brotes und die letzten Bissen des geräucherten Schinkens verschlang, ehe er einen zufriedenen Seufzer ausstieß und sich mit der Serviette über die glänzenden Lippen wischte. Ein solcher Appetit musste selbst den Gierfraß einschüchtern.

»Danke, Herr von Krosigk. Hawe nämlich seit jestern Mittach noch nischt jejessen.«

Meine Sachen waren schnell gepackt. Da der Tag noch jung war, Seine Exzellenz der Herr Minister auf Eile drängte und auch kein weiterer Fall meine Aufmerksamkeit verlangte, reiste ich gemeinsam mit meinem ›Adjutanten‹ noch an diesem Tag ab, im Gepäck ausreichend Geld, Kommiss, einige Akten, meinen Degen, eine Pistole und meine in der Nacht verfertigten Aufzeichnungen. Die Bücher ließ ich umgehend ihrem Eigentümer zurückbringen, zusammen mit einem kurzen Anschreiben, worin ich Professor von Gundling für die Überlassung dieser Werke nochmals dankte. Während meiner Abwesenheit besorgte Frau Siebenwirt meinen Haushalt, während ihr Mann sich um das Haus und den Garten kümmerte. Wir nahmen keine Droschke oder Chaise, sondern ritten auf unseren Pferden zuerst nach Rostock. Kosemauls Stute hatte große Mühe, mit meinem ›Graukopf‹ mitzuhalten, aber sie hatte auch deutlich schwerer zu tragen. Dennoch hielt ›Amalie‹, wie das Tier hieß, tapfer durch. Nicht zuletzt dank meines schönen ›Graukopfs‹, den ich nach seinen hellgrauen Gesichtsflecken so benannt hatte und der der ›Dame‹ beim Fressen stets galant den Vortritt gewährte.

Von Rostock nahmen wir einen schnellen Segler, der auch unsere Pferde befördern konnte, direkt nach Königsberg. Weiter ging es im Sattel durch das flache Ostpreußen, dank unserer vierbeinigen Fortbewegungsmittel ohne auf feste Straßen angewiesen zu sein. Unsere Reise führte uns durch mehrere kleine Städtchen und zahlreiche Dörfer, vorbei an Seen und Wäldern. Hin und wieder scheuten die Pferde, wenn ihnen eine Wildsau mit ihren Frischlingen im Gefolge über den Weg lief oder ein Hirsch aus dem Gebüsch hervorbrach. Wir kehrten in zahlreichen Herbergen ein, wo wir häufig Fisch aßen, der in dieser Zeit und Gegend viel aus den Bächen und Seen geholt wurde. Ich werde nicht den Wels vergessen, den zwei Bauern herantragen mussten und der zwanzig Leute sättigte.

Eines Abends machte ich gemeinsam mit Kosemaul einen Spaziergang über einen Friedhof. Hier fanden sich zahlreiche merkwürdige, in Form von Kröten geschnitzte Bretter, die man am Kopfende der Grabstätten in die Erde gerammt hatte. Diese ließen bereits erahnen, dass wir es, je tiefer wir ins Landesinnere vordrangen, mit einem zunehmendem Aberglauben der Dorfbevölkerung zu tun bekommen würden. Ein Fischer erzählte uns, die Kröte stünde als ein Symbol für das Weiterleben nach dem Tode.

V

Nach vier Tagen strammen Reitens erblickten wir gegen Abend das Dörflein Wolfsgrube, im nordöstlichen Ermland gelegen. Auf den ersten Blick schien es sich von anderen, hier weit verstreuten Dörfern nicht sonderlich zu unterscheiden. Die Häuser erstreckten sich über eine viertel Meile entlang der Dorfstraße. In der Mitte des Dorfes überragte ein kleiner Kirchturm alle Dächer. Da wir uns bereits in einer kühlen Jahreszeit befanden, hatten die Leute ihre Öfen angeheizt. Die Schornsteine räucherten verspielt, und der niedergedrückte Qualm nebelte zuweilen das gesamte Dorf ein. Auf zwei Seiten wurde es von Wald umsäumt, nördlich befand sich ein kleiner See, im Westen lagen die Äcker und Viehweiden der Bauern. Schräg gegenüber der Kirche stand ein Wirtshaus, in das einzukehren wir uns ohne lange Überlegung entschlossen, denn sonst hätten wir bei einem Bauern Quartier nehmen müssen. Vor dem Wirtshaus lag ein kleiner schilfgesäumter Teich, in dem ich Karpfen sah. Alle Häuser bis auf das Wirtshaus waren einstöckig gebaut und teilweise von Zäunen und Mäuerchen umfriedet. Hie und da schlossen sich den Häusern Scheunen und Ställe an. Die Menschen ernährten sich von Ackerbau, Fischfang und Tierzucht, sodass ›Graukopf‹ und ›Amalie‹ die ganze Zeit über prächtig versorgt sein würden. Man hörte Enten und Gänse gackern, gewöhnte sich an vielfältiges Hundegebell und sah zahlreiche Katzen über die Mauern und Dachfirste laufen.

Alles in allem schien es sich um ein Dorf wie hundert andere zu handeln. Bis vor wenigen Tagen waren noch Gerichtsdiener und ihre Büttel hier gewesen. Die Leiche des Mädchens, von der der Herr Minister gesprochen hatte, war bereits mit Sang und Klang unter die Erde gebracht, sodass ich mir von den näheren Umständen ihres Todes kein Bild mehr machen konnte. Es wäre mir wahrscheinlich auch nicht gelungen, angesichts des

Verwesungszustandes, den die Leiche inzwischen erreicht haben musste.

Wir banden die Pferde an den Zaun des Wirtshauses und traten in die leere Schankstube. Hier roch es nach altem Bier, welches klebrige Lachen auf den vier Tischen bildete, und kaltem Rauch. Der Knall der Tür, die Kosemaul schwungvoll zuschlug, alarmierte den Wirt.

»Ah, Gäste!«, rief er freudig, aus der Küche tretend, und eilte auf mich zu. Der Mann war schmerbäuchig, kräftig gebaut, besaß einen Schädel wie eine englische Dogge, ergraute Haare und graublaue glasige Augen mit stark geröteten Rändern, wie sie für Säufer bezeichnend sind; wahrscheinlich trank er mit den Gästen. Er begrüßte uns mit einer duckmäuserigen Verbeugung, und sofort überkam mich das untrügliche Gefühl, einen Halunken vor mir zu haben. Aus seinem Mund, den nicht mehr viele Zähne zierten (und diese wenigen waren teerbraun), strömte mir ein Ekel erregender Gestank entgegen, eine Mischung aus Branntwein und Zwiebeln, sicheres Indiz für den Saufaus, der durch Zwiebelkauen seine Fahne vertuschen will. Meine Nase zuckte, was wiederum sein Gespür veranlasste, von mir Abstand zu halten und sich hinter einen Tisch zu flüchten, als wolle er seine Natur verbergen. In seinen Augen glomm Hinterlist, und als ich ihm mitteilte, wer wir waren und welche Angelegenheit uns hergeführt hatte, wurde er noch freundlicher, ich hingegen umso misstrauischer. Sein Schalksname, *nomen est omen,* war Schüttewürfel.

Schien dieser Kerl bereits ein übler Wicht zu sein, so war sein Weib die Verschlagenheit in Person. Eine durch und durch hässliche Vettel. Ihr verlogenes Lächeln unter den schielenden Augen ließ mich erschauern. Zwar glaubte ich nicht gerade, in ihrem Keller Leichen zu finden, aber dass diese Leute Bier streckten, verdorbenes Fleisch verkauften, wilderten und Mägde verkuppelten, daran zweifelte ich kaum.

Wir verlangten nach Unterkunft und Versorgung unserer Gäule. Mir versprach man eine Kammer im zweiten Stock mit einem Fenster zum Teich, Hauptmann von Kosemaul sollte eine Tür weiter logieren: »Die besten Zimmer weit und breit! Und um Ihre Pferde, edle Herren, kümmern wir uns!«

Ich ergriff mein Gepäck und stieg die Treppe hinauf, Kosemaul polterte hinterdrein. In sicherem Abstand folgte uns der Wirt. Seine Frau jedoch huschte flink an uns vorüber und öffnete freundlich schielend die Tür zu meiner Kammer. »Bitte einzutreten, gnädiger Herr!«

Mit gemischten Gefühlen trat ich über die Schwelle und fand zu meiner Überraschung eine wohnlich eingerichtete Stube vor.

»Halten sich noch andere Gäste hier auf?«, fragte ich den Wirt. Doch er verdrehte nur die Augen. Ob das eine Antwort auf meine Frage oder deren Zurückweisung bedeuten sollte, entzog sich meiner Kenntnis.

»Nein, edler Herr«, sagte statt seiner die Wirtin. »Aber wir hatten erst vor kurzer Zeit die Ehre, einen Herrn Stadtrichter aus Königsberg beherbergen zu dürfen.«

»Weilte er lange hier?«

»Nein, er reiste schon nach zwei Tagen wieder ab.«

Dieser Mann aus Königsberg war sicherlich der Richter, der vor wenigen Wochen ›unseren‹ Mordfall untersucht hatte, dessen Vernehmungsprotokolle aber nichts Verwertbares enthielten. Wahrscheinlich hatte er es aufgegeben, hier weiter zu recherchieren. Die Leiche selbst hatte auch er nicht mehr gesehen.

»Ihr könnt jetzt gehen. Wir zahlen bei unserer Abreise.«

»Wie der gnädige Herr es wünschen.« Damit verbeugte sich das Schelmenpaar unterwürfig, für meinen Geschmack zu unterwürfig, und verschwand. Draußen hörte ich ein Poltern auf der Stiege und konnte mir ein Grinsen nicht verkneifen. Anscheinend hatte der benebelte Wirt ein paar Stufen zu viel genommen.

Die Etage, auf der sich unsere Gaststuben befanden, war über den Schankraum zugänglich, aber mittels einer überdachten Holztreppe auch vom Hof aus zu erreichen. Als ich den Flur abschritt, konnte ich drei weitere Kammertüren entdecken. Die Zimmer dahinter schienen unbelegt zu sein.

Meine eigene Kammer enthielt rechts von der Tür ein Bett mit einem Kissen und zwei wollenen Decken, daneben stand eine kleine Waschkommode mit Schüssel und Kanne, die sogar beide mit sauberem Wasser gefüllt waren. Für das Vertreiben der Kälte sorgte ein Kachelofen, arbeiten konnte ich an einem Tisch im Schein einer neuen Lampe. Ein Stuhl mit Lehne und an der linken Wand ein geräumiger, großer Schrank vervollständigten das Möblement. In dieser Hinsicht zufrieden, richtete ich mich ein, wobei ich meine Pistole so unter das Bett legte, dass ich sie im Liegen schnell ergreifen konnte. Anschließend begab ich mich zu Kosemaul.

Mein Adjutant war auf die gleiche Weise untergebracht wie ich, doch statt die Pistolen im Zimmer zu belassen, steckte er sie unter seinen weiten Rock. »Wer weeß, wozu die noch jut sind«, raunte er mir zu. Ich schüttelte ungläubig den Kopf. Gemeinsam gingen wir treppab in die Schankstube und verlangten nach einem Bier und gebratenem Fleisch.

Es begann zu dämmern. Wir setzten uns an einen Tisch in der Nähe des Ofens, und als der Wirt kam, um eine Kerze auf den Tisch zu stellen, umwehte mich wieder sein Branntweingeruch. »Meine Frau hat noch einen herrlichen Braten im Backofen. Ich habe ihr schon gesagt, dass die Herren gern ein schönes, großes Stück auf ihren Tellern hätten.« Wir nickten zustimmend. Gerade als wir unser Bier erhielten, trat ein großer schwerfälliger Mann in schwarzen Kleidern und mit gut frisierter Perücke ein.

Wie sich herausstellte, war es der Pfarrherr des Ortes, Magister Schmalhaus. Er grüßte uns höflich und fragte, ob er an unserem Tische Platz nehmen dürfe. Ich lud ihn ein, sich zu uns zu setzen, und nahm einen weiteren großen Schluck aus dem Bierhumpen. Nun trat der Wirt hinzu und stellte einen duftenden Braten mit einem großen Stück Brot vor unsere Nasen. »Bestes vom Schwein!«, empfahl er das Produkt seiner Küche. Dabei formte er mit Daumen und Zeigefinger der linken Hand ein ›O‹, tupfte sich damit an die Lippen und schnalzte: »A la bonheur!« Aus seinem Munde hörte es sich an wie »Halla Ponnör«. Damit wollte er sich fraglos als Kenner der gehobenen Lebensart ausweisen. Und an den Herrn Pfarrer gewandt, sagte er vielbedeutend: »Die beiden Herren sind Criminalkommissärs aus Berlin.«

Der Pfarrherr besaß trotz seiner Körperfülle ein weiches blasses Gesicht. Ein kluger Mann, dachte ich, aber vielleicht etwas wehmütig, was auch kaum verwunderte angesichts der blutigen Schrecknisse, die die Gemüter und Seelen seiner Schäfchen bedrohten. Dazu kam jetzt noch der jüngste furchtbare Kindsmord.

Der Pfarrherr bestellte sich ebenfalls ein Bier und prostete uns melancholisch zu. Er wollte reden, und mir war es nur recht. Wir sprachen den ganzen Abend. Dabei blieben wir die einzigen Gäste.

»Das ist nicht ungewöhnlich«, versicherte mir der Wirt, »es ist ja mitten in der Woche.«

Kurz vor zehn Uhr abends bedeutete ich dem Wirt, unsere Zeche anzuschreiben. Wir verabschiedeten den Pfarrherrn und stiegen hinauf in unsere Kammern.

Ich drehte das Öllämpchen auf, spähte noch eine Weile aus dem Fenster in die Nacht und betrachtete den zunehmenden Mond. Der Pfarrherr hatte mir nichts Neues erzählen können oder wollen. Er war der Ansicht, dass die Mädchen vom Satan geholt worden seien (den Begriff ›Gierfraß‹ vermied er auffallend). Warum ausgerechnet unschuldige Kinder zu Opfern des Teufels wurden, erklärte er nicht, nur, dass ein Mensch zu solch gräulichen Taten niemals fähig sei. Ein gutherziger, aber vielleicht doch einfältiger Mann. Ich war zwar noch nicht lange im Dienst Seiner Exzellenz des Herrn Ministers von Cocceji, aber eines hatte ich in den letzten Jahren sehr schnell gelernt: Wenn der Teufel in die Geschicke der Menschen eingreift, dann indem er sich ihrer bedient.

Ich beschloss, am kommenden Morgen zunächst das Dorf zu inspizieren. Ohne meine Kleider abzulegen, schlug ich mich in die Wolldecken und legte mich hin. So hatte ich es halbwegs behaglich, obwohl der Ofen unbeheizt und die Stube eiskalt war. Vielleicht hatte der Wirt oder seine Frau vergessen, Feuer zu machen. Oder wollte das Pack an mir sparen?

VI

Zum Frühmahl tischte uns der Wirt ein hervorragendes Rührei auf, bestehend aus zehn Eiern mit Speck, erlesenen Kräutern und einem Stück Weck. Ein Krug voll frischer Milch rundete die Sache aufs Allervorzüglichste ab.

Gut gesättigt begannen Kosemaul und ich die Dorfbegehung.

Die meisten Häuser waren Holzhäuser, großräumig und mit zum Teil schilfgedeckten Dächern. In dieser Art waren auch die Ställe für das Vieh und die Scheunen für das Getreide gebaut. Die Häuser lagen weit auseinander, sodass man bei lautem Regen oder stärkerem Wind die Rufe eines Nachbarn nicht hören konnte. Die Wiesen waren zu dieser Jahreszeit grau, dehnten sich aber sanft und harmonisch über eine ebene Landschaft. Die Wälder waren dunkel, und mir graute schon davor, in ihnen vielleicht tatsächlich auf Gierfraßjagd gehen zu müssen. Lustig watschelten etliche Gänse über die Wiesen und strebten dem Teich zu. Nach außen war es die reinste Idylle.

Das Dorf zählte etwa 200 Seelen auf zwanzig Gehöften, und ich beschloss, diese nacheinander aufzusuchen und ihre Bewohner kennen zu lernen. Als Täter kam für mich in dieser Phase der Ermittlungen jeder in Betracht, lahme Greise, Säuglinge und Kleinkinder ausgenommen. Die Wirtsleute und den Pfarrherrn kannte ich schon, also steuerte ich nach einem kurzen Spaziergang das dem Kirchhof zunächst liegende Gehöft an. Wie mir der Wirt gesagt hatte, gehörte es Hans Falke, dem Dorfschulzen, einem Mann von ungefähr 60 Jahren.

Kosemaul hingegen schickte ich noch einmal zu Magister Schmalhaus, um ihn ›offizieller‹ zu befragen, als es abends beim Bier am Schanktisch möglich gewesen war.

Mein treuer Begleiter rieb sich die Hände. »Mit Freuden, Herr von Krosich, quetsch ick den Pfaffen aus. Scheint mir mehr zu wissen, als er jestern awend sahren wollte.«

Der Schulzenhof, dessen Tor offen stand, war lärmend vom Gackern der Hühner erfüllt. Ein stolzer schwarzer Hahn jagte einer Henne hinterher. Ich blieb beim Eintreten stehen, um dem ungestümen Herzensbrecher nicht in den Weg zu laufen. Plötzlich rief mir jemand zu: »Na, hast wohl Angst?« Augenblicklich wandte ich mich in die Richtung, aus der die kecke Frage kam.

»Wenn er nicht zum Tritt kommt, hackt er dir die Augen aus!«

Was sich mir hier an einem verschmitzten Grinsen darbot, war der Gipfel der Unverfrorenheit. Ein kleines dunkelhäutiges Mädchen lachte mich an, bleckte die Zähne und verdrehte die Augen. Was für eine Göre!

»Weißt du, wer ich bin?«, fragte ich streng.

»Nee, aber du wirst es mir schon sagen.« Ich musste wider Willen schmunzeln. Normalerweise hätte es jetzt Hiebe gesetzt. Aber diesem ungezwungenen Lächeln, wenn auch auf so vorlauten Lippen, konnte man nicht böse sein.

»Ich bin der Freiherr von Krosigk, Criminalkommissarius Seiner Majestät des Königs von Preußen, deines allerdurchlauchtigsten Gebieters!«

Das Grinsen erlosch abrupt. »Das tut mir leid! Ich habe es nicht so gemeint, edler Herr, verzeiht mir. Bitte meldet es nicht meinem Herrn. Er wird mich schlagen!«

Die Kleine, sie mochte zehn Jahre alt sein, war hübsch anzusehen, wenn man einmal beiseite ließ, dass sie einem Zigeunerkind glich. Zigeuner standen in keinem guten Ruf, jedoch in Preußen war man, was die Religion anbelangt, noch etwas großzügiger als in den anderen Ländern des Reichs. Ich störte mich nicht an ihnen, wenn auch Seine Majestät der König Zigeuner ungern duldete, ihnen auch oft genug mit dem Strang winkte.

Das Auffallendste an der Kleinen aber waren ihre strahlend blauen Augen, die je nach Sonneneinfall auch grün funkeln konnten.

»Wie heißt du?«, wollte ich wissen.

»Dragana. Werde ich jetzt verhört?«

»Nein. Aber führe mich zu deinem Herrn!«

»Mein Herr ist der Dorfschulze Falke. Er und die anderen sind im Wald. Sie haben auch den Herodes mitgenommen.«

»Den Herodes?«

»Das ist der Kettenhund.«

»Wohnt hier sonst niemand?«

»Niemand außer der Mutter des Herrn, der Tante Agathe.«

»Man hat euch beide hier einfach allein zurückgelassen?« Ich war bass erstaunt. Da trieb ein gefährlicher, Kinder mordender Gierfraß sein Unwesen, und die Leute ließen dieses kleine, noch dazu sehr hübsche Mädchen hier einfach allein zurück und gewährten ihr noch nicht einmal den Hund zum Schutz.

»Ich weiß, was Ihr denkt. Aber der Gierfraß kommt nur in der Nacht, und auch dann nur bei Vollmond. Bis dahin dauert es noch ein paar Nächte.«

Zu gern hätte ich der unverfrorenen Göre ein paar üble Geschichten erzählt, die ich erst vor wenigen Monaten unten an der sächsischen Grenze erlebt hatte. Doch dergleichen eignete sich nicht für Kinderohren.

»Wo ist dein Vater?«

»Ich hab nur noch meine Mutter. Die ist mit im Wald.«

»Was machen denn die Leute im Wald?«

»Na, sie sammeln Holz und so.«

»Aha.«

Die Kleine zeigte mit dem Finger auf den Hahn, der gerade dabei war, der Leser möge verzeihen, die Henne zu treten.

»Das wurde auch Zeit!«, sagte Dragana mit einem Unterton der Entrüstung. Und erklärend zu mir gewandt: »Sie legen zur Zeit nämlich schlecht.«

»Es wäre gut, wenn du ins Haus gehen würdest«, sagte ich. »Wie kann ich deinen Herrn finden?«

Der nicht ganz saubere Kinderfinger erhob sich in Richtung Osten. »Folgt dem Weg zum Wald, aber passt auf, dass Ihr Euch nicht verlauft.«

»Das wird nicht geschehen«, versicherte ich ihr. »Und nun geh ins Haus!«

Sie sprang davon und rief mir scherzend zu: »Ihr seid ein hübscher Mann, ich liebe Euch!«

Kopfschüttelnd blies ich die Luft aus. Diese Dragana war ja ein keckes Früchtchen. Aber irgendwie mochte ich sie.

Zur späten Herbstzeit wirkte die Landschaft ziemlich karg und unwirtlich. Das Farbenspiel der Blätter vermochte nicht, meinen trüben Eindruck zu lindern, da sich die Sonne fast gar nicht oder nur noch selten sehen ließ. Die Wälder waren finster, und der kalte Wind ließ die Ohren gefrieren. Manchmal klang sein Heulen wie das Klagen von Gespenstern oder das Wimmern gequälter Seelen. Tiere bemerkte ich kaum. Alles Leben im Wald bereitete sich auf den kommenden harten Winter vor. Nachdem ich etwa eine halbe Stunde gegangen war und niemanden fand, machte ich kehrt. Mein Blick fiel auf das Nachbarhaus des Dorfschulzen, von gleicher Bauweise wie das seine, nur etwas kleiner. Vor der Eingangstür saß eine verschrumpelte, abgehärmte Frau, die alte Hilda, wie die Hiesigen sie nannten. Ich stellte mich ihr vor und befragte sie, erhielt jedoch stets die gleiche Antwort: »Gehen Sie zu meinem Sohn.« Auf die Frage, wo ich ihn finden könne, erwiderte sie mürrisch: »Im Wald.«

»Holz holen?«

»Ja, Holz holen.«

Warum war die Alte nur so grantig? Ich schob es auf den hier lebenden Menschenschlag. Störrische Esel. Abergläubische Eulen.

Nachdem ich meinen Vormittag mit der Befragung des Kindes und der Alten vergeudet und nur erfahren hatte, die Gesuchten seien im Wald, kam mir die Sache doch etwas fragwürdig vor. Ich beschloss, nochmals in den Wald zu gehen. Aber diesmal nicht nach Osten, so riet mir eine innere Stimme, sondern genau in die entgegengesetzte Richtung. Ich glaubte nicht, dass die Dorfbewohner Holz lasen, denn die Ställe und Unterstände waren voll davon.

VII

Mein Instinkt hatte mich nicht getrogen. Ich traf die Gesuchten, und sie waren nicht zum Holzsammeln ausgezogen.

Gerade als ich nach einem strammen Marsch von zwanzig Minuten auf den ersten Dorfbewohner stieß, einen jungen Kerl von vielleicht fünfzehn Jahren (wie sich herausstellte, war es Georg Falke, der jüngere Sohn des Dorfschulzen), erhob sich nicht weit vom Weg ein furchtbares Geheul und Geschrei.

Meine düstersten Ahnungen schienen sich zu bestätigen.

Ich zog meinen Dreispitz vom Kopf, presste ihn an die Brust und lief, was meine Beine hergaben. Georg Falke folgte mir. Schon nach wenigen hundert Metern bot sich uns ein Bild des Grauens. Auf einer Wiese standen die Männer wie versteinert in einem Halbkreis um ein kleines blutbesudeltes Bündel. Ein junges Mädchen, erkannte ich, und wie es aussah, nicht mehr am Leben. Eine Frau, gewiss die Mutter, kniete neben der Leiche und schrie wie wahnsinnig, ihr totes Kind dabei immer wieder schüttelnd, als könne sie es dadurch aufwecken. Sie raufte sich die Haare, krallte sich die Finger ins Gesicht und schrie und schrie, dass es hätte einen Stein erweichen können.

In meiner Zeit als Criminalkommissarius Seiner Majestät des Königs hatte ich häufig erfahren müssen, wie Menschen auf den unerwarteten Tod eines nahen Angehörigen reagierten, doch nie war ich bisher Zeuge einer solch schrecklichen Zusammenkunft gewesen. Wohl hatten die Dorfbewohner geahnt, dass etwas Furchtbares geschehen war, dennoch hatte ein jeder insgeheim gehofft, das Befürchtete möge doch nicht eingetreten sein.

Das Mädchen war bereits seit drei Tagen spurlos verschwunden gewesen, und mit jedem Tag war die Hoffnung verronnen, es lebendig wiederzufinden. Später ging ich mit dem Dorfschulzen und dem Pfarrer heftig ins Gericht, weil man mich nicht sofort über das Verschwinden des Kindes informiert hatte. Auch dem Wirtspaar las ich die Leviten, denn sie hatten es ebenfalls gewusst. Ich hätte nicht wenig Grund gehabt, sie alle sofort arretieren zu lassen, aber bei der Kleinen handelte es sich um eine Nichte des Schulzen, und um das Leid nicht noch zu vergrößern, brachte ich das Gesetz in diesem Falle nicht zur Geltung.

Die Kleine war noch nicht lange tot, wie ich ihrem Körper ansehen konnte. Der Mord musste in der letzten Nacht geschehen sein. Ihr Mörder – einige Dorfbewohner murmelten schon: »Das hat der Gierfraß getan!« – musste das Mädchen gewaltsam entführt, vielleicht auch vom Weg oder einem anderen Ort fortgelockt haben. Ein Mensch, den sie kannte? Wenngleich ich noch nicht oft mit Kindsmorden zu tun gehabt hatte, so wusste ich doch aus meiner kriminalistischen Lektüre, dass solche Täter oft im Kreis der eigenen Familie, unter dem Gesinde oder unter vermeintlich wohl gesinnten Nachbarn oder Freunden zu suchen waren.

Und wie war ihr Leichnam auf diese Lichtung gelangt? War sie hier getötet oder woanders ermordet und erst danach hierher geschafft worden?

Der kleine nur noch mit wenigen Fetzen bekleidete Körper war über und über mit Blut befleckt. Die Kehle war aufgerissen, nicht aufgeschnitten, wie ich sofort ersah, der Kehlkopf förmlich herausgebissen. Die Überreste boten ein grauenvolles Bild. Bissspuren befanden sich auch in der Bauchgegend und an der Brust. Die Beinchen waren verdreht, ebenso die Arme. Es schien, als ob sie sich gewehrt hätte, denn unmittelbar neben der kleinen Leiche fand ich Fetzen grauschwarzer und blutiger Haare im Gras. Ich betrachtete diese Haare ziemlich genau. Zu meinem Entsetzen stellte ich fest, dass es Wolfshaare waren!

Das verblüffte mich. Schien es doch dem Glauben der Dörfler Gewicht zu verleihen, der Mörder müsse ein Gierfraß sein, jenes so unheilvolle, teuflische Wesen – ein Geschöpf, halb Mensch, halb Wolf, und dazu noch ein Blutsauger.

Obwohl mein Weltbild fest geprägt ist, wollte ich doch die Möglichkeit der Existenz eines solchen Wesens nicht ganz ausschließen. Dennoch wehrte sich mein Verstand aufs Heftigste. Auch die Autoren, die ich studiert hatte, schlossen mehrheitlich die Realität dieses Phänomens aus. War am Ende ein normaler Wolf der Täter?

Ein Umstand darf nicht unerwähnt bleiben, so furchtbar und schrecklich er auch sein mag: Dem Kind fehlten beide Hände und Füße. Ich besah mir die übel zugerichteten Stümpfe eingehend. Der Mörder hatte die Hände und Füße abgerissen, nachdem er sie zuvor mit einem Beil oder einem Säbel angetrennt hatte. Trotzdem waren die Glieder nicht mit Blut verkrustet, eher schienen sie wie abgeleckt. Tat ein Gierfraß so etwas?

Angestrengt suchte ich auf dem Waldboden nach Spuren. Leider hatten die Bauern im Umkreis alles zertrampelt, dennoch schien es mir, als seien hier und da Wolfsfährten zu entdecken, ziemlich große sogar.

Ich gab dem Schulzen diskret zu verstehen, er solle, ohne dass die unglückliche Mutter es bemerke, die Wiese und den umliegenden Wald genau durchsuchen lassen. Vielleicht fand man die fehlenden Leichenteile oder sonst etwas Bedeutsames.

Der hier ansässige Menschenschlag war in seiner bäuerischen Art nicht grobschlächtiger als woanders, dennoch scheinen die Leute etwas frommer zu sein, da sie sich fortwährend bekreuzigten. Das hatte zweifellos auch etwas mit dem im Ermland weit verbreiteten Katholizismus zu tun.

Die Männer waren alle von harter Feldarbeit gezeichnet. Gleiches galt für die Frauen. Sie ackerten tagein, tagaus, gönnten sich nur wenige Vergnügungen. Gleichwohl hatten sie eine freundliche Wesensart. Dass sie mir nicht offenherzig begegneten, war nicht anders zu erwarten.

Die Suche verlief ergebnislos. Die Dörfler stellten sich tollpatschig und dümmlich an und zertraten wahrscheinlich noch die letzten Spuren, die mir einen Hinweis hätten geben können.

Ich zog die Mutter von den Überresten ihrer Tochter weg und beauftragte den Dorfschulzen, die Kinderleiche in die Kirche zu tragen und dort aufzubahren. Anschließend sollte die Mutter von ihrem Kind Abschied nehmen, denn ich gedachte, die Leiche nach Königsberg in die dortige Anatomie schaffen und von einem Chirurgus untersuchen zu lassen.

Nach der Rückkehr ins Dorf setzte ich einen Brief an Seine

Exzellenz den Herrn Minister auf und unterrichtete ihn über die Vorfälle und meinen Erkenntnisstand. Ich hatte alle an der Suche Beteiligten befragt. Die Mutter des Opfers lebte allein, nachdem ihr Mann am Schlagfluss gestorben war. Der Dorfschulze war ihr Bruder und daher der Onkel des Mädchens. Durch diesen nahen Verwandtschaftsgrad machte er sich bei mir verdächtig.

Obwohl ich mich nach diesem langen und sehr grausamen Tag ausgelaugt und niedergeschlagen fühlte, forderte ich Kosemaul noch am selben Abend auf, aus dem Pfarrhaus zu berichten.

Kosemaul hatte es sich auf meinem Bett bequem gemacht. Ich saß am Tisch und notierte gewissenhaft, was mir an seinem Bericht festhaltenswert erschien.

Während er erzählte, naturgemäß etwas schwerfällig und umständlich, hatte er einen überschäumenden Bierkrug in Reichweite und sog von Zeit zu Zeit genüsslich an einer Tabakspfeife.

Der Pfarrer lebte gemeinsam mit seiner Schwester und deren Familie im Pfarrhaus, einem großen steinernen Bau mit einem gepflegten umzäunten Vorgarten gegenüber der Kirche. Die Schwester besorgte den Haushalt, ihre Familie bestand aus ihrem Ehemann und den gemeinsamen halbwüchsigen Töchtern, die ungefähr dreizehn und fünfzehn Jahre alt waren.

Beim Eintritt meines Adjutanten stob die ganze Familie auseinander, fast schien es, als wollten sie schützende Verstecke aufsuchen. Kosemaul fand das nicht befremdlich, schließlich war er es gewohnt, dass die Menschen verschwanden, wenn er in ein Haus eintrat.

»Ick jing dann mit'm Pfarrer nach owen in seine Stube. Der Herr Pfarrer sammelt Biweln, wie er mir sahchte. Er hat 'nen janzen Schrank voll davon. Offm Tisch lach 'ne Biwel, die soll zweihunnert Jahre alt sein. Was mich awer stutzich jemacht hat, dass ich nirjens was zu trinken sehen konnte, keen Bier, keen Wein, nischt. Das is mehr als offällig. Denn meistens hewen die Pfaffen ohch ma een.« Kosemaul lachte verschmitzt. »Ziemlich fromm, der Kerl! Für mich zu fromm! Über die Leute kann er nischt sagen, ohch wenn er schon dreißich Jahre hier is. Awer 'n Moralapostel, dit isser!« Dabei schüttelte Kosemaul seinen riesigen Kopf und nahm einen großen Zug aus der Bierkanne. »Der Dorfschulze soll enn Verhältnis mit ner Mahcht ham. Jott, hat der den runnerjemacht. In de Wirtze jeht er och nur selten. Eijentlich war er nur wejen uns da, sahcht er jedenfalls.«

»Dass die Herren Pfarrer zu den Moralaposteln zählen, stört mich ganz und gar nicht, ich verlange es sogar von ihnen.«

»Nee, globt mir, mit dem stimmt was nich. Ohch lagen in seiner Kammer en Haufen Zettel rum, und er erzählte, er arweitet an nem Buch oder so. Er kenne die janze Jeschichte.«

»Habt Ihr ihn nach dem Gierfraß gefragt?«

»Na lorisch, awer der Kerl wollte nich so richtich. Der weß mehr, als er sahren will. Den müss mer uns noch ma vorknöppen.«

»Behaltet ihn im Auge.«

»Hawe verstanden.« Kosemaul trank seine Kanne Bier in einem Schluck aus und verabschiedete sich in seine eigene Kammer. Sein Schnarchen war so laut, dass es durch die Verbindungswand unserer Gemächer drang. Infolgedessen begann Kosemaul den nächsten Tag frisch, munter und lustig pfeifend, ich hingegen trat meinen Dienst mit einem Mühlstein im Kopf an. Dass meine Nacht recht schlaflos verlief, verdankte ich indessen auch noch einer anderen Störung.

Diesmal musste ich mich nicht in voller Bekleidung zu Bett begeben, meine Ermahnung an die Wirtin wegen der Beheizung hatte gewirkt. Ich legte den Kopf aufs Kissen, aber die furchtbaren Bilder des toten Mädchens ließen mich nicht zur Ruhe kommen. Mehrmals stieg ich aus dem Bett und ging friedlos in meiner Kammer auf und ab. Der Anblick der abgeleckten Stümpfe der Kindsleiche wollte mir nicht aus dem Sinn weichen. Welcher Mörder leckte an den Wunden eines so geschundenen Opfers? Oder handelte es sich, wie die Spuren anzeigten, doch um gewöhnliche Wölfe, die sich nach dem Mord über die Leiche hergemacht oder sogar den Mörder während der Verübung seiner Tat gestört hatten?

Es muss nach Mitternacht gewesen sein, als ich mich endgültig hinlegte.

Draußen heulte ein Wolf. Fast schien es mir, als wäre es ein Wehklagen.

VIII

Mein Schlaf war unruhig und leicht. Ich wusste nicht, wie lange ich mich schon in quälenden Träumen von einer Seite auf die andere gewälzt hatte, als ich plötzlich auffuhr.

Das Schnarchen, das rhythmisch durch die Zimmerwand sägte, hatte mich jedenfalls nicht geweckt. Abermals ertönte ein leises, aber durchdringendes Knarren.

Es rührte von den Angeln der Kammertür her, die heimlich aufgedrückt wurde.

Meine Nackenhaare stellten sich hoch, kalter Schweiß trat mir auf die Stirn. Es war stockfinster, und so sehr meine aufgerissenen Augen in Richtung der Zimmertür starrten, sie sahen nur Schwärze. Innerlich fluchte ich darüber, entgegen meiner Gewohnheit den Riegel nicht vorgelegt zu haben. Schon spielte mir meine Fantasie einen Streich, indem sie mir vorgaukelte, der Gierfraß nähere sich meinem Lager, um mir in dieser Nacht das Blut auszusaugen und meine Seele zu stehlen. Dann jedoch schob meine lange geübte Rationalität die fantastischen Gedanken brüsk zur Seite, und ich griff unter das Bett, ertastete den Kolben meiner Pistole und spannte mit einem Knacken den Hahn.

Das Knarren einer Bodendiele beantwortete dieses Geräusch. Offenbar hatte der Eindringling das Spannen des Pistolenhahns gehört und innegehalten. Mittlerweile hatten sich meine Augen ein wenig an die Dunkelheit gewöhnt, und ich erkannte schwach einen Schemen im Türspalt.

Der Herzschlag pochte mir bis in die Kehle. Die Umrisse der Gestalt glichen auf keinem Fall einem Werwolf, vielmehr hatten sie etwas Hexenhaftes. Je besser meine Augen sich der Dunkelheit anpassten, desto mehr konnte ich erkennen. Lange wilde Haare, ein weiter Rock. Die Vettel des Wirtes? Nein, die hatte kurzes dünnes Haar. Was wollte die auch hier? Mich etwa berauben oder gar ermorden? Ausgeschlossen, denn sie musste wissen, dass ein Angriff auf einen Crako einem Angriff auf die Person Seiner Majestät des Königs gleichkam.

Beinahe hätte ich mich geräuspert und laut »Wer da?« gerufen. Doch in diesem Moment regte sich die Gestalt wieder und zwängte sich vollends durch die Tür. Offenbar hatte der heimliche Besucher das Knacken des Pistolenhahns als ein zufälliges Geräusch eingeschätzt und nicht bemerkt, dass ich wach war. Daher blieb ich still. Ich wollte wissen, was hier vorging.

Die Gestalt schlich durch meine Kammer, aber nicht auf mein Bett zu. Sie wollte also gar nichts von mir selbst. Vielmehr legte sie etwas auf den Tisch, wohl ein Papier, nach dem leisen Rascheln zu urteilen. Und fast so leise, wie sie gekommen war, wollte sie sich auch wieder aus dem Staube machen. Doch da hatte ich bereits die Decken, die mich umhüllten, beiseite geworfen, war aus dem Bett gesprungen und drückte ihr die Pistole an die Brust.

»Wer bist du? Was willst du?«

Die Schreckstarre des Eindringlings währte nur den Bruchteil einer Sekunde. Er versuchte mich zur Seite zu schieben, doch schnell hatte ich ihm mit dem Lauf der Pistole eins über den Kopf gezogen. Er taumelte und brach zusammen. Nun versuchte er, auf allen vieren an mir vorbeizukommen, doch ich riss ihn an einem Arm herum und versetzte ihm einen Tritt in die Seite. Ich hatte keine Stiefel an, aber ich musste die richtige Stelle getroffen haben, denn ein schmerzvolles Stöhnen erklang.

Eine Frau!

»Versuche Sie nicht zu entkommen«, sprach ich ruhig und drehte das Öllämpchen auf.

Mir zu Füßen lag eine Frau von vielleicht dreißig Jahren, sehr hübsch anzusehen, wenn auch ein wenig wild. Ihre Eltern mussten Zigeuner gewesen sein. Trotz des schwachen Lichtes und ihres schmutzigen Gesichts ließen sich zwei schöne blaugrüne Augen erkennen.

»Setz Sie sich auf das Bett.« Die Frau gehorchte, sich schmerzhaft die Seite haltend, wo mein Fuß sie getroffen hatte.

»Wer ist Sie?«

»Ich bin Ragana, die Mutter von Dragana, mit der Ihr gestern gesprochen habt«, presste sie schließlich hervor.

»Was will Sie von mir? Weiß Sie denn nicht, dass ich Sie einsperren und stäupen lassen könnte?«

Die Frau nickte. Sie drückte die Hände gegen das Gesicht und schluchzte. »Tut mir bitte nichts, edler Herr! Ich wollte Euch doch nur eine Nachricht überbringen.«

Offenbar gelang es mir auch im Nachtgewand, die mir vom König verliehene Autorität auszustrahlen. Streng fragte ich: »Jetzt? Um Mitternacht? Wieso nicht am helllichten Tag?«

»Ich hatte Angst.«

»Und da bricht Sie lieber in ein Haus ein und stiehlt sich in meine Kammer?«

Die Mutter der kleinen Zigeunergöre zeigte auf den Tisch und bedeutete mir, die Nachricht zu lesen, die sie mir dorthin gelegt hatte. Ich nahm das Stück Papier und las die krakelige Schrift:

Der adlige Herr wars. Gott steh Ihnen bei!

»General von Wolfsdorf?«, fuhr ich sie an.

»Ja, der«, antwortete sie.

»Wie kommt Sie zu so einer unerhörten Behauptung und Anzeige?«

Die Frau geriet in Erregung: »Er hat schon andere Kinder angefasst, auch Dragana. Ich weiß es. Ich habe es gesehen. Wenn man Kinder anfasst, bringt man sie auch um.«

Das konnte ich nicht bestätigten, und der bloße Verdacht oder die vage Beschuldigung einer Zigeunerin gegen einen adligen Herrn oder gar einen General Seiner Majestät des Königs hatte wenig Gewicht, auch bei mir.

»Geh sie nach Hause!«, befahl ich ihr. »Aber sei Sie leise und lass Sie sich nicht erwischen, sonst muss ich Sie in Arrest nehmen!«

Die Frau erhob sich und sah mir in die Augen.

»Ihr werdet das Morden nicht beenden«, sagte sie fest. »Die Obrigkeit steckt selbst dahinter.«

»Hüte Sie ihre Zunge!«, flüsterte ich ihr noch scharf ins Ohr, dann war sie auch schon in den Gang hinausgehuscht und über die Außentreppe verschwunden. Kopfschüttelnd legte ich mich wieder ins Bett. Heute Nacht würde bestimmt nichts mehr passieren, dachte ich und wälzte mich auf die Seite. Der General der Gierfraß? Was für eine Torheit!

Die verbliebene Nacht war kurz, meine Träume dafür umso intensiver. Der Anblick des toten Mädchens kehrte wieder zu mir zurück. Welch schreckliche Bilder sich meiner bemächtigten, kann der geschätzte Leser nur erahnen.

Früh am Morgen, nach dem Krähen des Hahns, dachte ich sofort wieder an dieses Zigeunerweib Ragana, und ich beschloss, sie aufzusuchen und ausführlich zu examinieren.

Als ich das Haus des Dorfschulzen Falke erreichte, war sie gerade in der Scheune damit beschäftigt, einer Gans den Schnabel aufzudrücken und den Vogel mit Körnern zu stopfen. Als ich eintrat, lächelte sie mir zu und sagte: »Ich bin gleich fertig, edler Herr!«

»Lass Sie sich Zeit. Mich eilt es heute nicht.«

Zu meinem Erstaunen vernahm ich in meiner Stimme eine gewisse Erregung. Die Zigeunerin war ein bildschönes Weib mit langem schwarzen Haar. Von ihr hatte die kleine Dragana die Augen, die blau wie der Himmel, aber auch grün wie ein See leuchten konnten. Ihr Teint war dunkel und stand im krassen Gegensatz zur modischen Blässe der adligen Damenwelt. Ihre Hände waren rau von der harten Feldarbeit und alles andere als gepflegt, aber anmutig und schlank geformt. Ihr blutroter voller und etwas breiter Mund verschloss ein wahres Raubtiergebiss.

Nachdem die Gans gemästet war, wusch Ragana sich die Hände, und wir setzten uns auf eine Bank im Hof.

»Wo ist Ihr Töchterlein?«, fragte ich unvermittelt.

»Sie spielt unten am Teich«, erwiderte Ragana. »Hat sie was ausgefressen?«

»Nein, nein …« Ich straffte mich. »Doch sag Sie mir, was sollte dieser nächtliche Besuch?«

Ragana schaute verlegen zu Boden. »Ich weiß, es war dumm.«

»Nicht nur dumm, auch gefährlich. Ich hätte Sie arretieren lassen oder, noch schlimmer, mit der Pistole niederschießen können.«

»So etwas macht Ihr nicht, Ihr seid ein guter Herr.«

»So, glaubt Sie das?«

Sie blickte mich an, und unvermittelt begann sie zu erzählen. »Der Gierfraß ist ein scheußliches Wesen. Es wechselt seine Gestalt und vermag zu wandeln wie ein Mensch!«

»Ist er ein Mensch?«

Ragana nickte vorsichtig und sah zum Küchenfenster des Schulzenhauses, aus dem uns ein Augenpaar beobachtete. Ich erkannte den Schulzen. Er war also zu Hause, im Gegensatz zu den anderen Leuten seines Gehöftes, die in den Wäldern arbeiteten oder fischten.

»Sie hat gestern schwer wiegende Vorwürfe geäußert. Eigentlich müsste ich diese Anschuldigungen vor Gericht bringen und ihnen nachgehen, aber ich tue es nicht. Ihretwegen.« Ich sah sie fest an.

Ragana errötete und senkte den Blick. Leise fuhr sie fort: »Ich weiß, was ich weiß. Ich habe ein inneres Auge, mit dem ich Dinge und Erscheinungen sehen kann, die einem normalen Menschen verborgen bleiben. Woher ich diese Fähigkeit habe, kann ich nicht angeben. Ich glaube aber, ich wurde an einem 29. Februar geboren; man sagt ja, dass Schaltjahreskinder Geisterseher sind. Manchmal kann ich nächtelang nicht schlafen, weil mich die Seelen der gemordeten Kinder heimsuchen. Sie erzählen mir immer wieder: Sucht unseren Mörder bei der Obrigkeit!«

»Welcher Obrigkeit?«

»Es ist der Herr.«

»General von Wolfsdorf?«

Das Zigeunerweib nickte. Ihre haarsträubenden Vorwürfe konnten mich, wenn ich ihnen nachging und sie sich als haltlos erwiesen, den Kopf kosten. Dies sagte ich ihr.

»Es ist nicht bloß ein Verdacht«, erzählte Ragana. »Als ich noch klein war, nahm mich der Bruder des Generals zu sich ins Schloss. Er war ein guter Herr und sorgte sich sehr liebevoll um mich. Die Jahre vergingen, und ich diente ihm als Magd. Damals ging auch der Kelch der Pest an uns vorüber. Eines Tages, Dragana war als Bankert auf dem Weg, rief er mich zu sich und sagte: ›Du musst jetzt gehen. In wenigen Tagen kommt mein Bruder. Geh weit weg und bring das Kind in Frieden und Sicherheit zur Welt.‹ Ich verstand nicht, was das alles zu bedeuten hatte, weigerte mich und blieb. Als sein Bruder kam, wurde alles anders. Er ist ein Unmensch, drangsalierte mich, schlug mich und war grausam und böse. Eines Tages, ich erinnere mich noch genau, gingen beide Brüder über den Schlosshof. Sie stritten miteinander. Ich konnte nichts hören, doch als sich beide im Gram trennten, lief mir der General auf der Freitreppe des Schlosses über den Weg und sah mich mit teuflischem Blick aus eiskalten Augen an, sodass ich auf der Stelle davonstürzte und mich verbarg. Ich blieb den ganzen Tag über in meinem Versteck. Als die Nacht hereinbrach und die Dunkelheit sich ausbreitete, sah ich den General und seinen Lakaien, wie sie einen Sack zu dem alten Turm trugen und darin verschwanden. Zuerst bekümmerte ich mich nicht weiter darum. Aber als er mich am anderen Morgen zu sich rief und mir befahl, ich solle mich endlich davonscheren, der Herr, sein Bruder, sei abgereist und wünsche es ebenfalls, wurde ich stutzig. Dies, glaubt mir, hätte der edle Herr so niemals gewollt.«

»Was macht Sie da so sicher? Brüder streiten nun einmal. Außerdem trug er Ihr auf, zu gehen, sobald sein Bruder käme.«

»Ich glaube, der General hat seinen Bruder ermordet.«

Diese Beschuldigungen gegen General von Wolfsdorf wurden ja immer wilder. Und doch konnte ich Ragana nicht einfach ihren überaus riskanten Verdachtsmomenten überlassen. »Hat Sie denn irgendwelche Beweise für Ihre Verdächtigungen, außer dass Sie den Herrn General und seinen Lakaien mit einem Sack zum Turm gehen sah?«

Ragana schüttelte den Kopf.

»Ihre Anschuldigungen sind gefährlich!«

Ich glaubte dem schönen Zigeunerweib nicht. Mehrfach schon hatten mich andere, hochangesehene und glaubwürdige Personen vor der Lügenbereitschaft und der Verschlagenheit der Zigeuner gewarnt. Ragana schien meine Gedanken zu erraten.

»Ihr glaubt mir nicht, weil ich eine Zigeunerin bin. Eines aber kann jeder hier bezeugen: Kaum war der General im Schloss, holte sich jedes Mal der Gierfraß ein Mädchen.«

Das verschlug mir die Sprache. Entsetzt sah ich sie an.

Da rief aus dem Haus eine laute Männerstimme nach Ragana.

Es war der Schulze, der nun in der Tür stand. Warum unterbrach er mein Verhör?

Ich drehte mich zu ihm um. »Was fällt Ihm ein, mich zu stören?«

»Entschuldigt, edler Herr, ich wusste ja nicht, dass Ihr so vertieft im Gespräch seid.«

Wollte dieser Hund der Ragana das Wort verbieten? Wusste er etwas? Vielleicht kannte ja das ganze Dorf die Identität des Gierfraßes und hielt uns zum Narren …

»Wage Er nicht noch einmal, mich bei einer Examination zu unterbrechen!«, herrschte ich den Schulzen an. Dieser verbeugte sich ehrfurchtsvoll und verschwand, wie er gekommen war.

»Nun rede Sie weiter!«

»Ich kann Euch nicht mehr sagen, außer dass ich weiß, dass der Gierfraß der Herr selbst ist.«

»Aber General von Wolfsdorf weilt gar nicht im Schloss, sondern befindet sich in Berlin, soweit ich weiß. *Summa summarum* kann er das neueste Opfer gar nicht getötet haben.«

»Ja, einmal ist er in Berlin, dann wieder in Königsberg. Er kommt oft und wann er will, auch zu den unmöglichsten Zeiten, und ist dann genauso schnell wieder verschwunden.«

Mit einer unwirschen Handbewegung gebot ich ihr zu schweigen.

»Das geht zu weit. Ihre Anschuldigungen entbehren jedes Sinns. Ein königlicher General muss viel reisen und reiten. Das ist normal. Geh Sie zurück an ihre Arbeit!«

»Fragt den alten Dagg, edler Herr, schon einer seiner Vorväter jagte den Gierfraß. Vielleicht kann er Euch weiterhelfen. Ich bete für Euch.«

»Wo finde ich diesen Mann?«

»Folgt dem oberen Waldweg. Er ist der Königliche Jäger hier.«

Ragana sah mich noch einmal an, so als wollte sie mich mit diesem Blick anflehen, ihr zu glauben. Endlich lief sie zurück in die Scheune, wo die Mastgänse krakeelten.

IX

Ich folgte dem Rat des schönen Weibes, wenngleich mir ihre Anschuldigungen gegen die Person eines in den Diensten Seiner Majestät stehenden Generals fantastisch und geradezu ungeheuerlich vorkamen, und machte mich auf den Weg zum Jagdhaus des alten Dagg. Der halbstündige Spaziergang führte mich durch den hörbar von Leben erfüllten Wald. Das stattliche Jagdhaus mit seinen beiden angrenzenden Scheunen erhob sich auf einem sanften Hügel, umgeben von dichtem Gehölz, einigen Teichen und einem daran vorbeifließenden schmalen Bachlauf. Das ganze Gehöft war umzäunt von einer fünf bis sechs Fuß hohen steinernen Mauer. Als ich durch das offene Tor schritt, drangen vom Hof Hundegebell und Stimmen herüber. Ich durchquerte den Kräutergarten, der sich wie ein reich gewobener Teppich über einen Teil des Hügels erstreckte.

Plötzlich sprang mich ein großer Schäferhund an; mein anfänglicher Schreck verflog allerdings schnell, als ich erkannte, dass er mich mit wedelndem Schwanz freudig begrüßte. Es war ein junges Tier mit sanften, fast traurigen Augen.

»Max, sitz!«, tönte es über den Hof. Der Hund gehorchte augenblicklich. Während er sich auf die Hinterläufe niederließ, trat mir aus dem Hauseingang ein hoch gewachsener, sehr kräftig gebauter Mann von etwa 50 Jahren entgegen. Er schien von ähnlich gutmütiger Wesensart wie sein Hund, denn er zeigte ein verschmitztes, freundliches Lächeln. Sein markantes Gesicht prägte eine besonders schmale, gebogene Nase.

»Ihr müsst der Herr Criminalkommissarius sein?«, mutmaßte er mit hoher Stimme und streckte mir die Hand entgegen. Ich nahm sie und verspürte sogleich seinen kräftigen, fast schon schmerzhaften Griff. Ich stellte mich vor, worauf der alte Dagg, so nannten ihn die Leute, nach seinem Weib rief, damit sie uns einen Krug mit Wasser brachte. In dem ordentlich gepflasterten

Hof standen allerlei Gerätschaften herum, die eher an eine Bauernwirtschaft denn an ein Jagdhaus denken ließen. Gleich links neben dem Tor erhob sich ein Backhaus, das einen verlockenden Bratendunst verströmte. Im Dunkel einer Scheune gewahrte ich einen Burschen, der auf einem Schemel saß und eine abenteuerliche Destilliervorrichtung überwachte.

»Mein Sohn«, sagte der Dagg, der meine Blickrichtung bemerkt hatte, und schaute zufrieden auf seinen Sprössling und dessen Werk. »Mein zweiter Sohn ist noch im Wald. Wir brennen gerade richtig starken Schnaps.«

Nachdem seine Frau uns einen Krug Wasser gebracht hatte, setzten wir uns auf eine Bank. Der alte Dagg war ein leutseliger Mensch, und noch ehe ich ihn zum Sprechen aufgefordert hatte, begann er zu erzählen.

»Ich weiß schon, warum Ihr gekommen seid, Ihr wollt den Gierfraß unschädlich machen. Die Leute sind dumm und abergläubisch. Seit ich denken kann, lebe ich hier im Wald als ein Jäger wie vor mir mein Vater und davor dessen Vater. Wir haben alles gejagt, Wölfe, Bären, Luchse, ja, selbst noch Wisentstiere, aber einem Gierfraß bin ich niemals begegnet. Euer Mörder, mein Herr, ist kein Geschöpf des Waldes. Glaubt mir, zu etwas derartig Grausamem ist nur ein Mensch fähig.«

Ich nickte nachdenklich, zustimmend. »Die Sage vom Gierfraß hält sich meiner Kenntnis nach aber schon sehr lange und fest bei den Leuten.«

»Ja, ja, ich weiß. Auch einer meiner Vorväter jagte ihn einst. Das ist bestimmt schon 100 Jahre her. Er konnte ihn nicht fangen, geschweige denn töten.«

»Wurden denn damals schon tote Mädchen gefunden?«

Der Dagg nickte.

»Leider ja. Ein kleines Mädchen aus unserem und zwei andere aus dem Nachbarsdorf.«

»Und die Obrigkeit?«

»Die Obrigkeit? Wir wurden damals von Räubern und Mördern heimgesucht. Der große Krieg wütete. Da ging alles drunter und drüber. Man schrieb es anfänglich marodierenden Kosaken oder Polen zu, aber irgendjemand setzte das Gerücht in die Welt, es stecke ein Gierfraß dahinter, ein furchtbares Wesen. Der

Herr Pfarrer sprach gar von der Strafe Gottes, die uns ereile. Jedenfalls glaubte ein jeder an ein Geschöpf aus der Hölle. Wir hatten damals, genau wie heute, wieder zahlreiche Wölfe in unseren Wäldern, und so forderten die Leute meinen Ahnen auf, Jagd auf sie zu machen. Fünf brachte er zur Strecke, aber keiner war ein Kindermörder. Ich kann mich noch genau erinnern, wie auch mein Großvater immer sagte, die Wölfe seien es nicht gewesen. Die fänden genug Nahrung …«

Er unterbrach sich, um seiner Frau, die gerade aus einem der Fenster schaute, irgendeinen Wink zu geben. Dann fuhr er fort: »Auch jetzt leiden die grauen Räuber keinen Hunger, der sie auf Kinder losgehen ließe.«

»Ihr glaubt also, dass der Mörder ein Mensch ist?«

»Ganz gewiss. Kommt mit mir, Herr, ich möchte Euch etwas zeigen.«

Wir betraten das Haus durch die Küche, wo die Hauswirtin gerade damit beschäftigt war, Tauben zu rupfen. Das Jagdhaus war nicht nur äußerlich ein stattliches Gebäude. Erst im Inneren zeigte es seine ganze Pracht. Überall hingen Waffen an den weiß, blau und rot getünchten, zum Teil auch mit Holz verkleideten Wänden, Jagdbüchsen, Pulverflaschen, Bärenfallen, Spieße, Hirschfänger, Wandteppiche und Jagdtrophäen der verschiedensten Art. Am eindrucksvollsten war ein zehn Fuß langes Bärenfell, das vor dem Kamin in der farbig ausgemalten Bohlenstube lag. Rechts neben dem Kamin hing der Schädel eines Auerochsen mit Hörnern von fünf Spannen Länge. Der alte Dagg beobachtete mich genau und zeigte eine sichtliche Freude an meinem Erstaunen. Als er meine Verwunderung über den gewaltigen Schädel bemerkte, äußerte er: »Und das ist nur der Kopf!«

Er geleitete mich ins obere Geschoss, vorbei an weiteren Jagdtrophäen, wobei sich der von einem prächtigen Geweih gekrönte Schädel eines Vierundzwanzigenders im Vergleich zu dem Auerochsen wie ein Kälbchen ausnahm. Wir gelangten in eine geräumige warme Stube, und der Dagg führte mich zu einem Bücherschrank.

»Mein Vater wurde oft an den Hof des Kurfürsten gerufen. Da hat er sich, durch seine guten Beziehungen zu einem Professor der Universität in Königsberg, immer wieder Bücher kommen lassen. Viele handeln von Tieren und den Merkwürdigkeiten der Natur, der Schöpfung Gottes. Ich habe sie alle gelesen, aber keines gibt mir einen Hinweis auf die Existenz solcher Wesen, zu denen der Gierfraß zählen soll.«

»Nun, Ihr wisst, es gibt mehr Dinge ...«

»Ich glaube, so sehr wir auch den Wolf hassen und sein Fleisch vielleicht bösartig macht, wenn man es denn wirklich isst, seiner Natur nach ist er doch kein Mörder. Ein Räuber, ja, aber kein Mörder. – Doch seht Euch das an!« Er zog einen kleinen Band aus einem der Bücherborde. »Das Tagebuch meines Urgroßvaters. Darin hat er etwas zu jener vor über 100 Jahren veranstalteten Gierfraßjagd geschrieben. Ich habe es immer und immer wieder gelesen, allein so richtig schlau wird man daraus nicht.«

Das Büchlein enthielt neben einigen kurzen Aufzeichnungen, Wetterbeobachtungen und Einträgen über Abschüsse, die den Jäger auswiesen, nichts Nennenswertes, allerdings benannte der Verfasser Jahr und Tag der Gierfraßjagd.

10. Oktober im Jahre des Herrn 1620. Heute haben wir wiederholt Jagd auf den Gierfraß gemacht. Allen Fallen und Hinterhalten zum Trotz entkommt er uns immer wieder. Mich dünkt, ein Mensch steckt hinter der Verkleidung. Die Leute sagen, er sei ein menschlicher Wolf.

Ein weiterer Eintrag vermeldete Folgendes:

Heute, am 14. Oktober anno 1620, starb unser viel geliebter Herr, Herr Joachim von Wolfsdorf. Gott möge seiner Seele gnädig sein.

Und für den 30. Oktober:

Wir haben die Jagd nach dem Gierfraß auf allerhöchsten Befehl aufgegeben.

Auf allerhöchsten Befehl? Das war merkwürdig. Doch ich enthielt mich vorerst weiterer Schlussfolgerungen.

Der Dagg sah die Pistole in meinem Gürtel. »Wenn Ihr den Gierfraß fassen wollt, kommt Ihr mit Kugeln nicht weit.«

Ich zog die Waffe hervor, wog sie in der Hand und sagte: »Ein hervorragendes Stück aus der Büchsenmacherei der Kuchenreiter.«

»Das mag schon sein«, erwiderte der Dagg, »dennoch gebe ich Euch ein brauchbares Gewehr und einen großen Jagddolch mit.«

Er stieg mit mir in die Bohlenstube hinab, wo er ein mit kunstvollen Gravuren verziertes Gewehr von der Wand nahm. »Seht dieses schöne Stück! Ein großkalibriger Stutzen von Meister Hoffmann aus Suhl. Kugeln und Pulver findet Ihr hier in dieser Tasche.« Am Pulverbeutel steckte zudem ein Hirschfänger mit einem elfenbeinernen Griff und einer ornamentierten, breiten und scharfen Klinge. »Einer meiner Vorfahren soll ihn von einem Deutschherren als Geschenk erhalten haben, weil er ihm auf der Bärenjagd das Leben gerettet hatte. Dieser Deutschherr hat den Dolch angeblich aus dem Heiligen Land mitgebracht. Vielleicht bringt er Euch Glück!«

Ich nahm Stutzen, Pulvertasche und Dolch entgegen. »Ich danke Euch, guter Mann«, sagte ich, »ich weiß diese freundliche Geste zu schätzen. Ich werde zusätzlich zum Schutz der Leute Dragoner herbeordern lassen. Wenn es ein Wolf ist, werden wir ihm ordentlich den Pelz versengen.«

Der Dagg hob die Brauen. »Glaubt Ihr, edler Herr, ein Wolf oder gar ein Gierfraß lässt sich von Dragonern fangen?«

»Nun, von denen, die ich meine, schon. Etliche von den Kerls zählen zu den besten Schützen des Königreichs.«

»Vor etwa 50 Jahren hatten die Franzosen im Wald von Fontainebleau ein ähnliches Problem. Dort war ebenfalls ein großer Wolf oder, wie man sagte, eine fürchterliche Bestie am Wüten. Soldaten konnten dort gar nichts ausrichten. Man rief die besten zwölf Jäger des Königreichs zusammen. Die haben das Untier schließlich erlegt.«

»Würdet Ihr uns denn beistehen, falls unsere Soldaten erfolglos bleiben?«

»Wenn Ihr meine Hilfe wünscht, stehe ich mit meinen Söhnen an Eurer Seite. Doch bedenkt, edler Herr, Wölfe sind schlau und listenreich. So einfach schießt Ihr keinen Wolf – falls überhaupt ein Graurock der Mörder ist!«

»Wir werden sehen. So recht glaube auch ich nicht daran, selbst wenn ich es mir wünschen würde. Menschliche Bestien habe ich zur Genüge kennen gelernt. Erst vor wenigen Wochen, es war in …«

In diesem Augenblick rief die Hauswirtin nach uns. Freundlich schaute sie um die Ecke und fragte, ob wir zum Mittagsmahl Appetit auf gebratene Tauben hätten? »Nehmt das Angebot nur ruhig an, mein Herr, es sind die schmackhaftesten Täubchen weit und breit.« Natürlich schlug ich das Angebot nicht aus, sondern blieb noch eine Weile beim Dagg und seiner Familie.

Offenbar, ich konnte es seinem Tonfall entnehmen, hielt mich der alte Dagg für einfältig, zumindest was die Jagd auf den Gierfraß mit einem Trupp Dragoner betraf. Doch die Soldaten sollten vorerst nur den Glauben an die Ordnung und den Schutz durch den König sicherstellen. Deshalb entsandte ich am Nachmittag meinen trefflichen Kosemaul mit einem Schreiben an den Kommandanten von Königsberg und bat um eine dreißig Mann starke Abteilung Dragoner.

Merkwürdig erschien es mir, dass der Gierfraß hier tatsächlich schon früher gewütet, mir aber außer Ragana niemand im Dorf davon berichtet hatte. Nur dank meines Besuchs bei Professor von Gundling in Berlin war ich im Bilde.

X

Die übrige Zeit des Tages brachte ich mit Verhören zu, die ich in Absprache mit dem Herrn Pfarrer in der Sakristei durchführte. Das Wirtshaus schien mir aus vielerlei Gründen nicht passend, ebenso wenig der Hof des Schulzen. Die Anwesenheit an diesem heiligen Ort sollte die Befragten ins Gewissen nehmen und zur Wahrheit ihrer Aussagen bewegen.

Aus der Mutter des ermordeten Mädchens bekam ich nicht allzu viel heraus. Sie war eine Frau von etwa 30 Jahren, nicht allzu hübsch und auch nicht übermäßig gescheit. Sie hatte ihre Tochter durch den Wald zum Schloss des Generals geschickt, um dort ein wenig Essen zu erbetteln, wie sie es häufig tat. Als das Kind zwei Stunden später nicht wieder nach Hause zurückgekehrt war, hatte sie den Dorfschulzen alarmiert, der dann die Suche befohlen hatte.

Den Gierfraß schilderten alle ins Verhör Genommenen einvernehmlich als einen Mann, der sich nachts, hauptsächlich aber bei Vollmond, in eine Art Blutsauger oder Werwolf oder ein Mischwesen aus beiden verwandle. Wie diese Verwandlung zustande kam, war unbekannt, lediglich die Alte, die mich so barsch zurückgewiesen hatte (des Schulzen Tante), glaubte zu wissen, dass sie mittels eines »Wolfshemdes«, einer Jacke oder eines Wamses aus Wolfsfell, oder mit Hilfe eines Gürtels aus Wolfsleder vollbracht würde. Einige der Befragten, der Dorfschulze sowie ein paar alte Weiber, behaupteten, irgendeine Hexe verwandele einen Mann aus ihrem Dorf in den Gierfraß. Keiner zog die Möglichkeit in Betracht, dass der Gierfraß eine Frau war. Warum der Gierfraß ausgerechnet jetzt auftrat, wusste niemand zu sagen.

Dafür war man sich einig, dass der Gierfraß in Vollmondnächten Kinder, vornehmlich kleine Mädchen, entführt oder sie tagsüber, noch in menschlicher Gestalt, vom Spielen in den

Wald lockt, dort in einer Höhle versteckt und sie später ermordet. Im Unterschied zum Werwolf, der seine Opfer tötet und frisst oder sie durch seinen Biss, falls sie überleben, ihrerseits zu Werwölfen macht, saugt der Gierfraß seinen Opfern das Blut aus. In ihm vereinigen sich die Eigenschaften eines Werwolfes mit denen eines Nachzehrers, Blutsaugers oder Vaidilas, wie die hiesigen Bewohner sagen, eines spukenden Toten, der ebenfalls der Menschen Blut trinkt.

Der alten Hilda stellte ich die Frage, ob sie schon einmal einen Gierfraß leibhaftig gesehen habe. »Nee, aber den wird es schon geben«, lautete ihre Antwort.

Der Pfarrer, den ich auf die theologische Seite der Tierverwandlung angesprochen hatte, vermutete alten Aberglauben: »Eine Auferstehung kann nur von Gott kommen und auch nur an Gottes Sohn geschehen. Deshalb gibt es auch keine spukenden Toten oder Blutsauger. Jedenfalls ist die Möglichkeit, dass der Gierfraß ein wiedererstandener Toter ist, theologisch unerklärlich und deshalb zu verwerfen. Tierverwandlungen allerdings kennen auch die Bibel und die antike Literatur.«

Ich forderte ihn auf, mir ein Beispiel zu nennen.

»Mir fällt die Geschichte des Arkaderkönigs Lykaon ein«, erzählte er, »der durch seine Wildheit berüchtigt war. Nachdem er dem Zeus, einem heidnischen Gott, zum Nachtmahl Menschenfleisch vorgesetzt hatte, der Gott es aber als solches erkannte, verfluchte er des Königs Burg. Daraufhin floh Lykaon in die Wälder, wo er sich verwandelte. Sein erster Wehlaut war ein Geheul, sein Gewand wurde zu Zotteln, seine Arme zu Tierläufen, kurz, Zeus hatte ihn in einen blutdürstigen Wolf verwandelt. Soweit die Mär. Auf ihr gründet vermutlich die Bezeichnung ›Lykanthropie‹.«

»Ihr kennt diese Krankheit?« Der Pfarrer bejahte.

»Hat der Teufel die Macht, einen Mann zu behexen?«, fragte ich weiter.

»Aber selbstverständlich, Herr von Krosigk! Die Schlichen des Teufels sind zahlreich, und seine Macht ist groß, wie schon das Beispiel von Adam und Eva zeigt. Allerdings kann eine Hexe einen Mann nicht in einen Gierfraß verwandeln. Eine derartige Macht besitzen die Hexen nicht.«

Alte Kriminalprozessakten, die ich schon vor geraumer Zeit auf die Möglichkeit der Verhexung hin studiert hatte, ergaben da ein anderes Bild. Auch eine zauberische Frau oder Hexe könne, so die Akten, einen Mann in einen Werwolf verwandeln. Nach allem bestand auch die Möglichkeit, dass es sich bei dem Gierfraß um einen Mann handelte, der an der seltenen Geisteskrankheit der Lykanthropie litt.

Als ich den Dorfbewohnern diese letzten Möglichkeit erklärte und vor Augen führte, bezichtigten sie sich gegenseitig, meist denunzierte ein Nachbar den anderen. Die alte Hilda beschuldigte sogar den Pfarrherrn. »Mich würds nicht wundern, wenn der Pfaffe selbst dahintersteckt«, zischte sie mir ins Ohr.

Einige hielten den Schulzen, wieder andere den Wirt und sogar den alten Dagg für den Gierfraß. Junge Männer hingegen wurden nicht verdächtigt.

Von einer Täterschaft des Gierfraßes abgesehen, zogen fast alle auch die Möglichkeit in Betracht, dass ein schlichter Wolf für die Morde verantwortlich sein könne. Meine Frage, was in diesem Falle mit dem Blut der Opfer geschehen sei, beantworteten sie einhellig mit der Behauptung: »Der Wolf säuft es!« Für die abgehackten Kinderhände hingegen fand niemand eine Erklärung. Nur der älteste Falkensohn fragte verächtlich: »Wenn ein Mann sich in einen Wolf verwandeln kann, kann er dann nicht auch ein Beil mit sich führen?«

Ich befragte auch einige Jungen und Mädchen des Dorfes, doch konnten sie mir nichts sagen, außer dass die Kleine, die getötet worden war, ein liebes Kind gewesen sei. Sie hatten aber alle große Angst vor dem Gierfraß und wollten jetzt den Eltern brav gehorchen.

Als ich mir die Zigeunerin Ragana noch einmal vornahm, trieb sie ihre früheren Anschuldigungen sogar noch weiter. Jetzt stellte sie dem General, den sie immer noch als den Gierfraß bezeichnete, sogar einen Komplizen an die Seite. »Entweder hilft ihm mein Herr, der Schulze Hans Falke, oder dessen ältester Sohn. Beide, auch der kleinere Sohn, die Tante und die ganze Sippe sind grundböses Volk. Seine Frau dagegen, die vor einigen Jahren aus Gram über die Boshcit ihres Mannes und ihrer Söhne gestorben ist, war eine Heilige!« Über die alte Hilda sagte sie: »Die ist eine böse Sieben! Vor der müsst Ihr Euch in Acht nehmen!«

Die Verhöre dauerten bis gegen acht Uhr abends. Ich hatte alle Aussagen schriftlich festgehalten und war froh, ins Wirtshaus zurückkehren zu können.

Als ich den ›Krog‹ betrat, quoll mir eine Wolke dichten Tabakqualms entgegen. Die Schenke war bis auf den letzten Platz gefüllt, und Schüttewürfel nebst seiner Vettel hatten alle Hände voll zu tun, die durstigen Kehlen der Zecher mit Bier zu versorgen. Es schien, als sei das ganze Dorf versammelt. Das Lärmen im Schankraum war schon so laut, dass man kaum sein eigenes Wort verstand. Die meisten Gespräche, so viel war dem Stimmendurcheinander zu entnehmen, handelten vom Gierfraß und davon, ob und wann er erneut zuschlagen würde. Trauer oder Pietät waren diesem Menschenschlag wohl fremd. Vielleicht brauchten die Leute aber auch eine Ablenkung von der Bluttat. Ich blickte mich nur kurz um, dann trug ich der Wirtin auf, sie möge mir ein Stück Brot, etwas Fleisch und einen Krug Bier in meine Kammer bringen.

Mir entging nicht, dass auch der älteste Sohn des Schulzen mit einer stattlichen Schar Zechgesellen an einem der Tische saß. Freigiebig und großspurig hielt er alle frei. Woher hatte der Kerl das Geld? Warf das Schulzenamt seines Vaters wirklich so viel ab?

Nach etwa einer Stunde, mein Magen knurrte inzwischen vernehmlich, brachte mir die Schüttewürfel das Bestellte.

»Verzeiht, Herr, aber der Braten war alle, und ich musste einen neuen in den Ofen schieben.«

»Achte sie auf den Zapfenstreich! In einer Stunde möchte ich keinen mehr in ihrem Schankraum sehen!«

»Sehr wohl, edler Herr.« Kaum hatte sie die Tür hinter sich geschlossen, hörte ich ihre zu laute Stimme: »Zum Teufel noch mal! Wird Zeit, dass die wieder verschwinden!«

Tatsächlich war kurz nach zehn Uhr der Schankraum leer und das Gegröle verstummt. Ich beschloss, noch einen Spaziergang durch das Dorf zu unternehmen. Gegen elf Uhr zog ich los. Vielleicht konnte ich noch eine bedeutsame Beobachtung machen, etwas Verdächtiges aufschnappen … oder gar den Gierfraß stellen?

XI

Wir hatten einen hellen zunehmenden Mond, und bis zum nächsten Vollmond blieben noch gut vier Tage Zeit. Gegen Mitternacht waren alle Kerzen und Lichter erloschen und das Dorf lag ruhig im Schlaf. Mich fröstelte. Inzwischen hatte ich schon eine gute Runde gedreht, vorbei an der Kirche und dem Schulzenhaus. Ich beobachtete es genau, konnte aber nichts Verdächtiges entdecken. Ich ging in Richtung Dorfrand, vorbei am Gehöft der alten Hilda, der »bösen Sieben«.

Plötzlich blieb ich wie angewurzelt stehen.

Aus dem Wald näherte sich auf leichten Beinen ein bizarrer grauer Schatten. Meine Finger legten sich fast von allein auf den Griff der Pistole, die in meinem Gürtel steckte. Doch je näher der Schatten mir kam, desto deutlicher verwandelte er sich in einen großen Wolf.

Kein Zweifel, es war ein Wolf, ein vierbeiniger. Ein einschüchternd großer, der größte vielleicht, den Ostpreußen jemals sah, aber in jedem Fall ein Tier, kein Monster.

Erst als er um das Haus des Dorfschulzen schlich, sah ich den Wolfsrüden deutlich. Er witterte und richtete sich am Zaun auf. Fast schien es, als wollte er in das Haus eindringen. War es dieser Wolf, dessen Heulen ich in der Nacht zuvor gehört hatte?

Falls ich hier den Kindsmörder vor mir hatte, durfte ich keinen Augenblick säumen, das Tier zu erlegen. Ich war kein Jäger, auch besaß ich keinerlei Kenntnisse, wie man sich diesem Räuber gegenüber verhielt oder sich an ihn heranschlich. Auch wäre der Stutzen des alten Dagg in diesem Fall die geeignetere Waffe gewesen. Unglücklicherweise lag er in meiner Kammer, und ihn zu holen, fehlte mir die Zeit. Was wollte der riesenhafte Wolf hier in der Siedlung der Menschen? Reißen, morden, Blut trinken? Ich zog die Pistole.

So leise wie möglich schlich ich zum Haus des Dorfschulzen.

Ich versuchte, leise zu atmen, und spitzte die Ohren. Der Wolf kratzte am Eingangstor des Gehöfts. Dicht an die Hauswand gedrückt, schlich ich ihm fast lautlos entgegen.

Wie hätte der alte Dagg mich ausgelacht! Welch ein törichter Irrtum von mir, zu glauben, der Wolf rieche oder höre mich nicht …

Von meiner Position aus konnte ich den Wolf nicht mehr sehen, aber ich hörte ihn und wusste, er befand sich nur wenige Meter entfernt direkt hinter der nächsten Hausecke. Doch dann brach das Kratzen der Wolfskrallen unvermittelt ab.

Ich hielt inne und lauschte. Ein Rascheln in meinem Rücken ließ mich herumfahren; fast hätte ich einen Schuss ausgelöst. Doch Gott sei Dank blieb die Pistole stumm: Es war die Zigeunerin Ragana, die wie aus dem Nichts vor mir in der Nacht stand.

Sie öffnete den Mund – ich legte hastig einen Finger an die Lippen. Doch sie flüsterte mit bedeutsamer Miene: »Er kommt, ihn zu holen!«

Eindringlich wiederholte ich meine Geste, zu schweigen. Innerlich kochte ich vor Wut. Wusste denn diese dumme Gans nicht, wie gefährlich dieser Wolf sein konnte? Oder wollte sie ihn vertreiben, damit er weiterhin unschuldige kleine Mädchen riss?

Doch die Wolfsgefahr war sehr viel näher. Das Tier hatte uns gehört oder gewittert. Plötzlich tauchte es hinter der Hausecke auf und knurrte uns mit gefletschten Zähnen an. Solch ein Knurren und solche Zähne waren mir noch nie begegnet. Aber ich kannte auch nur Hunde, gezähmte Schoß-, Hof- und Jagdhunde. Dieser Wolf fiel eindeutig in eine gänzlich andere Kategorie.

Der Rüde war wahrlich riesig, über vier Fuß hoch bis zum Widerrist. Sein stumpfes, zottiges Fell war nicht grau, sondern schwarz. Schwarze Wölfe, so viel wusste ich, gelten als besonders selten und bösartig, und in seinen Augen loderte Mordlust. Von dieser Art musste die Bestie von Fontainebleau gewesen sein, die einst so viele Menschen gerissen und zum Teil gefressen hatte.

Auf den zweiten Blick fiel eine frische Schnittwunde ins Auge, die von der Schnauze bis zum linken Ohr des Wolfs verlief. Irgendjemand hatte Meister Isegrim erst kürzlich mit einem Säbel oder einer anderen scharfen Waffe verletzt.

Uns trennten vielleicht vier Schritte. Ich sah, wie der Wolf zum tödlichen Sprung ansetzte. Wohl überlegt hob ich meine Pistole und zielte zwischen seine grüngrauen Wolfsaugen. Der Blick der Bestie und der Blick des Menschen kreuzten sich. Entweder er sprang zuerst oder ich schoss zuerst. Ich wollte den Finger am Abzughahn krümmen, doch die Augen des Wolfs übten eine hypnotisierende Wirkung auf mich aus. Entscheidende Sekundenbruchteile drohten zu verstreichen. Ich schloss die Augen, brach den Bann und schoss.

Zugleich versetzte mir die Ragana mit einem Knüppel einen derben Schlag zwischen die Schultern. Ich verriss die Waffe, die Kugel ging fehl. Beißenden Pulverschmauch atmend, sank ich in die Knie, bis die Augen des unversehrten Wolfs auf gleicher Höhe mit den meinen waren. Ich roch seinen Geifer und den heißen Atem, der seinem Rachen entwich. Mit einiger Anstrengung schloss ich die linke Hand um den Lauf der abgefeuerten Pistole, um dem Wolf als Verzweiflungstat den Pistolenknauf ins Maul zu schlagen – da erklang in der Ferne ein schauriges Heulen.

Auch mein furchtbarer Rivale hatte den lang gezogenen Ruf seines Artgenossen vernommen. Er spitzte die Ohren, drehte sich um und rannte davon. Im Nu war der große schwarze Wolf mit der Nacht verschmolzen.

Ächzend erhob ich mich und rollte schmerzhaft meine Schulterblätter. Ragana stand hinter mir, den Knüppel noch immer in der Faust. Doch ihr Arm hing schlaff herab, und sie stammelte nahezu verzweifelt: »Er ist es nicht. Oh, es tut mir leid, edler Herr, verzeiht, verzeiht, ich bitte Euch sehr!«

»Verfluchtes Weib, wir sprechen uns noch!«, zischte ich, bevor ich dem Wolf nachsetzte.

Der nächtliche Pistolenknall hatte die meisten Dorfbewohner aus dem Schlaf gerissen. Erschrockene Menschen traten aus den Häusern, einige mit Sensen und Dreschflegeln gewappnet. Wie ein Lauffeuer sprach sich der Vorfall herum, was zur Folge hatte, dass mir in gewissem Abstand etwa 30 bewaffnete und mit Fackeln versehene Männer und Frauen in Richtung Wald folgten. Der Wolf war mit seinem tiefschwarzen Fell in der Nacht nicht zu sehen, doch verloren wir ihn nicht, denn wir folgten dem unablässigen, nun vielstimmigen Wolfsgeheul bis zu einer mondbeschienenen Lichtung, wo, wie es schien, sein ganzes Rudel auf ihn wartete.

Als ich nah genug herangekommen war, sodass die Wölfe mich wittern konnten, drehte sich ihr Anführer zu mir um, stieß ein tiefes, grollendes Knurren gegen mich aus und lief mit seinen Genossen in den Wald, wo sie zwischen den Bäumen verschwanden.

Ich hingegen blickte mit Grauen auf das, was sie auf der Lichtung zurückgelassen hatten. Hatte es im fahlen Mondlicht zunächst wie ein verlorenes Bündel Kleider gewirkt, so erwies es sich bei genauerem Hinsehen zu meinem Entsetzen als ein Mensch. Ich meinte, einen Burschen aus dem Dorf in ihm zu erkennen, einen Kerl von vielleicht 60 Jahren. Er blutete aus zahlreichen Wunden, lebte aber noch. Der Mann war kräftig und hatte sich vermutlich mit einem Stecken, der neben ihm in Gras lag, gegen die Wolfsmeute verteidigt. Er stöhnte und drehte den Kopf.

»Nicht reden!«, befahl ich ihm, kniete nieder und schob eine Hand unter seinen Kopf. Seine Halswunde schien nicht lebensgefährlich, ebenso wenig wie die Verletzungen, die er an Armen und Beinen erlitten hatte.

Ich zerriss mein leinenes Taschentuch und band die Wunde ab, die mir am stärksten zu bluten schien. Mein Blick wanderte zur nahen Mauer der Bäume, aus deren Dunkel mich zwei Dutzend leuchtender Augenpaare ansahen. Worauf warteten sie?

Doch der wölfische Angriff blieb aus, denn jetzt erreichten die ersten Dorfbewohner mit ihren Fackeln die Lichtung. Als Erster trat der Dorfschulze neben mich.

Seine Stimme verriet seinen Schrecken. »Der Stallknecht des Generals, der alte Matthes!«, stammelte er.

»Wo kann ich ihn hinschaffen? Er braucht dringend Hilfe.«

»Er soll zu mir kommen«, sagte der Dagg, der sich jetzt energisch durch die Menge schob. Als er bei uns war, hoben wir den Mann hoch und trugen ihn gemeinsam in das Jagdhaus, das bei unserer Ankunft hell erleuchtet war.

»Wie kommt es, dass Ihr so schnell zur Stelle wart?«, fragte ich den alten Dagg, als wir den Verletzten in eine Gästestube schleppten und aufs Bett legten.

»Ich höre die Wölfe schon seit einigen Tagen heulen. Irgendetwas trieb mich heute Nacht in den Wald. Und schließlich, Herr von Krosigk, bin ich der Königliche Jäger hier.«

»Gut, Dagg, verarztet den Mann!«

Nach einer Stunde kam der Jäger, sich an einem Tuch die blutverschmierten Hände abwischend, aus dem Zimmer und teilte mir blinzelnd mit, dass ich den Matthes jetzt verhören könne.

Ich zog einen Stuhl neben das Krankenbett und setzte mich. Wie ich erfuhr, war der Stallknecht auf dem Weg ins Nachbardorf zu seiner Frau und den Kindeskindern gewesen, als ihn ein Rudel Wölfe angefallen hatte.

»Er ist mitten in der Nacht gegangen?«

»Ja, Herr. Wir erwarten in den nächsten Tagen den Herrn General. Dann gibt es viel Arbeit, und ich kann meine Familie nur selten sehen.«

Der Mann war immer noch sehr schwach, also beschloss ich, ihn in Ruhe zu lassen und vorerst auf eine schärfere Befragung zu verzichten. Es war drei Uhr in der Nacht, als ich ihn verließ.

XII

Am folgenden Tag traf zur Mittagszeit eine 30 Mann starke Abteilung Dragoner ein, die unter dem Befehl eines Leutnants von Beesenacker stand. Die Reiter brachten ihre Pferde in den zahlreichen Scheunen der Bauern unter, die über die zusätzlichen Fresser nicht sehr erfreut waren. Beesenacker, den ich umfassend über die Lage aufklärte, rümpfte die Nase und rief verächtlich: »Bauerntölpel! Wegen einer solchen Schelmerei mussten 30 Mann ausrücken?«

Kosemaul, der den Leutnant von früher kannte und ihn hierher geführt hatte, beschwichtigte ihn: »Globt mir, der Herr von Krosich weeß schon, was er macht!«

Leutnant Beesenacker war ein groß gewachsener Mann, 27 Jahre alt, äußerst tüchtig, ein Draufgänger durch und durch, also die Art Offizier, die Seine Majestät der König liebt. Er hielt mich für einen Zivilisten und machte durch sein Gehabe und sein Auftreten auch keinen Hehl aus seiner Abneigung gegenüber denselben.

Er verzog die Mundwinkel. »Na, die Leute werden sich bedanken, wenn wir uns jetzt im nahen Winter bei ihnen einquartieren.«

»Leutnant von Beesenacker, es wird nicht für die Ewigkeit sein.«

»Hätten es nicht auch ein paar Jäger gemacht?«, entgegnete er barsch.

»Soldaten sind mir hier lieber«, erwiderte ich ruhig, um es nicht zum Eklat kommen zu lassen. »Im Übrigen, Herr Leutnant, führe ich den Rang eines Majors und stehe, wenn auch in Zivil, noch immer in Diensten Seiner Majestät des Königs.«

Der Leutnant atmete tief durch. »Habe verstanden, Herr Major! Na ja, so rosten die Kerls wenigstens nicht ein.«

Kosemaul klopfte ihm erleichtert und freundschaftlich auf die

Schulter. »So könn' die Jungs ohch gleich 'n bisschen schießen üwen.«

Die Einquartierungen verliefen reibungslos. Beesenacker wurde in einer freien Kammer im ›Krog‹ einquartiert, und noch ehe die Soldaten zur Ruhe kamen, erfolgte auch schon der erste Einsatz.

Nach den Ereignissen der Nacht herrschte Einigkeit darüber, dass es sich bei dem Gierfraß um nichts anderes als einen großen bösartigen Wolf handelte, und so zogen die Soldaten, Kosemaul und ich gemeinsam mit dem Dorfschulzen zur Wolfsjagd. Auch der Dagg und seine Söhne standen uns zur Seite und gaben manch nützlichen Rat.

Gewöhnlich jagten die Leute Wölfe, wenn deren Zahl überhand nahm, mit dem so genannten Wolfszeug. Dabei handelte es sich um ein langes Fangnetz, das zum Umfrieden eines großen Geländes diente. Treiber hetzten die Wölfe in dieses Netz hinein. Doch das Aufstellen des Wolfszeuges kostete viel Geld, und für einen einzigen Wolf lohnte sein Einsatz nicht. Deshalb ließen wir Gruben ausheben, legten Luder – Lockaas – und giftige Wolfskugeln hinein, die aus dem Samen der Brechnuss und dem Blauen Eisenhut bestanden. Sogar ein Zicklein wurde geschlachtet und über der größten Grube mit blutendem Halse aufgehängt. An geeigneten Stellen kletterten die besten Schützen in die Bäume, durch Blätter und Zweige getarnt. Bei günstigem Wind würden die Wölfe sie nicht wittern.

Über diesen Vorbereitungen verstrichen zwei Nächte. Bis zum nächsten Vollmond blieben jetzt noch zwei Tage.

So lange jedoch brauchte ich nicht zu warten.

In aller Frühe des nächsten Tages, der zuverlässige Hahn auf dem Mistberg vor dem ›Krog‹ hatte noch nicht gekräht, wurde ich von meinem Wirt durch ungestümes Klopfen und Rufen aus dem Bett geholt. »Mein Herr, mein Herr! Sie haben ihn!«

Ich wusste sofort, was er meinte. Aus dem Bett zu springen, mir die Kleider überzuwerfen und aus dem Haus zu stürmen war für mich die Sache weniger Minuten.

Als ich die Fallgruben erreichte, sah ich eine wütende Menschenmeute um die weiteste davon geschart. Mit Holzknüppeln und Dreschflegeln schlugen sie wie besessen auf etwas ein, das darin gefangen saß. Sowie ich herangekommen war, erblickte ich in der Falle einen großen grauen Wolf. Das schwarze Untier aus meiner nächtlichen Begegnung hatten wir jedenfalls nicht erwischt.

Einige Männer hielten Fackeln in den Händen, und im Zwielicht des frühen Morgens ähnelte die Szene einem Schauspiel aus der Hölle. »Schlagt die Bestie tot!«, und »Tötet das verdammte Vieh!«, gellte es immer wieder.

Der Wolf lief heulend und jauelnd in der Grube hin und her, und war schon an etlichen Stellen getroffen. Ein Auge hing ihm aus der Höhle, und das Maul schäumte blutig. Mehrfach versuchte er sich durch einen Sprung aus der Grube zu retten, aber vergeblich: Sie war tief ausgehoben und dicht von grimmig dreinschlagenden Menschen umringt; es gab keine Lücke zur Flucht.

Es war ein furchtbarer Anblick. In diesem Moment hoffte ich, der Wolf möge tatsächlich der Kindermörder sein. Andernfalls hätte selbst eine solch wilde Kreatur dieses Ende nicht verdient.

Das Gemetzel dauerte fast eine Viertelstunde. Der große Wolf verlor immer mehr an Kraft. Schließlich bahnte sich Kosemaul einen Weg durch die Wolfsschlächter und setzte dem grausamen Spektakel mit einem gezielten Schuss ein Ende. Das Tier, in den Kopf getroffen, zuckte noch einige Male und blieb dann reglos und verstümmelt auf dem Boden der Grube liegen. Es herrschte Totenstille.

Erst nach und nach gewannen die erhitzten Gesichter der Männer, oder sollte ich lieber sagen, die blutbesudelten Fratzen der ›Wolfsjäger‹, ihre menschlichen Züge zurück. Noch immer sprach niemand ein Wort. Da ertönte ein schriller, wahnwitziger Schrei.

Es war die Ragana, die sich durch die Reihen der Männer drängte und zu dem Kadaver in die Grube sprang. »Ihr Elenden! Was habt ihr getan! Er war doch nur ein Wolf!«

Die Männer gerieten außer sich. »Troll dich, du Hexe!«, erscholl es von allen Seiten. »Jag dieses Weib nach Hause, Schulze!«

»Ja, Vater«, schrie auch dessen ältester Sohn Heinrich, »befiehl der elenden Metze, zu verschwinden!«

Ich spürte, wie mich jemand am Arm zog. Es war der alte Dagg. »Kommt, Herr, hier gibt es für Euch nichts mehr zu tun.«

Auch der Dagg hatte die Szene mit Abscheu verfolgt, und ich war geneigt, die Dörfler mit einem aufgebrachten Pöbel zu vergleichen, der nach einem misslungenem Schwertstreich den Scharfrichter lyncht. Kosemaul und ich folgten dem Dagg, und wir gingen noch ein Stück des Weges nebeneinander her.

»Ihr werdet Euch sicherlich fragen, weshalb die Ragana so einen Narren an dem Wolf gefressen hat?«, fragte der Jäger.

Ich nickte, noch immer angewidert.

Er bemerkte es. »Tja, Herr, so werden nun einmal Wölfe erlegt.«

»Ich weiß«, antwortete ich, »aber Ihr wolltet uns von der Ragana erzählen.«

»So hört. Vor etwa 30 Jahren ereignete sich hier ganz in der Nähe ein seltsamer Vorfall, worüber die Leute, zumindest die Älteren, die noch darum wissen, allzu gerne schweigen. Im Walde hauste eine Gruppe Zigeuner. Weil deren Herkunft und Gebräuche den Leuten unheimlich waren, legte man ihnen nahe, zu verschwinden. Will sagen, man überfiel des Nachts ihr Lager und erschlug etliche von ihnen. Da derzeit schreckliche Zustände herrschten, die Pest grassierte und viele die Zigeuner zum Sündenbock dafür machten, hielt die Obrigkeit den Vorfall des Aufhebens nicht für wert. Die überlebenden Zigeuner zogen weiter. Zurück, wahrscheinlich auf der Flucht vergessen, blieb ein Säugling von einigen Monaten.«

»Tatsächlich, eine merkwürdige Geschichte«, warf ich ein.

»Ja, das war alles sehr merkwürdig, aber das Merkwürdigste, edler Herr, war, dass das Kind von einem Rudel Wölfe gefunden und etliche Wochen lang aufgezogen wurde.«

»Ragana!«

»Ganz genau. Die Wölfe haben ihr das Leben gerettet, und genau aus diesem Grund kann sie nicht glauben, dass ein Wolf der Kindermörder ist.«

Ich blieb auf dem Pfad stehen und wandte mich ihm zu: »Habt Dank für Eure Offenheit und Hilfe. Geht zurück zu den anderen und schickt mir die Ragana. Ich warte vor der Kirche auf sie.«

»Ganz wie Ihr befehlt, edler Herr!«

Während ich auf die Ragana wartete und mir an der Pferdetränke des Wirtshauses die Hände reinigte, als wolle ich dem Pilatus gleich meine Schuld abwaschen, kam freudig die Tochter der Zigeunerin, Dragana, angesprungen.

»Ihr seid ein großer Held!«, rief sie ausgelassen. »Ihr habt den Gierfraß bezwungen!«

Ich fühlte mich niedergeschlagen. Traurig schüttelte ich den Kopf.

»Aber Ihr habt ihn doch erschlagen, oder?«, fragte sie fast ein wenig misstrauisch.

»Kind, wir haben einen Wolf erschlagen. Ob das Tier der Gierfraß war, wird sich zeigen. Jetzt schweig und scher dich nach Hause! Ich muss nachdenken.«

Trotzig drehte sich die kleine Göre weg und lief zum Haus des Schulzen. Nachdem ich eine ganze Weile so gesessen hatte, tauchte endlich ihre Mutter auf.

Ragana war blass und blickte fast wie eine Wahnsinnige aus ihren grüngrauen Augen. Sie setzte sich neben mich. Ihre Hände waren rot vom Blut des Wolfs. In ihren Augen standen Tränen.

»Er war doch nur ein Wolf«, sagte sie erstickt. Dann brach sie in lautes Wehklagen aus. Ich ließ das Weib sich ausheulen, und als sie nur noch trocken schniefte, stellte ich ihr eine Frage.

»Ragana, kann Sie sich denken, warum der Wolf in jener Nacht zum Haus des Schulzen gelaufen sein könnte?«

»Er kommt oft zu mir. Ich streichele sein Fell und gebe ihm zu fressen.«

»Mehr nicht? Sie verschweigt mir etwas! Rede Sie, verdammt!«

Sie zögerte, ehe sie sagte: »Ich glaube, er suchte genau wie Ihr den Gierfraß!«

Ein behaarter Crako!, fuhr es mir durch den Kopf.

»Er hat von irgendjemandem die Witterung aufgenommen«, sprach sie weiter. »Es ist jemand aus dem Haus des Schulzen. Entweder der Alte oder sein unseliger Junge.«

»So hübsch wie Sie ist, so wirr ist Sie im Kopf!«, schalt ich das Zigeunerweib.

»Der Herr hat einen Helfershelfer!«

»Meint Sie mit ›Herr‹ den Herrn General?«

Die Ragana nickte. Ich sah sie lange an und konnte keine Lüge in ihrem Blick entdecken, dennoch blieben meine Zweifel.

»Wie erklärt Sie sich, dass die Wölfe den Stallknecht angegriffen haben?«

»Ich weiß es nicht. Vielleicht ist er mit im Bunde?«

»Wisse, Weib, Wölfe sind wilde Bestien. Sie werden ihn angegriffen haben, um ihn zu fressen.«

»Sie finden genug Nahrung im Wald. Sie fressen keine Menschen. Ich kenne meine Wölfe, schließlich …« Sie stockte.

»Schließlich«, beendete ich den Satz für sie, »haben die Wölfe Sie großgezogen und am Leben erhalten.«

Staunend sah mich das schöne Weib an. »Woher wisst Ihr das, Herr?«

»Der alte Dagg hat es mir erzählt.«

XIII

Hatte schon Heinrich, der älteste Sohn des Dorfschulzen, sich bei der viehischen Erschlagung des Wolfes hervorgetan, dabei sogar lautstark das Regiment geführt, so bewies der jüngste Sohn Georg eine noch größere Barbarei. Er und noch drei weitere Spitzbuben im gleichen Alter von vierzehn, vielleicht fünfzehn Jahren waren in ihrem Jagdfieber auf eine Wolfshöhle gestoßen, die unter dem Wurzelwerk eines umgestürzten Baumes verborgen lag. Dort fanden sie vier Wolfsjungen, die ängstlich und hungrig nach ihrer Mutter schrien. Die Welpen waren höchstens fünf Monate alt, und da sie bisher keinem Menschen begegnet waren, liefen sie der Bande tapsig und schweifwedelnd entgegen. Die kleinen Wölfe glaubten wohl, von den zweibeinigen Tieren Fressen zu erhalten, und benahmen sich zutraulich und arglos.

»Schaut mal«, sagte Georg Falke, »die ganze unselige Brut! Vater und die anderen werden stolz auf uns sein.« Ein aufmerksamer Beobachter hätte in seinen Augen das Funkeln unverhohlener Grausamkeit erkennen können. »Kommt, wir wollen die Mistviecher lehren, uns heimzusuchen!«

Zwei der ihn begleitenden Jungen wollten ihn von der Tat, die er im Sinn hatte, abhalten, doch er stieß sie nur verächtlich beiseite. »Was wollt ihr denn?«, schrie er sie an. »Es sind doch nur Wölfe. Außerdem«, er grinste frech und teuflisch, »will ich sie ja nicht umbringen. Ich will sie nur ein bisschen necken.«

Mit diesen Worten ergriff er das Beil, das er mit sich führte, packte ein Wölflein am Nackenfell, drückte es auf den Waldboden und hackte ihm den Schwanz ab. Das gepeinigte Tier schrie und wand sich vor Qual im Griff des Jungen, und da der junge Falke es nicht freigab, sondern sein schreiendes Opfer triumphierend in der Runde seiner Freunde umherzeigte, zwickte ihn das Tierlein mit seinen kleinen Zähnen in die Hand.

Mehr vor Schreck denn vor Schmerz ließ er den Welpen fallen, der sich anschickte zu entfliehen.

»Na warte, du Biest. So entkommst du mir nicht!«

Mit einem Satz war er hinter seinem Opfer her, packte es erneut im Genick und haute ihm ein Bein nach dem anderen ab. Die Schreie der verstümmelten Kreatur hätten einen Stein erweicht, doch nicht das Herz des Falkensohnes. Blutbesudelt lachte er seine Kumpane an:

»Hahaha! Schaut nur her! Kommt, lasst uns auch die anderen holen!«

Die übrigen Jungen starrten ihren Freund, der wie ein wahnsinniger Schlachter aussah, und sein verblutendes, vergeblich sich krümmendes Opfer fassungslos an. In der späteren Vernehmung bekundeten sie, angesichts der schrecklichen Vorgänge so schockiert gewesen zu sein, dass sie wie gelähmt waren und die Untaten nicht hatten verhindern können.

Georg Falke zog sich einen kleinen Wolf nach dem anderen aus der Höhle und brachte sein übles Werk mit blutigem Grimm zu Ende. Zum Andenken an diese Metzgerei steckte er jeweils eine abgehauene rechte Vorderpfote in seine Hosentasche. Sie sollten ihm alle Glück bringen.

Zum Schluss packte er die Tiere und warf sie zum Verenden in die Höhle zurück.

»Das wird ein Freudenfest, wenn die Alte kommt!«

Einer der anderen Jungen fasste sich ein Herz. »Lass uns sie erschlagen, sie schreien doch so.«

»Nichts da! Sollen sie schreien. Vielleicht lockt ihr Gewinsel ja die anderen herbei? Dann können wir die Bestien auch noch erledigen. Kommt, legen wir uns auf die Lauer!«

Die Bengel versteckten sich hinter Büschen, und so verging, ohne dass sich die Wolfsmutter sehen ließ, eine gute halbe Stunde.

Während dieser Zeit war der große Wolf in die Grube gestürzt und umgebracht worden. In der Hoffnung, damit den Gierfraß zur Strecke gebracht zu haben, blies man für heute zum Ende der Jagd. Auch dämmerte der Tag, und man beschloss heimzukehren.

Als die Jungens das Hornsignal hörten, verließen sie ihren

Hinterhalt und kehrten zu den Männern zurück. Der junge Falke rühmte sich seines Abenteuers. Allerdings verschwieg er, dass er die kleinen Wölfe nicht getötet, sondern grausam verstümmelt hatte.

»Gut gemacht, mein Sohn«, lobte ihn der Vater. Dabei besah er ihn und meinte: »Nun, wenn solche Bestien erschlagen werden, fließt nun einmal Blut.«

Georg Falke strahlte wie ein Held. Stolz trug er auf dem ganzen Heimweg sein blutverschmiertes Hemd. Doch die Geschichte war noch nicht zu Ende.

Inzwischen war die Wölfin heimgekehrt und hatte ihren Wurf erbärmlich verstümmelt und sterbend in der Höhle vorgefunden. Winselnd vor Mutterschmerz zog sie ihre Kinder eines nach dem anderem aus ihrem Versteck und musste hilflos mit ansehen, wie sie unter Qualen verendeten.

Die Wölfin heulte vor Schmerz und Zorn. Immer wieder leckte sie die Stümpfe ihrer Jungen, doch sie konnte weder ihre Pein lindern noch ihr Leben retten.

Jedes Mal, wenn ich diese Geschichte erzähle, und bei Gott, sie ist wahrhaftig geschehen, überkommt mich ein Grausen, und ich frage mich, ob die größte Bestie auf dieser Welt nicht doch der Mensch ist.

Auf Schmerz und Wut folgte Hass. Die Wölfin nahm die Witterung der Mörder ihrer Kinder auf. Das fiel ihr nicht sonderlich schwer, wie mir der alte Dagg hernach versicherte, sie brauchte nur dem Lärmen der Dorfbewohner während des Abzuges aus dem Wald und dem Geruch des Blutes ihrer toten Jungen zu folgen. Nicht ganz 300 Schritte vor dem Dorfsaum erreichte sie die Rotte, die von einer erfolgreichen Wolfs- und Gierfraßjagd heimzuziehen glaubte.

Gestrüpp und Hecken verbargen die Wölfin gut. Mit sicherem Gespür machte sie den Mörder ihrer Kinder aus. Als erfahrene Jägerin schlich sich die Wölfin unbemerkt an die Gruppe heran. Noch niemals war sie einem oder mehreren Menschen so nahe gekommen wie jetzt. Wie fatal sich des jüngsten Falken Heldenhemd auswirken sollte, hätte niemand zu erahnen vermocht. Die rächende Wölfin roch das Blut ihrer Jungen und roch damit deren Mörder.

Wie eine Nemesis sprang sie in die Menschengruppe hinein. Vor den Augen der überrumpelten und schreckstarren Männer verbiss sie sich in die Kehle des Schulzensohnes und riss ihn zu Boden. Verzweifelt versuchte der Angegriffene zu schreien, sich die wütende Bestie vom Hals zu reißen, doch er hatte keine Stimme mehr. Kraftlos schlug er mit den Fäusten auf die Wölfin ein, riss sie an den Ohren, griff ihr ins Maul, aber die scharfen Fänge gaben ihr Opfer nicht frei.

Sie hätte dem Frevler die Gurgel herausgerissen, wären nicht ein paar Dragoner hinzugeeilt, die das Tier mit ihren Degen und Bajonetten durchbohrten. Die Wölfin starb ohne einen Laut.

Georg Falke wurde bewusstlos und mit durchbissener Kehle ins Haus seines Vaters getragen, der das Verhängnis seines Sohnes hatte mitansehen müssen und sich, voll der Verzweiflung, nicht trösten lassen wollte.

XIV

Ungefähr zur gleichen Zeit, als man den Knaben in das Haus seines Vaters brachte, begannen einige Burschen, den Kadaver des erlegten Wolfes mit leinenen Hosen und einem Hemd zu bekleiden. Andere zimmerten einen massiven hölzernen Galgen, den sie in der Mitte des Dorfangers aufrichteten.

Offenbar war irgendwer dem Wahn erlegen, der getötete Wolf könnte sich nach seinem Tode in einen Menschen zurückverwandeln. Um zu verhindern, dass dann ein nackter Mann am Galgen baumelte und das Ärgernis der Weibspersonen erregte, verhüllte man ihn züchtig.

Wie ich später erfuhr, stammte die Anregung hierzu aus einer Predigt des Pfarrers. Ich konnte diese Szene von meinem Fenster im ›Krog‹ aus sehr gut verfolgen. Wieder einmal war der älteste Sohn des Schulzen derjenige, der sich hervortat. Laut rief er seinen Mitgesellen zu, den Wolf nur schnell in die Kleider zu stecken und aufzuknüpfen.

Ich sah, dass der Schulzensohn eine hervorragende Galgenschlinge knoten konnte. Das Tier war zwar nicht der schwarze Wolf, dem ich in der Nacht begegnet war, maß aber doch, wie er so am Galgen hing, von der Schnauze bis zur Schwanzspitze gut viereinhalb Fuß. Einer der Burschen brachte sogar eine Perücke herbei, die man dem Wolf überstülpte und mit Spannadeln anheftete.

Es sah schaurig aus, wie der in Menschenkleidern steckende Wolf an diesem Galgen hing. Eine weiße Strähne der Perücke strich sanft über das halb heraushängende Auge des Wolfes. Seine Schnauze war blutverschmiert, und seine im Todeskampf gebleckten Zähne blitzten, als wollte er sagen: Lebte ich noch, so wäre dieser Streich euer letzter!

Einer der Burschen, es waren ihrer sieben oder acht, ergriff einen langen Stecken. Mit der Spitze stach er in den Wolfskadaver.

»Mal sehen, ob er sich verwandelt!«

»Vielleicht nur bei Vollmond?«, spekulierte ein anderer.

»Egal, wichtig ist, dass wir ihn haben.«

Zufrieden besahen die Wolfsfänger ihr Werk. Glaubten sie ernsthaft, den Gierfraß unschädlich gemacht zu haben? Der Schulzensohn ergriff das Wort: »Wir sollten einen Posten zurücklassen, nicht dass die Ragana das Monstrum losschneidet.« Und er bestimmte einen aus ihrer Gruppe zur ersten Wache: »Wenn er sich verwandelt, schlägst du sofort ein Geschrei an!«

Damit wandte er sich ab, um heimzueilen und nach seinem verletzten Bruder zu sehen. Die Gruppe verlief sich. An diesem Tag zogen dichte Wolken auf, ohne jedoch Regen zu bringen. Das Dorf hüllte sich in ein bedrückendes Grau.

Der gehängte Wolf verwandelte sich nicht, auch nicht in den folgenden Tagen. Trotz der Kälte begann sein Kadaver fürchterlich zu stinken. Endlich beschloss man, ihn im Wald zu verscharren. Vorher trennte man seinen Kopf mit einem Grabscheit vom Rumpf. »Das ist gute Sitte bei Blutsaugern«, verkündete der Schulzensohn, als er den Wolfsschädel aufhob und in einen Sack steckte. Man hoffte, damit ein Wiederumgehen der Bestie zu verhindern.

Ich schüttelte ob dieses Aberglaubens den Kopf.

Noch am Abend jenes furchtbaren Tages, an dem der Wolf getötet und der Schulzensohn angefallen worden war, waren die Dorfleute und Dragoner erneut zur Wolfsjagd ausgezogen – nur der Schulze fehlte. Sein Sohn und Bruder des Verletzten, Heinrich Falke, hingegen hatte die Jagd begleitet.

Dieser neuerliche Jagdausflug zeigte mir, dass wohl doch keiner im Dorf wirklich daran glaubte, den Urheber der Kindsmorde zu Strecke gebracht zu haben.

Allerdings wurden die Jäger keines Wolfes ansichtig, und so kehrten sie am Morgen erfolglos und müde ins Dorf zurück.

XV

Gegen zehn Uhr vormittags desselben Tages stand ich am geöffneten Fenster meiner Kammer und studierte die Verhörprotokolle. Mein Blick schweifte hinunter zur Dorfstraße und fiel zufällig auf das Haus des Schulzen. Er und seine Knechte waren damit beschäftigt, die Fenster und Türen mit schweren Bohlen und Brettern zu vernageln. Sie taten das in einer nervösen Hast, die nichts Gutes verhieß.

Vor dem Schulzenhof stand Ragana und hielt voller Bestürzung die Hände vors Gesicht. Ihr Töchterlein klammerte sich an ihre Hüfte und blickte ängstlich zwischen dem Haus des Schulzen und dem Fenster meiner Kammer hin und her, so als erwartete sie Hilfe von mir.

Ich ging nach nebenan zu Kosemaul, der mit dem Reinigen unserer Waffen beschäftigt war, und bat ihn, die Ragana zu mir zu schaffen. Doch kaum trat er vor die Gasthaustür, da kam die hübsche Zigeunerin ihm schon entgegen, an der Hand ihre Tochter, und er führte sie in mein Zimmer.

»Kosemaul«, sagte ich, »nehmt bitte die Kleine und beschäftigt sie eine Weile.«

Kurz darauf war ich mit Ragana allein.

Sie war leichenblass, und noch bevor ich sie zur Verrammelung der Fenster und Türen am Haus des Schulzen befragen konnte, presste sie mit leiser Stimme hervor: »Ich habe sie gesehen!« Ihre Augen waren voller Angst und schienen durch mich hindurchzublicken.

»Wen hat Sie gesehen?«

»Giltine!«

»Giltine?«

»Ja, die Todesgöttin.«

Ich atmete tief durch. Schon wieder so ein Aberglauben!

Ragana schien meine Gedanken zu erraten. »Ihr täuscht Euch,

Herr Criminalkommissarius. Kein einfaches Gespenst, sondern die Todesgöttin.«

Ich schaute erneut zum offenen Fenster hinaus. Aus dem Haus des Schulzen drang das Schreien und Keifen der Weiber herüber. Die Männer liefen hilflos hin und her. Der Kettenhund bellte sich heiser, wie um einen Dieb oder Räuber zu melden. Dabei gebärdete das Tier sich so wild, als wollte es die Kette sprengen, die es hielt. Der Hund rannte hierhin und dahin, sprang abwechselnd auf das Dach seiner Hütte und wieder hinunter. Und immer wieder drängte er ins Haus.

»Der Herodes erkennt sie«, sagte Ragana, die neben mir aus dem Fenster hinaussah. »Hunde sind Geisterseher.«

Jetzt wurde es mir doch unheimlich, nicht wegen der Todesgöttin, sondern aus Besorgnis, welchen Spuk die Leute nun wieder ins Werk setzen würden.

»Wen erkennt er?«

»Die Todesgöttin!«

»Weib, halte Sie mich nicht zum Narren!«, fuhr ich sie an. »Was ist dort los?«

»Herr, so glaubt mir«, bat Ragana inständig, »Giltine ist gekommen. Sie holt den jungen Schulzen!«

Ich stieß die Luft aus, warf den Mantel über und griff nach dem Degen. Meine Stiefel waren seit Tagen ungeputzt, und meine Hosen standen vor Dreck. Wenigstens meine einzige Perücke wollte ich schonen, da man hier nicht wissen konnte, was einem blühte, also setzte ich sie nicht auf, sondern legte sie aufs Bett.

»Nein, Herr, Ihr könnt da nichts machen«, versuchte Ragana mich aufzuhalten. »Nur eine Frau wie ich kann Giltine sehen. Wartet, ich erzähle Euch alles.«

Ich warf Degen und Mantel zur Perücke aufs Bett und setzte mich daneben. Was für eine Schauergeschichte bekam ich jetzt wieder zu hören?

»Es war vor zwei Stunden. Dragana hütete die Gänse und Enten am Dorftümpel. Ich wollte ihr gerade frisches Backobst zum Naschen bringen, als ich sie sah.« Die Zigeunerin hielt inne. Wiederum trat ein entsetzter, von Grauen erfüllter Ausdruck in ihr Gesicht.

»Sprich Sie weiter, wen hat Sie gesehen?«

Raganas Hände zitterten.

»Die Todesgöttin. Sie kommt immer in der Gestalt einer weißen Frau und nimmt stets das Alter ihres Opfers an. Diesmal kam sie als Braut von vierzehn Jahren, und ich dachte schon, sie wollte Dragana holen. Aber das Kind ist gesund, und da fiel mir ein, dass der Sohn meines Herrn, des Schulzen, so schwer verwundet ist.«

»Sie holt also den Sohn des Schulzen.«

Ragana nickte. »Sie kam langsam die Straße entlang. Ich lief schnell zum Haus meines Herrn und erzählte die ganze Sache. Anfangs wollte mir keiner glauben, doch die Mutter Hansen Falkes hörte mir zu und befahl, schnell die Fenster und Türen zu vernageln, um der Todesgöttin den Eintritt ins Haus zu verwehren. Mich hingegen warfen sie hinaus. ›Scher dich weg, du Teufelsweib!‹, schrien sie, und: ›Mach dich von dannen, alte Hexe!‹ Doch sie sind einfältig, denn nur ich kann die Todesgöttin sehen und weiß, was zu tun ist. Denn als ich zur Tür hinausgestoßen wurde, huschte sie hinein. Bekommt sie den jungen Schulzen nicht, holt sie sich einen anderen. Es wäre besser, sie gewähren zu lassen.«

Ich zog die Brauen zusammen. »Ammenmärchen!«

»Nein, keineswegs, bitte glaubt mir. Einmal, es ist schon viele Jahre her, sah ich die Giltine ebenfalls. Auch damals lag ein Knabe im Sterben. Der Vater verschloss das Haus, sodass Giltine nicht hinein und zu ihrem Opfer konnte. Ich sah ihren weißen Geist, wie er böse ums Gemäuer schlich. Genau wie heute bellten die Hunde. Schließlich wurde sie hinter dem Haus auf einer kleinen Wiese des Schwesterchens des Knaben gewahr, wie es Heu mähte. Nie werde ich diesen Anblick vergessen! Giltine drehte sich ein letztes Mal zum Haus um. Böse funkelten ihre scheußlichen Augen, so als wollte sie sagen: ›Wenn ihr mir ein krankes Opfer verweigert, nehme ich mir ein gesundes!‹ Und ehe ich mich versah, entriss eine unbekannte Kraft dem Mägdelein die Sichel und stieß sie dem Kind in den Bauch. Die Kleine war auf der Stelle tot und Giltine verschwunden. Ich rief sofort Leute hinzu, die durch ihr Geschrei den Vater herbeiholten. Der fand sein Töchterlein nur noch jämmerlich zerschnitten und tot.

Aber das war noch nicht das ganze Unglück, denn kaum war der Vater zurück in seinem Haus, sah er sein Weib weinend über dem toten Sohn. Hätte man Giltine ins Haus gelassen, wäre das Mädchen am Leben geblieben. So aber hatte man sich die Rache der Todesgöttin aufgeladen und beide Kinder verloren.«

Wie die Gruselgeschichte weiterging, sah ich nicht selbst, obwohl ich dabei war und Zeuge des schrecklichen Todeskampfes des jungen Georg Falke wurde. Auch die übrigen Anwesenden, die Familie des Schulzen und der herbeigerufene Pfarrer, konnten außer der Agonie des Jungen, Gott steh seiner Seele bei, nicht mehr sehen als ich, und schon gar nichts Außergewöhnliches.

Wenn ich also im Folgenden erzähle, was die Todesgöttin Giltine tat, berichte ich nicht aus eigener Anschauung, sondern gebe nur wieder, was Ragana mir hinterher mitteilte.

Ich nahm also die Zigeunerin mit mir und eilte ohne Umwege zum Haus des Schulzen. Die Autorität meines Amtes verschaffte uns Einlass. Als wir ans Totenbett traten, befanden sich die oben genannten Personen bereits in der Stube. Glücklicherweise nahm niemand recht Notiz von uns, niemand stellte eine Frage. Nur die Alte und Heinrich schauten abwechselnd böse zu uns herüber.

Ihre Sorge um Georg hielt sie davon ab, Ragana zum zweiten Mal hinauszuwerfen und auch mich zum Fortgehen zu ersuchen.

Die Leute standen im Halbkreis ums Bett. Sie hielten die Hände gefaltet und beteten mit dem Pfarrer einen Psalm. Die Stube war geheizt und von Kerzen erhellt.

Der Junge lag röchelnd und fiebernd im Bett. Obwohl ich kaum medizinische Kenntnisse besitze, war mir klar, dass Georg Schulze sterben würde. Zu groß war die Halswunde, die ihm die Wölfin zugefügt hatte. Auch schien mir, dass der Knabe bereits sehr viel Blut verloren hatte. Das Fieber wies darauf hin, dass die Wunde brandig geworden war.

Doch was sah die Ragana?

Giltine, die Todesgöttin, schwebte als weißes junges Mädchen über den in Todeskrämpfen zuckenden Knaben. Als sie ihre Hände um den Hals des Buben legen wollte, murmelte Ragana einige mir unverständliche Zauberformeln, um sie vielleicht doch noch zu vertreiben oder von ihrem Tun abzuhalten.

Giltine drehte sich böse zu Ragana um. Ihre Augen, blutrot und schrecklich, durchbohrten sie wie glühende Klingen.

»Dieser Knabe gehört mir!«, zischte die Dämonin. Dabei versetzte sie der Zigeunerin einen derben Schlag mit ihren krallenbewehrten Händen. Tatsächlich zuckte Ragana zusammen wie unter einem scharfen Hieb und trug plötzlich zwei Schrammen im Gesicht.

Alle Anwesenden sahen es.

Voller Entsetzen stolperte die Zigeunerin einige Schritte rückwärts. »Man darf sie jetzt nicht mehr stören«, flüsterte sie mir zu, »sonst holt sie sich ein anderes Opfer.«

Die Anwesenden begannen nach Aufforderung des Pfarrers ein Vaterunser für die Seele des Knaben zu beten. Ungeachtet dessen umschloss die Todesgöttin mit den langen sichelförmig gebogenen Krallen ihrer weißen Hände den Kopf des Knaben und hielt ihn still.

Langsam schob sich eine schwarze dornenspitze Zunge aus ihrem Mund, gleich einem Aal. Schlangenhaft, mit den Bewegungen einer Natter, suchte sie den Mund des Knaben.

Georg Falke öffnete ein letztes Mal die Augen. Ob er Giltine sah, weiß Gott allein, doch rief er unter größter Todesangst, dass allen Umstehenden das Blut gefror und selbst ein Herz aus Stein hätte weich werden müssen: »Jesus, hilf mir!«

Seine angsterfüllten Augen, die Augen eines sterbenden Kindes, suchten den Vater. Dieser brach in Weinen und Wehklagen aus, das ansteckend wirkte. Im Nu erfüllte lauter Jammer die ganze Stube.

Die Todesgöttin kümmerte das nicht. Zielbewusst bahnte sich die schwarze Schlangenzunge ihren Weg durch den Schlund zum Herzen des Jungen.

Im nächsten Augenblick verschied der Schulzensohn. Die Todesgöttin hatte ihr Werk vollbracht. Zusammen mit der mörderischen Zunge fuhr auch Georg Falkes Seele aus dem Munde des Toten.

Damit war der Spuk vorbei. Giltine verschwand so plötzlich, wie sie gekommen war.

Wenig später begann das Geläut der Totenglocken durchs Dorf zu hallen.

XVI

Trotz des erschlagenen Wolfes betrachtete ich den Fall noch längst nicht als abgeschlossen. Unverdrossen setzte ich die Verhöre am folgenden Tag fort.

Der Schulze wollte wissen, warum ich die Untersuchung weiterführte, nun, da der Gierfraß doch zur Strecke gebracht sei.

Mir aber kam diese ›Auflösung‹ der Gierfraßmorde weitaus zu schlicht vor. Zwar gab es Wölfe, die Kinder überfielen, rissen und auch fraßen, hier jedoch sprachen etliche Merkwürdigkeiten und Indizien gegen die Täterschaft eines Wolfes. Außerdem war der angebliche Mörder tot – aber selbst wenn er noch lebte, wie hätte ich ihn befragen können?

Daher kam es für mich nicht in Betracht, die Kriminalakte zu schließen und mit den Dragonern abzuziehen. Ich befürchtete, dass es mit dem Morden dann noch nicht vorbei sein würde.

Und wer wären dann die Ersten, die wieder nach uns schreien und uns vorwerfen würden, dass wir uns zu früh aus dem Staub gemacht hätten, wenn nicht die Dorfbewohner?

Ich kannte das Volk. Der Pöbel wechselt seine Meinung schneller als ein Mann sein Hemd.

Am Nachmittag fand die Beerdigung statt. Magister Schmalhaus ließ gegen drei Uhr die Glocken läuten. Unter dem Gesang einiger Kinder und der restlichen Gemeinde wurde der Sarg des Georg Falke aus der Kirche getragen, wo er aufgebahrt gewesen war, und in einem kurzen Leichenzug zum Friedhof gebracht. Der Gottesacker lag etwas abgelegen in östlicher Richtung dem Walde zu. Alle, die ihm das letzte Geleit gaben, waren in schwarze Trauergewänder gehüllt, die Weiber weinten und wehklagten, die Männer sahen zu Boden und hielten ihre Hüte fest an die Körper gepresst. Man sang erbauliche Lieder. Eigentlich war die kurze Zeitspanne vom Tode bis zur Bestattung unüblich, aber der Vater des Knaben wollte ihn schnellstmöglich zur letzten Ruhe betten.

Auch Kosemaul und ich nahmen an dem Leichenbegängnis teil. Unter den Trauernden erkannte ich den Dagg und seine Familie. Jede Seele des Dorfes schien anwesend.

Die Gedanken, die mir während der Zeremonie durch den Kopf gingen, verschweige ich lieber. Ich stelle es dem Leser anheim, die Frage zu beantworten, ob ein solch böser Knabe wie Georg Schulze wirklich unter Engelsgesang in den Himmel kommt.

Im Gegensatz zu den Dörflern rannen mir nicht die Tränen übers Gesicht. Ich mache auch keinen Hehl daraus, dass ich mich nicht unbedingt zu den Philanthropen zähle. Zu vielen Malefizbuben, Mördern und Schandvetteln aller Couleur war ich schon begegnet. Einigen hatte ich zu ihrer sehr harten, aber gerechten Strafe verholfen. Wer sich in zartem Knabenalter so schrecklich an wehrlosen Kreaturen wie den Wolfswelpen verging, der würde später auch vor Verbrechen an Menschen nicht zurückschrecken. Das Gottesurteil gegen Georg war vielleicht unerbittlich gewesen, aber wie sagen die Priester? Der Herr ist dein Richter.

Doch genug der Bibelsprüche.

Die Zigeunerin Ragana stand mit ihrem Töchterlein am Friedhofszaun und verfolgte das Geschehen. Fast als könnte sie meine Gedanken lesen, rief sie plötzlich mit schriller, den Weibern eigener hysterischer Stimme:

»Schlagt ihm den Kopf ab! Schlagt ihm den Kopf ab!«

Zuerst überhörte die Trauergemeinde ihre wahrscheinlich vom Wahn eingegebenen Rufe. Doch als sie immer wieder schrie: »Schlagt ihm den Kopf ab, sonst kommt er als Vaidilas zurück!«, da gingen ein paar Männer zornig auf sie los und bearbeiteten sie mit Schlägen und Fußtritten. Ragana jedoch ließ sich allenfalls ein paar Schritte weit vertreiben, um dann nur noch hartnäckiger und fast verzweifelt an den Zaun zurückzukehren und ihr Geschrei fortzusetzen.

Sowie der böse Knabe unter der Erde war, ging der Pfarrer schnurstracks und ohne ein weiteres Wort zu verlieren zurück ins Pfarrhaus. Kaum hatte er das Grab verlassen, drehte sich der Schulze mit grimmigem Blick zur Ragana um. Er sprach ein paar für mich unverständliche Wörter zu seinem Sohn und den ihn umstehenden Burschen. Diese schienen nur darauf gewartet zu haben. Ehe Kosemaul und ich begriffen, was die Stunde geschlagen hatte, stießen sie das Töchterlein der Zigeunerin brutal zur Seite, rissen Ragana an den Haaren zu Boden, schlugen sie, banden sie und führten sie fort.

Die Trauergemeinde folgte ihnen wie auf ein Zeichen. Kosemaul und mir hingegen stellten sich einige starke Männer in den Weg.

Wir hörten Schreie, Verwünschungen, Flüche. Schon forderten die Ersten: »Verbrennt die Hexe!« – »Hängt das Luder auf!« – »Bringt sie lebendig unter die Erde!«

Das roch nach Lynchjustiz.

Kosemaul teilte meine Befürchtungen. »Ick glowe, hier müß mer einschreiten.« Er öffnete seinen Mantel, unter dem seine beiden doppelläufigen Pistolen steckten, und grinste breit dazu. »Hawe mir so was schon jedacht. Die Kleene hat mir erzählt, ihre Mutter globt, der Junge kehrt als spukender Toter zurück, weil er im Lewen so böse war. Glowe ihr sojar. Sie wollte die Jemeinde warnen.«

Er verdrehte die Augen und schüttelte seinen Stierkopf. »Awer doch nicht während der Leiche!«

»Gebt mir eine davon!« Ich ließ mir eine seiner Pistolen reichen und steckte sie in meine Manteltasche. Mit bestimmenden Worten und Drohungen drängten wir die Männer aus unserem Weg und folgten der aufgebrachten Menge, die dem Anger zusteuerte. Doch wie erstaunt war ich, als ich neben dem am Galgen verwesenden Wolf bereits einen grob errichteten Scheiterhaufen sah, aus dessen Mitte ein zehn bis fünfzehn Fuß hoher Birkenstamm emporragte!

Heinrich Falke und seine Kumpane hatten die Ragana bereits an den Pfahl gebunden und mit etlichen Reisigbündeln Feuer an den Scheiterhaufen gelegt.

Kosemaul und ich mussten uns durch eine tobende Menge aufgebrachter Menschen kämpfen, die triumphierend diesem Schauspiel menschlicher Abgründe zusah. Vor unseren Augen wollten diese Narren tatsächlich einen Menschen verbrennen! Höchstwahrscheinlich sogar den unschuldigsten Menschen in diesem gottverlassenen Dorf.

Sie glaubten ihre Tat durch den Spruch und die Anweisung des Schulzen legalisiert, doch nur ein Richter seiner Majestät des Königs oder der Herr des Dorfes konnten über Hals und Hand, Leib und Leben befinden. Der Schulze durfte höchstens ein paar der üblichen Streitereien zwischen Nachbarn schlichten. Mit der Aufstachelung zum Lynchmord hatte er seine richterliche Befugnis weit überschritten. Juristisch erfüllte das den Tatbestand des Amtsmissbrauchs.

Grob und unbarmherzig schlugen Kosemaul und ich uns durch die Menge, wobei mein Adjutant seine Leibeskräfte nicht zimperlich einsetzte und ein oder zwei Leuten sogar ein paar Zähne ausschlug. Entgegen meinen heimlichen Befürchtungen wurde das Volk jedoch nicht handgemein mit uns. Schließlich wichen sie freiwillig zurück. Zweifellos fürchteten sie unsere von Amt und Rang verliehene Autorität – hätten sie uns angegriffen, sie hätten tatsächlich mit dem Strang rechnen müssen.

Als wir das Feuer erreichten, trat ich die ersten, wegen der seit einigen Tagen einsetzenden Feuchtigkeit nur schwach züngelnden Scheite mit dem Stiefel zur Seite. Ragana war vor Angst ohnmächtig geworden und in ihren Fesseln am Pfahl zusammengesunken. Ich knüpfte sie los und warf sie mir über die Schulter.

Die Dorfleute sahen uns hasserfüllt an und verweigerten mir den Durchgang durch ihre Reihen. Kosemaul stand wacker neben mir und hielt Ausschau nach den Dragonern, von denen sich aber keiner zu unserer Unterstützung einfand.

So standen wir mit der zur Hexe erklärten bewusstlosen Zigeunerin vor einer nach Feuer und Blut lechzenden Meute.

»Im Namen des Königs, lasst uns durch!«, brüllte ich. Doch die alte verschrobene Hilda, die weit eher das Zeug zu einer Hexe hatte und noch vor wenigen Jahren sicherlich gepulvert worden wäre, vettelte: »Sie ist eine Hexe und muss verbrannt werden!«

Eine andere kreischte: »Vielleicht hat sie ja den Gierfraß ins Dorf geholt?«

»Lasst uns passieren, ihr stellt euch Männern Seiner Majestät des Königs in den Weg! Wisst ihr nicht, welche Strafe darauf steht? Ich lasse euch ohne Ausnahme festnehmen und in Ketten legen!«

Heinrich Falke, der sich in die vorderste Reihe geschoben hatte und mir nun unmittelbar gegenüberstand, lachte höhnisch.

»Wie denn? Die Soldaten sitzen im ›Krog‹ und lassen sich's gut gehen.«

»Soll das eine Drohung sein?«

Ich hob meine Pistole und zielte auf seine Brust: »Kerl, tritt beiseite oder ich schieße dich nieder wie einen tollen Hund! Erst in die Brust und dann in den Kopf.«

Das hatte gesessen.

Augenblicklich war der Pöbel still. Ich hätte auch keinen Augenblick gezaudert und den Aufrührer erbarmungslos niedergeknallt.

Einige senkten ihre Köpfe. Wahrscheinlich war ihnen angesichts einer solchen Eskalation – Widerstand gegen Männer des Königs – der Mut gesunken. Vielleicht erkannten sie erst jetzt, da ich Kosemauls doppelläufige Pistole auf den letzten noch lebenden Sohn des Schulzen richtete, was ihnen blühen konnte.

Jedenfalls zog der Schulze seinen Sohn in die hinteren Reihen und gebot ihm, den Mund zu halten. Ich sah Kosemaul an. Er hatte seine rechte Hand unter dem Mantel und hielt den Pistolenknauf fest umfasst.

»Nanu«, erklang es plötzlich hinter der Meute, die uns noch immer mit einem Rest von Trotz im Wege stand, »ihr werdet euch doch nicht den Herren Criminalkomissaren, Männern des Königs, eures Herrn, widersetzen? Helft ihnen lieber, das arme Weib wieder auf die Beine zu bringen!«

Über den Köpfen der Dörfler sah ich drei Reiter in Offiziersuniformen. Der, der den Pöbel zur Mäßigung aufgefordert hatte, war ein General der Kavallerie. Augenblicklich löste sich die Kanaille auf. Der Schulze und sein Sohn waren als Erste verschwunden. Ein paar Männer nahmen mir die Ragana ab und trugen sie auf meinen Befehl hin ins Wirtshaus, um sie dort zu verarzten.

Der General und seine zwei Begleiter waren unterdessen von den Pferden gestiegen.

»Darf ich mich vorstellen: General Albrecht von Wolfsdorf.

Und das hier ist mein Neffe Karl Hermann von Wolfsdorf nebst seinem Adjutanten, dem Freiherrn Adolph von Greifenberg.«

Ich reichte dem General die Hand und stellte mich meinerseits vor. Hinter mir erdröhnte ein »Hawe die Ehre, Herr Jeneral, Freiherr von Kosemaul. Mein Vater durfte unter ihnen dienen.«

»Ach?« Der General setzte eine nachdenkliche Miene auf, dann sagte er: »Kosemaul, aber ja! Euer Vater war ein tüchtiger Draufgänger. Habe mit ihm den Türken ganz schön eingeheizt!«

»Davon hat er oft erzählt!« Kosemaul strahlte wie ein kleiner Junge.

Wie mir schien, hatten wir unverhofft neue und vor allem machtvolle Verbündete gewonnen. Es erleichterte mich, dass der General, der Herr über dieses Dorf, aus Berlin zurück war.

Sein Neffe, ein blasser junger Mensch von vielleicht 25 Jahren, war deutlich reservierter als sein Oheim. Er verneigte sich nur kurz, schüttelte mir lasch die linke Hand, die rechte ließ er in der Manteltasche stecken, und saß ebenso schnell wieder auf, wie er abgestiegen war. Mit einem kurzen »Wir reiten zum Schloss!« sprengten er und sein Begleiter davon.

Der General war ein mittelgroßer hagerer Mann von vielleicht 60 Jahren. Trotz seines gefälligen Benehmens blickten mich seine blaugrauen Augen kalt an. Er war ein berühmter Kriegsheld, hatte sich in den Kämpfen gegen die Türken hervorgetan und galt als enger Vertrauter Seiner Majestät des Königs, was sich unter anderem darin bewies, dass er oft des Königs Gast im Tabakskollegium war. Damit zählte er zu den wichtigsten Männern des Königreichs. Zurzeit baute er für die Armee Seiner Majestät ein neues Kavallerieregiment auf, welches dereinst sein Neffe befehligen sollte. Mehr wusste ich nicht über ihn, außer dass er der alten Familie der Ritter von Wolfsdorf entstammte, die hier in Wolfsgrube und Umgebung Grundherren waren.

Der General sprach eine Einladung aus: »Ich würde mich freuen, die Herren Criminalkommissare heute Abend auf meinem Schloss bei einem außergewöhnlichen Bankett bewirten zu dürfen.«

Kosemaul und ich verständigten uns mit einem Blick. »Sehr gern, Herr General«, nahm ich die Einladung für uns beide an.

»Folgt der Dorfstraße nach Süden, dann stoßt Ihr rechts unmittelbar auf eine gepflasterte Allee, die Euch zu meinem Schloss führt. Bringt die Zigeunerin und ihre Tochter mit. Sie können bei mir in der Küche arbeiten. Ich fürchte, hier sind sie nicht sicher.«

»Ganz meine Meinung, Herr General«, antwortete ich, froh, die beiden in guter Hut zu wissen.

»Die Herren werden um sieben Uhr erwartet.«

Wir dankten dem General und willigten höflichst ein. Von Wolfsdorf bestieg sein Pferd, sah noch einmal streng auf seine gebeugten Untertanen und sprengte im Galopp davon. Kosemaul und ich folgten den Bauern, die sich um Ragana kümmerten, in den ›Krog‹. Hier erfuhr ich von Leutnant Beesenacker, dass der Schulze ihm und seinen Männern zum Leichentrank auf seinen toten Sohn in der Schankstube ein großes Fass Bier spendiert hatte.

Der Leutnant zeigte sich über das eigenmächtige Betragen des Schulzen erstaunt. »Na, der traut sich was! Soll ich ihn gleich festnehmen? Würde mir eine Freude sein, den Bauern mal zu zeigen, wer hier der Herr ist.«

»Lasst es gut sein, Leutnant. Ich glaube, wir werden hier noch so manche Überraschung erleben. Der Schulze wird für sein aufmüpfiges Betragen büßen. Wo kämen wir hin, wenn jeder das Recht selbst in die Hand nähme und die Gesetze des Königs missachtete?«

»Ihr habt Recht, Krosigk. Ein einfacher Soldat wäre erschossen oder mindestens durch die Spießruten getrieben worden. Nein, so etwas könnt Ihr nicht durchgehen lassen. So etwas muss hart geahndet werden. Habt ihr übrigens den General von Wolfsdorf noch gesehen?«

»Ja, er kam gerade zurecht und haute uns raus, wie man so schön sagt.« Ich konnte nicht erkennen, ob Beesenacker die kleine Spitze wegen des Fehlens seiner Dragonerabteilung bei unserer Konfrontation mit dem Dorfpöbel spürte.

Er nickte eifrig und berichtete: »Der General kam in den ›Krog‹ und lieferte der Wirtin etwas ab. Dabei begegnete ich ihm. Ein hervorragender Mann! War mir eine große Ehre. Ich erzählte ihm von Euch, und er äußerte, ins Dorf reiten und

Euch kennen lernen zu wollen. So kam er Euch unverhofft zu Hilfe.«

»Gut, Beesenacker, dafür danke ich.«

Im Anschluss an unser Gespräch inspizierte der Leutnant seine Truppe und befand alles in Ordnung – preußische Dragoner sind eben doch die besten in Europa.

Ich stieg hinauf in meine Kammer und machte mich für den Besuch beim General fertig. Nebenan hörte ich Kosemaul schnarchen. Der Kerl war wirklich durch nichts aus der Fassung zu bringen.

XVII

Kosemaul und ich folgten der Einladung des Generals von Herzen gern. Nicht dass mir das Essen im ›Krog‹ nicht mehr zusagte, es war, wie ich immer wieder feststellen musste, geradezu Verdacht erweckend gut. Aber eine kulinarische Abwechslung war mir durchaus willkommen, zumal ein Bankett im Schloss derer von Wolfsdorf etwas Außergewöhnliches erwarten ließ.

Nachdem ich zum Ausgehen bereit war, ließ ich die Zigeunerin und ihr Kind von einigen Soldaten zum Schloss des Generals schaffen. Das Weib wehrte sich wie eine Furie dagegen, und noch ehe ich reagieren konnte, zog ihr einer der Dragoner derart heftig eins über den Kopf, dass sie betäubt zu Boden ging.

»Weiber verstehen manchmal nur diese eine Sprache«, sagte der Unteroffizier, warf Ragana über den Rücken seines Pferdes und stampfte los. Dragana war nicht viel gefügiger. Sie biss und kratzte um sich und hätte fast Derbes von den Dragonern bezogen.

»Du kriegst gleich was!«, drohten sie, worauf das Mädchen verstummte.

Mir war etwas mulmig zumute. Die Vorwürfe der Zigeunerin gegen den General gingen mir nicht aus dem Sinn. Doch letztlich hielt ich sie für dummes Geschwätz. Ragana würde mir noch danken. Denn Arbeit auf einem Schloss zu haben war für die meisten Leute eine Wunschvorstellung und sicherte einen vollen Bauch.

Kosemaul, der den ganzen Abend bis zu unserem Aufbruch von nichts anderem sprechen konnte als vom Dienst seines Vaters unter von Wolfsdorf und wie sie die Türken verprügelt hatten, wurde, als wir zum Schloss ritten, doch etwas nachdenklich.

»Hoffentlich ham die jutes Bier und nich nur so 'ne französische Plörre.«

»Na, Kosemaul, lassen wir uns einfach überraschen. Ich bitte Euch, auch wenn es nur Franzwein geben sollte, nicht in schlechte Stimmung zu verfallen. Euch mit saurer Miene zu sehen könnte ich nicht ertragen.«

»Macht Euch nur lustich, Krosich. Der Franzwein soll janz üwel und owendrein den Eingeweiden sehr abträchlich sein.«

Wir gelangten schnell ans Ende der Dorfstraße und auf die vom General beschriebene Allee. Sie war gepflastert und gesäumt von großen mit den Wipfeln zusammenstoßenden Eichen und Linden. Das Schloss der Familie von Wolfsdorf war nicht eigentlich ein Schloss und erst recht nicht in dem Stil erbaut, den die jüngeren Häuser des Adels auch auf dem Lande aufwiesen. Nicht zu Unrecht nannten es die Leute das ›Feste Haus‹. Es glich mehr einer trotzigen mittelalterlichen Ritterburg als einem vornehmen Schloss. Das ›Feste Haus‹, ein großes, wehrhaftes rechteckiges Gebäude mit zwei Geschossen, war wie die meisten Herrensitze der Gegend aus großen rotbraunen Quackern errichtet. Das Dach war mit schönen roten Ziegeln gedeckt, und aus dem Schlot qualmte es, als schmauchte ein Riese seine Tabakspfeife.

Eine hohe Mauer mit Schießscharten sowie ein breiter Wassergraben, der einen Teppich aus Seerosen trug, schützten die Burg ringsum. Am Tor wartete ein grauhaariger Stallknecht und nahm uns die Pferde ab. »Sie kriegen guten Hafer, edle Herren«, versicherte er.

»Ich kenne Ihn doch. Ist Er nicht der Matthes, den die Wölfe angegriffen haben?«

»Ja, Herr, der bin ich.«

»Wie geht es Ihm?«

»Sehr gut Herr, wieder sehr gut.«

»Nun, das freut mich.« Matthes verneigte sich und führte die Tiere in eine Scheune, die sich an das Haupthaus anschloss. Er blickte uns kaum an, sah nur zur Erde oder verstört in Richtung des Schlosses. Merkwürdiger Kauz, dachte ich. Die Zigeunerin Ragana und ihr Töchterlein konnte ich nicht entdecken. Vielleicht schliefen sie wohl behütet in einer geheizten Stube …

Links neben dem Tor ragten die Überreste eines quadratischen Turmes aus Ziegelsteinen empor, und ich vermutete, dass er noch aus der Zeit der Kämpfe der Deutschherren gegen die Heiden stammte. Das Dach war ins Innere des Turmes gestürzt, und wie mir schien, wurde er nur noch als Steinbruch genutzt. Die Stärke seiner Mauern war imposant, ich schätzte ihre Dicke auf mindestens zehn Fuß.

Wir gingen gut gelaunt über die breite Haupttreppe zum schmucklosen Eingangsportal, wo der Erste Lakai des Generals uns erwartete. Mit einem freundlichen Lächeln wies er Kosemaul und mich in die hell erleuchtete Eingangshalle, die von einem kraftvoll lodernden Kaminfeuer beheizt wurde.

»Der Herr General lässt sich noch für einen Augenblick entschuldigen«, sagte er, »er muss in der Küche Anweisungen geben. Wünschen die Herren in der Zwischenzeit Tabak und Pfeife?«

Kosemaul und ich wünschten.

Ich fragte ihn nach dem Verbleib der Ragana und ihres Töchterleins.

»Die sind gut untergebracht«, erwiderte der Oberdiener knapp.

Die Eingangshalle war weiß getüncht und strotzte vor Hieb- und Stichwaffen jeglicher Art. Hellebarden, Bidenhänder, Fußstreitäxte, Schilde und Pavesen, dazu eine Vielzahl von Streitkolben, von denen mir besonders ein türkischer ins Auge fiel. Die meisten stammten aus alter Zeit und zeugten von der Wehrhaftigkeit und dem Kriegsruhm ihrer einstigen Besitzer.

Die bald gereichten Pfeifen schmeckten hervorragend, und wir zwei harrten, mit ausgestreckten Beinen bequem in breiten Sesseln sitzend, der Dinge, die da kommen sollten. Unsere Sessel standen rücklings zur Treppe, die zu dem großen Saal führte, sodass wir nicht gewahrten, wie sich uns von dort der Neffe des Generals auf leisen Sohlen näherte. Seine starke junge Stimme schreckte uns auf: »Mein Onkel lässt bitten!«

Der junge Karl Hermann von Wolfsdorf war kraftvoll gebaut und von hohem Wuchs, was heißen soll, dass er mich um einen halben Kopf überragte. Blonde Locken lugten unter seiner lässig platzierten Perücke hervor. Mir fiel jetzt auf, dass seine rechte Hand, die er bei unserer ersten Begegnung in der Manteltasche verborgen hatte, unerklärlicherweise in einem langen Fäustling aus Hirschleder steckte. Er ging uns voran, und wir folgten ihm mit größter Neugier.

Als wir den Saal betraten, witterte meine kulinarisch geschulte Nase sofort einen fabelhaften Bratengeruch. Meine sonst wohl eher finster und misanthropisch anmutende Miene erhellte sich augenblicklich. So gut riecht nur Wildbret. Vielleicht war es Reh?

Die Veränderung meines Gesichtsausdrucks war dem General, der der festlich gedeckten Tafel wie ein Hofmarschall vorstand, bei unserem Eintreten in den Saal nicht entgangen: »Ah, ein Kenner der guten Küche!«

Mit großartiger Geste lud er uns ein, Platz zu nehmen, wobei sich Kosemaul mir gegenüber am oberen Ende der Tafel niederließ. Der General selbst saß zwischen uns beiden an der Stirnseite. Zu meiner Rechten saß der Herr Pfarrer Schmalhaus, den ich mit gebührender Reverenz begrüßte. Der Begleiter des jungen von Wolfsdorf, Freiherr von Greifenberg, saß am unteren Tafelende, dem General gegenüber. Er war ein blasser junger Mensch, kein bisschen soldatisch, eher weibisch, mit schlanken manikürten Händen, aber stechenden Augen.

Die Tafel war mit einem weißen Tuch gedeckt. Für jeden Gast hatten die Lakaien einen großen Silberteller aufgelegt und mehrere Weingläser an ihren Platz gestellt. Daneben lagen vorzüglich ausgerichtet die Silberbestecke. Die Tafelmitte nahm ein großer siebenarmiger Kerzenleuchter ein, der zusätzlich zu den Wandleuchtern für Licht sorgte. Des Weiteren fanden sich ein Salzfässchen, zwei Pfefferbüchsen und mehrere gefüllte Karaffen auf dem Tisch. Ich konnte mir ein kleines Grinsen über Kosemauls missmutige Grimassen angesichts des im Kerzenschein blutrot funkelnden Karaffeninhalts nicht verkneifen.

Bisher war kein Wort gesprochen wurden, und nur ein kurzes Nicken des Generals in Richtung des Magisters deutete an, dass nun das Tischgebet folgen würde. Schmalhaus bekreuzigte sich und betete: Herr, wir danken dir etc.

Der General liebte demnach Wein, und zwar französischen, wie wir zu Kosemauls Leidwesen sogleich erfahren sollten, denn er klatschte munter in die Hände, damit seine Lakaien den ersten Gang auftrugen. Zunächst füllten sie unsere Weingläser mit dem Karaffeninhalt. Vergnügt beobachtete ich Kosemaul, der mit großen Augen auf das zarte Kelchglas starrte, das ihm zu seiner Überraschung auch nur halb voll eingeschenkt wurde. Der Ärmste, französische Plörre!

»Ein ungemein guter Jahrgang!«, lobte der General, stand auf, erhob sein Glas und brachte einen Toast auf seine Majestät den König aus.

Auch wir Tischgäste erhoben uns und lauschten der Laudatio des Hausherrn auf seinen neuen, erst jüngst aus Frankreich importierten Rotwein. Währenddessen schenkten die Lakaien nach, und ich sah, wie Kosemaul einen der Diener zu sich heranzog und ihm etwas ins Ohr flüsterte. Der Lakai schüttelte schmunzelnd den Kopf, was mich nicht wunderte; hingegen hätte mich sehr gewundert, hätte ein solcher Weinkenner wie der General das von Kosemaul erhoffte Bier im Keller gehabt.

Als ersten Gang trugen zwei Diener eine Hechtsuppe auf, die einem König gebührte; allein ihr Duft zeugte von ihrer vorzüglichen Zubereitung.

»Gestattet mir folgende Frage, Herr General«, hob ich zum Gespräch an.

»Nur zu, Herr von Krosigk, ich palavere gern! Auch sind mir in diesen zivilisationsfernen Breiten Gesprächspartner Ihres Schlages besonders willkommen.«

»Wer führt in Eurer Küche das Regiment? Diese Hechtsuppe ist höchst deliziös!«

Der General strahlte. Ein Stück Weizenbrot brechend, antwortete er: »Das Einfachste, mein lieber Krosigk, ist oft das Beste. Zu solchen Gelegenheiten und Anlässen hole ich mir immer die Wirtin aus dem ›Krog‹.«

Ich hatte Mühe, nicht den Inhalt des Löffels zu verschütten, den ich gerade zum Munde führte.

Nach einer kurzen Pause, in der er sein Weizenbrot aß, fügte der General hinzu: »Die Hechte sind übrigens aus dem Waldsee. Prächtige Burschen, die mir da mein lieber Falke gebracht hat. Aber wartet erst auf den Hauptgang!«

Ohne es mir anmerken zu lassen, musterte ich unseren Gastgeber eingehender als bisher. Und mir fuhr ein eiskalter Schauer über den Rücken: Ich erkannte jetzt, dass der General das böse zweite Auge besaß, ein Auge, wie ich es bei vielen besonders teuflischen Menschen schon hatte beobachten können. Man erkennt es, wenn man genauer hinsieht, dann aber weiß man sofort, woran man ist. Das linke Auge des Generals war etwas kleiner als das rechte, auch war das Weiß des Augapfels etwas gelblicher. Man darf das Phänomen nicht mit dem Blick eines Wahnsinnigen oder Idioten verwechseln; das Auge ist fast starr, hypnotisch, tief, unergründlich und voll ausgemachter Bosheit. Zumeist findet es sich bei älteren Menschen, Männern wie Weibspersonen, doch kommt es auch bei jüngeren Leuten vor. Die zahlreichen Autoren, die ich bisher zu dieser äußerst interessanten Materie konsultiert habe, bezeichnen es ganz allgemein als bösen Blick. Bei einigen Personen bildet sich tatsächlich erst mit dem Alter und durch ihre Taten, vielleicht auch ihre Leiden, geistigen Gebrechen oder fatalen Neigungen, ein solcher böser Blick heraus. Dieser ist jedoch nicht zu verwechseln mit dem bösen Auge, das nur abgrundtief schlechten Menschen eigen ist und ihnen vom Teufel wahrscheinlich bereits in die Wiege gelegt wurde.

Ich verschluckte mich und musste husten.

»Aber, aber, mein lieber Krosigk«, sagte der General darauf zu mir, »so scharf ist die Suppe doch nicht!« Und an die anderen gewandt: »Doch bevor wir zum Hauptgang kommen, noch etwas zum Gaumenkitzeln!« Damit meinte er Zwischengänge, bestehend aus gefüllten Täubchen, panierten Rüben, kleinen Wachtelpasteten, gedünsteten Froschschenkeln und eingelegten Hallenser Lerchen.

Anders als beim General konnte ich in den Augen seines Neffen und dessen Begleiters nichts lesen, was auf ein böses Wesen hätte schließen lassen; lediglich ein wenig jugendliche Wildheit, Kühnheit, etwas Jähzorn.

Doch nicht nur die Augen verraten einen Menschen. Ich bin sicher, an der gesamten Physiognomie eines Menschen erkennen zu können, ob es sich um einen Spitzbuben handelt oder nicht. Der in N. geräderte Anführer der Mörderbande wie auch seine beiden Schandvetteln wären mir schon wegen ihrer Verbrechervisagen aufgefallen.

Doch würde es zu weit führen, an dieser Stelle über die Prinzipien der Physiognomie zu philosophieren. Das Publizieren hierzu überlasse ich anderen. Fest steht, ich glaube, Schelme erkennen zu können.

Der General, dem ich nun eine weit größere Aufmerksamkeit schenkte als zuvor, war groß und hager, aber nicht unbedingt schwächlich, wenngleich kein Dragoner wie der draufgängerische »tolle Markgraf«. Zweifellos war sein Haupt unter der Perücke kahl und nur über den Ohren noch von einigen grauen Haaren bewachsen. Seine Stirn war hoch und glänzend, die gebogene Nase glich der eines Raubvogels. Seine Lippen waren schmal, seine Augenbrauen dünn. Durch seine gehobene Position (und wahrscheinlich nur durch diese) erweckte er den Eindruck eines vollkommenen Kavaliers, würdevoll im Umgang mit anderen und galant in der Rede, die sich immer nur um ihn selbst drehte.

Warum hatte er eigentlich keine Damen zum Bankett geladen oder beherbergte solche als Gäste in seinem Schloss? Warum war er nicht verheiratet oder verwitwet? Keine Liebschaften, keine kleinen Affären? Die meisten Offiziere heirateten spät, aber sie heirateten.

Sollte sein Dienst ihn so in Anspruch nehmen, dass ihm zur Würdigung der weiblichen Reize keine Zeit blieb? Hielten die durchaus wichtigen und im höchsten Interesse des Staates stehenden Angelegenheiten des Heeres ihn von Amüsements mit dem anderen Geschlecht ab?

Diese und weitere Fragen beschäftigten mich, bis ich durch den General aus meinen Gedanken gerissen wurde. Er klatschte erneut in die Hände, worauf zwei Lakaien erschienen und die Lichter an den Wänden löschten. Jetzt wurden der Saal und unsere Tafel nur noch von dem Kerzenleuchter auf dem Tischtuch erhellt.

»Muss das sein, Onkel?«, fragte der Neffe in einem fast barschen, unwilligen Ton.

»Aber sicher, mein Junge. Was jetzt folgt, stellt alles bisher Dagewesene in den Schatten und dürfte selbst Lukullus fremd gewesen sein!«

Alle sahen fragend zum Kopf der Tafel, wo der General präsidierte.

»Glauben Sie mir, meine Herren«, und damit wandte der

Hausherr sich an mich und Kosemaul, »so etwas haben Sie noch nie gegessen! Das Vorzüglichste vom Vorzüglichen!«

Dem eintretenden Ersten Lakaien, der einen zwölfarmigen Kerzenleuchter trug, folgten zwei weitere. Deren erster brachte auf einem silbernen Tablett den Kopf eines Tieres herein. Der andere beförderte in einer Schüssel anscheinend die Vorder- und Hintertatzen dieses Geschöpfes.

»Das Haupt eines Bären!«, jubilierte der General. »Und seine mörderischen Pranken!«

Gemurmel entstand. Der Herr Pfarrer wurde blass. Der Adjutant von Greifenberg staunte, griff aber beherzt zu seiner Gabel. Kosemaul wischte sich den Mund ab, verdutzt blickte er den Lakaien und ihrer Fracht entgegen.

Auch in meiner Miene musste Skepsis liegen, denn der General versicherte: »Er schmeckt besser als Reh, glauben Sie mir, meine Herren, auch wenn einige das Gegenteil behaupten und unseren lieben Meister Petz zu den ungesunden Speisen rechnen!«

»Wenn ich ma was einwerfen darf«, versuchte Kosemaul sich am Hochdeutschen, allerdings mit wenig Erfolg, »mein Vater hat immer jesacht, und er war een großer Jäjer, Junge, iss nie was vom Bär, der is jiftig, besonders der Kopp und was drinne is.«

»Aber Kosemaul, Ihr wollt tatsächlich solch eine Delikatesse an Euch vorüberziehen lassen?« Der General erschien erstaunt und beleidigt.

»Ich glaube«, versuchte ich zu beschwichtigen, »unser guter Kosemaul ist nur zum Platzen satt!«

Kosemaul ergriff den Rettungsanker, den ich ihm zugeworfen hatte. »Der jute Herr von Krosich hat natürlich Recht. Ick hawe bloß kenen Hunger mehr, awer ick wünsche trotzdem juten Appetit. Die Frösche warn wirklich vom Feinsten!«

Die Lakaien stellten die Silbertafel mit dem Bärenkopf direkt vor den Pfarrer hin, der sich heftig seine Stoffserviette vor den Mund presste.

»Onkel …«, setzte der junge Karl Hermann von Wolfsdorf an, doch sein Oheim gebot ihm mit einer herrischen Handbewegung zu schweigen. Die Vorder- und Hinterpfoten des Bären stellte man zwischen Kosemaul und mich. Der General sog, den

Gourmet gebend, begierig den aus der Schüssel strömenden Duft in die geblähten Nasenflügel.

Die Pfoten sahen furchtbar aus. Sie glichen in nichts den Tatzen eines Bären, sie hätten durchaus von einem Menschen stammen können. Die Haare hatte die Köchin abgesengt oder abgebrüht, die Tatzen gekocht und mit warmem Rotwein übergossen. Sie glichen gekochten weißen Kalbsfüßen.

Der General ahnte, was in den Köpfen seiner Gäste vorging. »Nun ja«, sagte er, »sie sehen immer ein wenig ... eigenartig aus. Aber das soll Sie nicht schrecken, meine Herren, greifen Sie ruhig zu!«

Das böse Auge des Generals sah mich an. Es ist mit keiner Feder zu schildern, was in diesem Augenblick in mir vorging, welche inneren Kämpfe ich ausstand, welche widersprüchlichen Stimmen in meinem Kopfe stritten.

Tatsache war, dass einem Mädchen Hände und Füße abgehauen worden waren, *summa summarum* wohl nicht von einem Wolf oder Gierfraß. Tatsache war aber auch, dass es bis auf den ungeheuerlichen Verdacht einer Zigeunerin keinen Hinweis darauf gab, dass der General ein Mörder und vielleicht sogar der Gierfraß selbst war. Sollte aber das Ungeheuerliche wahr sein ...

Ich führte diesen Gedanken nicht zu Ende.

Wiederholt sah ich zu Kosemaul hin. Zu gern hätte ich gewusst, was er in diesem Moment dachte. Ich neidete ihm, sich rechtzeitig aus der Affäre gezogen zu haben.

»Nehmt ruhig, Herr von Krosigk, tut Euch auf!« Schon hielt mir der General das Silber mit den weißen in Rotwein schwimmenden Fleischstücken vor die Nase. Ich nahm eine Anlegegabel, führte sie unter das kleinste Stück, vielleicht unter eine Hand des Mädchens, und hob es widerstrebend auf meinen Teller.

»So ist es gut. Wenn auch arg bescheiden ... Meine lieben Herren«, wandte er sich an seinen Neffen und dessen Adjutanten, »greifen Sie zu! Es ist für jeden ein Stück da.«

Der General wies den Lakaien, der den Bärenkopf in den Bankettsaal getragen hatte, an, dem Herrn Pfarrer Schmalhaus hurtig ein schönes Stück von der Schnauze des Bären abzuschneiden. »Er wird doch sonst kalt!«

Während des Tranchierens sprang die Zitrone, die die Köchin

ins zahnbewehrte Maul des Geschöpfes geschoben hatte, heraus und bespritzte den Rock des Pfarrers mit Bratensaft.

Der Magister nutzte die Gelegenheit, um sich für einen Augenblick zu entschuldigen, er müsse umgehend seine Kleidung reinigen. Damit stand er auf und eilte hinaus.

Wir anderen mussten essen, ausgenommen Kosemaul und der Neffe. Mühsam meine Gedanken und meinen Ekel verbergend, würgte ich das Fleisch in winzigen Stücken hinunter.

Der General beugte sich verschwörerisch zu mir herüber: »Die Hand … nein, pardon, *die Tatze* ist immer das Beste, das Zarteste daran!«

Bei seinem Versprecher verschluckte ich mich an einem kleinen Knochen.

Schließlich meldete sich noch einmal Kosemaul: »Ick will ja nischt sahren, awer die Tatzen sehn aus wie Menschenhände ohne Finger.«

Vollkommene Stille folgte.

Dann meldete sich der Adjutant, stimmte Kosemaul ungerührt zu, merkte aber an, noch nie etwas so Köstliches gegessen zu haben. Und ehe der Magister Schmalhaus von seiner Toilette zurückgekehrt war, hatten der Adjutant und der General wie die gemeinsten Drescher ihre Tatzen und den ganzen Bärenkopf verspeist.

Der Neffe des Generals enthielt sich der Atzung und äußerte sich zu allem nur mit Zurückhaltung. Ich für meinen Teil hatte meine Portion nicht aufgegessen, etwa die Hälfte verblieb auf dem Teller. Aller Höflichkeit zum Trotze konnte ich keinen Geschmack an diesem Wildbret finden.

Immer wieder war mein Blick zwischen dem Bärenkopf und den Tatzen hin- und hergegangen, und immer mehr hatte sich in mir der Eindruck verfestigt, dass die Größe der Tatzen nicht zu jener des Kopfes passen wollte.

Bei jedem Bissen, den ich mühsam zum Munde führte und in mich hineinzwang, fragte eine innere Stimme: »Isst du hier Menschenfleisch?« Verstärkt wurde mein Unbehagen durch den Umstand, dass mich mein sonst selten versagender Instinkt diesmal im Stich ließ.

»Herr von Krosigk«, fragte mich der Adjutant, sich die gespitzten Lippen wischend, »beschreibt uns doch, wie sie Euch geschmeckt hat.«

Der General schmunzelte genüsslich. »Ja, wie hat es Euch gemundet, Krosigk?« Vergnügt und böse lehnte er sich in seinen gepolsterten Tafelstuhl zurück und sah mich erwartungsvoll an.

Ich nahm einen tiefen Zug Rotwein und bedeutete dem Lakaien nachzuschenken.

»Das Fleisch war sehr zart und saftig, im Geschmack etwas süßlich, lieblich, fast wie Rehbraten, dabei nicht so faserig, beinahe wie gezuckerte Täubchen. Von allem etwas.«

»Lieblich, fast wie ein Reh … Beinahe wie gezuckerte Täubchen … Von allem etwas …«, wiederholte der General versonnen, selbstversunken.

Inzwischen war der Herr Pfarrer zurückgekehrt und begehrte nicht weiter zu speisen, da er sich bereits übernommen habe. Adjutant von Greifenberg tat Kosemaul mit immer wieder nachgefülltem Glas fröhlich Bescheid, dabei wurden seine Wangen zunehmend röter. Der Neffe, dessen in diesem ominösen Handschuh steckende rechte Hand während der gesamten Tafelei auf seinem Oberschenkel geruht hatte, legte sie jetzt auf den Tisch.

Kosemaul, wahrscheinlich der einzige noch Nüchterne in der Runde, bestellte eine Karaffe mit Wasser. Auch der General schien leicht angetrunken. Ich hielt mich wacker und beschloss, dem Wein nunmehr auf Französisch zuzusprechen, indem ich ihn mit Wasser verdünnte.

Endlich orderte der General das Dessert, welches aus kleinen Torteletten, Krapfen und Marzipankügelchen bestand. Doch schien niemand mehr rechten Appetit zu verspüren. Daher bedeutete er dem Ersten Lakaien mit einem Wink, abzuräumen.

»Meine Herren, folgen Sie mir jetzt bitte in das Rauchzimmer. Dort wollen wir jeder behaglich eine Pfeifenfüllung schmauchen.« Dem stimmten alle zu; wir erhoben uns.

»Geht es Euch wieder besser?«, fragte ich den Pfarrherrn.

»Ja, Herr von Krosigk. Ich glaube, ich habe mich etwas übernommen. Zu viele Gänge.«

»Speisen Sie oft hier?«

Der Magister sah mich gewichtig an. Seine Augen waren

glasig. »Ab und an, wenn der Herr General gerade auf Besuch weilt.«

»Gab es schon früher Bär zu essen?«

»Nicht dass ich wüsste.«

Als ich mich von ihm abwenden wollte, hielt er mich am Ärmel zurück. Argwöhnisch sah er sich um. »Meine Chronik, die ich über das Geschlecht des Herrn Generals verfasst habe, ist bald fertig.« Er rückte noch näher an mein Ohr und flüsterte: »Ich bin dem Gierfraß ganz nahe!« Jetzt schien mich sein Blick fast zu durchbohren, so als wollte er mir zu verstehen geben: *Lesen Sie mir den Namen des Gierfraßes von den Augen ab!*

Fast hätte ich den Pfarrherrn grob an den Schultern gepackt, doch galt, es Aufsehen zu vermeiden.

»Wer ist es, sprecht!«, forderte ich leise.

Doch Schmalhaus schüttelte den Kopf. »Ich kann es Euch noch nicht sagen. Ich bin mir noch nicht gewiss.«

»Ihr habt einen Verdacht und sagt ihn mir nicht?«, zischte ich ihn an. Magister Schmalhaus verneinte erneut mit einem trunkenen Kopfschütteln.

Ich mahnte ihn: »Wisst Ihr, was das bedeutet, was das bedeuten kann?«

»Ich kann nicht, nicht heute.« Seine Stimme war nicht mehr fest. »Kommt morgen früh zu mir«, lallte er, »dann …«

Jäh hielt er inne. General von Wolfsdorf und sein Neffe beobachteten uns.

Dünn lächelnd winkte uns der Hausherr ins Rauchzimmer.

XVIII

Das so genannte Rauchzimmer des Hauses erwies sich als ein kleiner quadratischer Raum, dessen Wände mit Szenen aus der Familiengeschichte derer von Wolfsdorf bemalt waren, während ein riesiges Deckenbildnis offenbar übertüncht worden war. In der Mitte des Zimmers stand ein kleiner runder Tisch, auf dem ich zierliche zinnerne Aschenbecher und ein silbernes Tafelglöckchen erblickte, und um diesen Tisch gruppierten sich vier gepolsterte Stühle.

Der General bat Kosemaul und mich, Platz zu nehmen. Sein Neffe und dessen Begleiter standen etwas abseits hinter uns.

Die Wandbilder stammten nicht von der Hand eines großen Meisters, dennoch hätte sich so mancher adlige Herr einen solchen Raum als Zierde seines Schlosses gewünscht. Ich schaute zur Decke und zog tief an der Tabakspfeife, die mir soeben von einem Lakaien gereicht worden war. Der General bemerkte meinen Blick und kam meiner Frage zuvor.

»Das Deckenbildnis war nicht besonders hübsch. Auch hat es unserer Familie nur Unglück gebracht.«

»Nicht unserer Familie, lieber Onkel, sondern nur mir«, warf plötzlich der Neffe ein, der während des bisherigen Abends kaum etwas gesagt hatte.

Ich hob fragend die Augenbrauen.

»Mein Neffe hatte das Unglück ...« Doch weiter kam der General nicht.

»Nein, nicht ich, sondern meine Mutter hatte das Unglück. Und zwar, hierher zu kommen, als sie mit mir schwanger war.« Die Worte klangen bitter und vorwurfsvoll.

»Sie hat sich an dem Bild versehen«, erklärte der General wie zur Rechtfertigung.

»Das kommt bisweilen vor«, bestätigte ich.

»Inwiefern hat se sich daran versehn, wenn man ma frahren darf?«, warf Kosemaul ungeniert dazwischen.

»Auf dem Bild war eine Jagdszene dargestellt«, erklärte der General, »die unseren Ahnherren bei der Wolfshatz zeigt.«

»Genauer gesagt, lieber Onkel«, warf der Neffe dazwischen, »die zeigt, wie er von einem furchtbar großen und tollwütigen Wolf gebissen wird.«

»Ja, ja, eine furchtbare Szene. Mir ist es heute noch schleierhaft, wie dein Vater solch ein hässliches Bild malen lassen konnte.«

Von Wolfsdorf ergriff das Tafelglöckchen und klingelte nach den Lakaien, weiteren Wein zu holen.

»Was mein Onkel so taktvoll umgeht«, äußerte der Neffe bitter, »ist die Tatsache, dass meine Mutter mich durch den Anblick des Gemäldes missgebildet zur Welt brachte.«

In diesem Moment trat ein Lakai mit einer zinnernen Weinkanne herzu, die ihm der junge von Wolfsdorf förmlich aus der Hand riss, um sich hastig und großzügig nachzuschenken.

Dieser Abend kann noch interessant werden, dachte ich. Mir fiel unweigerlich die Geschichte einer Bürgersfrau aus dem Sächsischen ein. Da sie auf schwerem Fuße, sprich: schwanger, ging, sorgte sich ihr Mann wegen der zahlreichen Ratten. Damit das Geziefer seiner Frau und der Leibesfrucht keinen Schaden brachte, fing er ein besonders großes Exemplar, band ihm eine Schelle um dem Hals und trieb es durch die schmalen Gassen in der Hoffnung, es möge seine Artgenossen verjagen.

Diese eine große Ratte jedoch kehrte in das Haus des Ehepaares zurück. Und als sie eines Tages in die Küche huschte, um Abfälle für ihre eigene Brut zu sammeln, lief ihr die schwangere Frau über den Weg. Der Anblick der riesenhaften klingelnden Ratte erschreckte das arme Weib so sehr, dass sie sofort ohnmächtig zu Boden sank. Man brachte sie zu Bett, pflegte sie, und einige Tage später setzten die Wehen sein. Doch wie groß war das Entsetzen, als die Hebamme einen Balg aus dem Schoß der Frau zog, dessen Angesicht auf Abscheu erregende Weise dem einer Ratte glich!

So kam es, dass der Vater, der die Ratten hatte loswerden wollen, zeitlebens selbst eine im Haus hielt.

Übrigens ist es keineswegs ein Ammenmärchen, dass bestimmte

Erlebnisse oder Anblicke sich auf schwangere Frauen übel auswirken können. Berichte von werdenden Müttern, die sich an Tieren oder gar Toten versahen und daraufhin Fehl- oder Missgeburten zur Welt brachten, sind auch in unserem Königreich zahlreich und wohl verbürgt.

Doch zurück zu unserer Geschichte.

Der Adjutant forderte seinen jungen Freund auf, die Entstellung, die er angedeutet hatte, auch vorzuzeigen. Der Neffe ließ den stieren Blick des Betrunkenen über die Runde schweifen und fragte mit schwankender Stimme: »Ja, wollen die Herren es sehen? Es sieht wahrhaft scheußlich aus. Vor allem bei den Damen kann ich damit mächtig Eindruck schinden!« Er lachte grell, zornig und angewidert, voller Selbstmitleid.

Die ganze Wolfsdorfsche Familie wurde mir zunehmend unheimlicher. In was für ein Nest waren Kosemaul und ich hier nur geraten? Das irre Gelächter des Neffen jagte mir fast dieselbe Gänsehaut über den Rücken wie sein Onkel, der General, selbst.

Nur mein robuster Kosemaul schien unempfänglich für die Peinlichkeit der Szene. »Zeicht es her, Herr von Wolfsdorf!«, forderte er aufgeräumt.

Der alte von Wolfsdorf hatte den ganzen Vorgang mit sichtbarem Unwillen, aber schweigend verfolgt. Nun sagte er gereizt: »Ich glaube, mein lieber Karl Hermann, du hast etwas zu viel getrunken.«

Doch sein Neffe ließ sich nicht bremsen. »Oh nein, Oheim, man kann in diesem Hause gar nicht zu viel trinken. Denn tränke man nicht, verlöre man innerhalb dieser Mauern vielleicht den Verstand!«

Der General biss unwirsch die Zähne zusammen, wandte sich zu mir und sagte in beschwichtigendem Ton: »Der Wein wirkt sehr schnell auf diese jungen Kerls.«

In diesem Augenblick ließ ein dumpfer Schrei uns alle zusammenfahren. Er war der Kehle des Magisters entwichen, der, kalkweiß im Gesicht, starr auf seinem Stuhl saß, wobei seine Augen immer weiter aus ihren Höhlen zu treten schienen.

Der General hingegen schloss die Augen und lehnte sich resignierend in seinen Sessel zurück.

Sein Neffe hatte von Greifenberg und einem Lakaien jeweils

einen Kerzenleuchter in die Hand gedrückt, damit sie diese direkt vor ihn hielten. Dann hatte er sich mit einer blitzschnellen Bewegung den ledernen Fäustling von der rechten Hand gerissen und sie fast triumphierend emporgereckt – direkt vor das Gesicht des armen Magisters Schmalhaus.

Ich selbst war bei dem Aufschrei des Magisters herumgefahren. Und wie Schmalhaus, so packte auch mich das Grauen.

»Na, sieht sie nicht zum Fürchten aus?« Der Neffe drehte seine entblößte Hand fast genüsslich und für alle sichtbar im Schein der Kerzen hin und her. Es war die monströseste Menschenhand, die man sich vorstellen kann. Ich sah zwei grotesk lange, kraftvolle Krallen mit verfärbten gefährlich aussehenden Nägeln und einem dichten Haarbewuchs.

Der junge Freiherr indes lachte wieder grell und forderte seinen Freund, den Adjutanten von Greifenberg, auf, doch die ›Geschichte mit der Baronesse von Klitsch‹ zu erzählen.

Gleich einem Ehrfurcht gebietenden Greis aus einer antiken Tragödie schüttelte der General den grauen Kopf und forderte inständig, das makabere Schauspiel zu beenden. »Neffe, bitte, das geht zu weit! Unsere Gäste sind hier, um sich auf angenehme Weise die Zeit zu vertreiben, aber nicht, um sich erschrecken zu lassen und Gruselgeschichten anzuhören!«

Der Gescholtene wandte sich mit falschem Lächeln an mich. »Herr von Krosigk möchte die Geschichte bestimmt hören – Ihr wollt sie doch hören, oder?«

Dies brachte mich in eine missliche Lage. Einerseits war ich dem General als meinem Gastgeber gegenüber zur Höflichkeit verpflichtet. Aber natürlich interessierte mich die angekündigte folgende Geschichte mehr als die routinierte Konversation des Generals, der mir auch schon etwas dröhnig schien. Und vielleicht würde ich an diesem Abend sogar noch etwas über den Gierfraß erfahren. Von einem tollwütigen Wolf war ja bereits die Rede gewesen.

Doch hier kam mir ungewollt Kosemaul zur Hilfe. »Na, nu erzählt schonn!«, polterte er.

Röte stieg dem General ins Gesicht, aber er stemmte sich nicht länger gegen das offenbar Unausweichliche.

»Der ehrwürdige Herr Magister Schmalhaus muss aber die

Baronesse spielen!«, forderte sein Neffe keck. Der Adjutant des Generals feixte und prostete Kosemaul und mir fröhlich zu, wobei die Trunkenheit ihn vergessen ließ, dass der Herr General sein Vorgesetzter war und ihn ohne Weiteres ins Pfefferland versetzen konnte.

Noch bevor der Magister oder der General zu empörten Einwänden fähig waren, hatte der Neffe seine monströse Hand vorgestoßen und die Finger wie einen Schraubstock um das Genick des Pfarrers geschlossen.

Schmalhaus saß leichenblass und starr in seinem Sessel, seinem offenen Mund entwich noch nicht einmal ein unterdrücktes Gurgeln. Doch unter dem Ansatz seiner Perücke trat der Schweiß hervor und lief ihm in glänzenden Rinnsalen über die Stirn, und seine im Schoß gefalteten Hände zitterten unkontrolliert.

»Bleibt nur ruhig sitzen, Herr Pfarrer«, säuselte der junge Wolfsdorf, »es geschieht Euch nichts.« Dann löste er den eiskalten würgenden Griff.

»Greifenberg, ich sehe, du bist gerade so wunderbar unbeschwert. Da werde ich die Geschichte lieber selbst erzählen.« Er stieß ein abfälliges Schnaufen aus. »Nun, ich war einmal zu einem großen festlichen Ball geladen. Den Ort, wo er stattfand, habe ich vergessen, doch darauf kommt es auch nicht an. Neben zahlreichen anderen, überaus bezaubernden jungen Fräuleins wurde mir auch die etwas schüchterne, aber recht hübsche, leider jedoch sagenhaft dumme Baronesse von Klitsch vorgestellt. Keinerlei Vergleich mit der überaus liebreizenden Baronesse von der Goltz – falls Sie, meine Herren, wissen, was ich meine.« Ich wusste es, auch Kosemaul grinste. Der Pfarrherr blieb ohne Regung. Ebenso der General.

»Mein Onkel« – der Erzähler blickte den General an, der jedoch weder die Augen öffnete noch sonst eine Regung zeigte – »mein Onkel hätte es liebend gern gesehen, wenn ich die Dame geheiratet hätte. Allein, sie wollte dann nicht mehr.«

Die beiden jungen Männer prosteten einander zu.

»Ich hatte die Dame in ein Séparée geladen. Unter vier Augen besang ich ihren wunderschönen schwanengleichen Hals, worüber sie in höchstes Entzücken geriet. Wir tauschten diskrete

Geheimnisse aus, lachten, ausgelassen wie Vögelchen am Wassernapf. Doch die Dame wollte schon an diesem ersten Abend mehr. Ganz im Gegensatz zu mir.«

Wieder blickte er zu seinem Adjutanten hin, dabei spitzte er schauspielerisch die Lippen zum Kuss. Von Greifenberg antwortete mit einem ebenso gespielten entsetzen Kopfschütteln. Fast schien es mir in diesem Moment, als bestünde zwischen beiden Männern mehr als nur eine militärische Männerfreundschaft.

»*Quelle malheur!*, dachte ich. Diese geile Metze – verzeiht den forschen Ausdruck, hochwürdiger Magister –, also, dieses lose Luder wirst du nur los, wenn du ihr die Lust ein für alle Mal vergällst. Der Baronesse von Klitsch sagt man nämlich nach, sie treibe es ...« Er drehte den Kopf zur Seite und sah dem Pfarrherrn in das ausdruckslose Gesicht. »Nun ja, egal. Jedenfalls erbot ich mich, ihr zärtlich den Rücken zu kraulen, worauf sie mir freudig ihre entblößte Kehransicht zuwandte. Also streichelte ich der liebreizenden Baronesse ganz verführerisch den Rücken ... die Schulterblätter ... so wie Ihnen jetzt, Herr Pfarrer. Immer weiter kroch meine liebliche Hand auf ihren makellos geschwungenen Nacken zu. Das Luder seufzte, stöhnte leise, immer wieder schluckte sie, und ich sah ihren zarten Kehlkopf hüpfen. Ich erreichte ihre Schulter. Ihre nasse Zunge räkelte sich geschmeidig auf ihren feuchten Lippen, und als sich meine beiden Finger an ihren kleinen Ohren vorbei über ihren Hals in Richtung Kehle schoben, griff sie sich hart zwischen die Schenkel an ihre intimste Stelle, ohne jede Scheu und Scham.«

In diesem Augenblick sahen wir, wie sich die zwei gabelartigen, übergroßen Finger der Klaue mit den bräunlich gelben Nägeln um den Hals des Pfarrherren legten. Jeder Finger war doppelt so lang wie ein gewöhnlicher menschlicher Mittelfinger und auch doppelt so dick. Dazu war die forkenartige Hand dicht mit einem grauen Fell bewachsen. Der Daumen hingegen, so genau konnte ich es trotz der Kerzen nicht sehen, schien verkrüppelt und zurückgeblieben. Die monströsen Finger waren lang genug, um den Hals des Magisters vollkommen zu umschließen, und zweifellos stark genug, um dem Opfer ohne allzugroße Mühe das Leben abzudrücken. Doch der Generalsneffe würgte den Pfarrer nicht, sondern fuhr in seiner Erzählung fort.

»Während sich die Dame im Elysium glaubte, krabbelten meine hübschen Nägelchen über ihre diamantenes Kollier immer näher an ihr Dekolleté. Ich fühlte, wie ihr Busen wogte. Jetzt nahm ich meine Hand behutsam von ihrem Halse fort und glitt, sie dabei mit meinen weichen Fingerchen immer weiter kosend, dorthinein, wo sie heiß und nass war. Hingebungsvoll massierte ich ihre glühende Mitte. Doch das Glück währte nicht ewig, denn die schöne Baronesse öffnete die Augen, zweifellos, um mit mir die Stellung zu wechseln ...« Hier hielt Wolfsdorf inne und flüsterte dem Pfarrer etwas ins Ohr. Dieser riss entsetzt die Augen auf. »... und erschaute, was sie erschauen sollte, aber nicht zu schauen glaubte. Ein langer Schrei, der ihr Diamantkollier klirren ließ, und fort war sie.«

Der Adjutant konnte nicht mehr vor Lachen. Seine Schultern bebten, und er rieb sich mit seinen manikürten Händen in einem fort die tränenden Augen. Der Neffe griff sich im Rausch mit der verkrüppelten Hand selbst an die Gurgel und hüpfte wie ein Angestochener von einem Bein aufs andere. Ein bizarrer Tanz. »Sie soll wie ein Gespenst ausgesehen haben, als sie den Ball verließ, und ...«

Weiter kam er nicht mehr. Der Herr Magister erhob sich abrupt, verbeugte sich knapp vor uns allen und verabschiedete sich umstandslos mit den Worten: »Ich muss jetzt gehen. Morgen habe ich eine Frühmette. Die Herren entschuldigen mich sicherlich!«

Zu dem Neffen des Generals gewandt, sagte er: »Eure Geschichte ist kaum zu glauben!«

General von Wolfsdorf erhob sich ebenfalls. »Entschuldigt meinen Neffen, mein lieber Schmalhaus, er ...«

»Nein, nein, schon gut, es ist keiner Umstände wert«, erwiderte der Pfarrherr. Er schien auf einen Schlag vollkommen ernüchtert.

Der Hausherr reichte ihm die Hand, aber der Magister hatte sich so schnell von ihm abgewandt, dass er die Runde ohne förmlichen Abschied verließ.

Jetzt war es still im Rauchzimmer. Ich nutzte die Gelegenheit, den General direkt auf den Gierfraß anzusprechen.

Dieser lehnte sich bequem zurück und sprach: »Mein lieber Herr von Krosigk. Ja – ja, ich kenne die Geschichten von diesem

Gierfraß. Doch glaubt mir, das sind alles reine Spukmärchen. Seit ich hier residiere, habe ich keinen Gierfraß gesehen oder von einem solchen gehört.«

»Und doch gab es zwei unmenschlich verstümmelte Kinderleichen und …«

»Wölfe, von Krosigk, es sind immer Wölfe, und es waren immer Wölfe.«

»Dem letzten unglücklichen Mädchen wurden die Hände und Füße abgehauen.«

»Unmöglich, wer sollte so etwas tun?« Der General sah mich an. Das Weiße in seinen Augen war gelb geworden. Ein furchtbarer Blick. Ich beschloss, das Gespräch abzubrechen. Der General konnte oder wollte mir nicht helfen. Hatte die Zigeunerin Recht?

Das erinnerte mich an Ragana und ihre kleine Tochter, und ich fragte den General nach dem Verbleib der beiden.

»Es geht ihnen gut«, lautete die kurze Antwort.

Ich suchte Kosemauls Blick. Dem General entging dies nicht.

»Mein lieber Krosigk, vertraut mir, den beiden geht es gut. Auch werde ich, wenn es Euch beliebt, weitere Soldaten herbeordern. Aber das ist im Grunde völlig unnötig. Im Gegenteil, ein guter Offizier würde die Kerls wieder zurück in die Unterkünfte schicken. Ein Biwak in dieser Zeit, in diesen Breiten, und das alles nur wegen eines gefährlichen Wolfes, erscheint doch etwas übertrieben. Oder was meint unser guter Kosemaul dazu?«

»Die Kerle biwaken nich, sondern sind bei den Bauern unterjebracht, awer der Herr Jeneral ham völlich Recht. Wir sollten die Jungs morjen früh nach Könichsberch zurückschicken.«

Von Wolfsdorf, den meine Fragen scheinbar unangenehm getroffen hatten, verfiel wieder in allgemeine Konversation, so als wollte er von dem letzten Wortwechsel ablenken. Die abrupte Wendung des Abends ließ mich auf nichts Interessantes in dieser Sache mehr hoffen. Eines musste ich jedoch der Ragana heimlich zugeben: Mein Gastgeber hatte sich verdächtig gemacht.

Ich sah Kosemaul an, der mir durch eine Kopfbewegung zu verstehen gab, dass wir uns allmählich verabschieden sollten.

»Ihr habt wahrscheinlich Recht, General. Also lasst uns jetzt aufbrechen und Euch für diesen Abend und das gelungene Bankett herzlichst danken!«

Wir erhoben uns. Der Neffe und der Adjutant ernüchterten und nahmen soldatische Haltung an. Kosemaul und ich reichten General von Wolfsdorf und den beiden jungen Herren die Hand. Ohne eine Miene zu verziehen, hielt der Neffe uns nicht die Rechte, sondern seine normal geformte Linke hin.

»Ein Diener wird Sie ins Dorf geleiten.«

»Nicht nötig, wir danken, Herr General, auch für den aufschlussreichen Abend. Dürfen wir morgen früh noch einmal mit Ihnen sprechen?«

»Aber gewiss, mein lieber Krosigk. Und nehmen Sie es meinem Neffen nicht allzu übel, dass er ...«

»Aber ich bitte Euch, Herr General!«

Ich hatte geglaubt, auf unserem Rückweg noch den Herrn Pfarrer sprechen zu können, aber wir holten ihn nicht mehr ein, obwohl Kosemaul und ich stramm ritten. Ich fragte Kosemaul, ob er tatsächlich vorhatte, die Soldaten wegzuschicken, und er antwortete: »Nee, mit dem Herrn Jeneral stimmt ohch was nich!«

XIX

Wir erreichten den ›Krog‹ etwa gegen Mitternacht. Drinnen leuchtete noch eine Kerze, und nach kurzem Klopfen öffnete uns die Wirtin die Tür. Mit einem allzu freundlichen Lächeln und dem ihr eigenen scheelen Blick, die halfen, meinen Verdacht gegen sie wachzuhalten, ließ sie uns ein.

»Ich habe mir erlaubt, den Herren Criminalkommissärs noch einen guten Nachttrunk zu zapfen.« Dabei zeigte sie auf zwei zinnerne Krüge voller Bier, die auf dem Schanktisch standen.

»Ihr Menü, gute Frau Wirtin, war sehr gelungen. Kocht sie öfter für den General?«

»O ja, jedes Mal, wenn er hier ist.« Und mit deutlichem Stolz: »Er schätzt meine Küche!«

»Bereitet sie oft so auserlesene Sachen wie Bärentatzen zu?«

Die Vettel zuckte zusammen.

»Nein, nur manchmal, der Herr General ist ein großer Jäger, da fällt schon mal was Außergewöhnliches an.«

Dieses hässliche Weib wusste mehr, als sie zu wissen vorgab. Doch ich würde mich später mit ihr und ihrem verkommenen Mann befassen.

In meiner Kammer leerten Kosemaul und ich noch gemeinsam die beiden Kannen, trotz der in unseren Kehlen verflossenen französischen Plörre.

»Es jibt nischt Schöneres!«, schnalzte mein großer Kamerad und marschierte kurz nach ein Uhr in der Frühe in seine eigene Kammer zu Bett.

Mir drehte sich alles, und es war ein Glück, dass ich mich beim Ablegen meines Rocks und beim Verstauen der Pistole und des Degens, die auf meinem Bett lagen, nicht selbst erschoss oder durchstach. Der Schlaf hatte mich schnell in seiner Gewalt, doch schenkte er mir keine angenehmen Träume, sondern brachte einen Nachtmahr an mein Bett, den ich nicht meinem schlimmsten Widersacher gewünscht hätte. Einen Alb, wie ihn nur der Teufel in der Hölle ersinnen kann.

Spät in der Nacht, nachdem ich etliche Male aufgeschreckt war, gelangte ich zu der Vermutung, die Wirtin habe uns etwas ins Bier getan. Aber der gute Kosemaul schlief und schnarchte weithin hörbar, was meinen Verdacht zu entkräften schien, es sei denn, Kosemauls Bärennatur widerstand der Wirkung eines solchen Gifttranks.

Mich hingegen quälten weiterhin Albträume, unliebsame Nachwehen der Fälle, mit denen mich Seine Exzellenz der Herr Minister betraut hatte. Der Alb, der mich in dieser Nacht befiel, war so denkwürdig, dass ich ihn dem Leser mitteilen will.

Ich stand inmitten eines von vielen Kerzen hell erleuchteten, gewölbten Raumes, vielleicht in der Apsis einer Kirche oder Kathedrale. Den Fußboden bildeten polierte schwarze Marmorplatten, in denen kleine weiße Quarzitsprenkel eingeschlossen waren. Die weiß getünchten Wände waren bedrohlich von schmalen, hohen, spitzbogigen Fenstern durchbrochen. Jenseits der Fenster herrschte schwarze Nacht, und klirrende Kälte überzog die vergitterten Scheiben mit Eisblumen.

Vor mir stand leicht erhöht auf einem Podest ein schlichter Altar aus hellem Sandstein. Er war mit einem weißen Altartuch bedeckt, auf dem zwei steinerne, recht kurze, sich konisch nach oben verjüngende Kerzenständer emporwuchsen gleich trutzigen Türmen im Sturm. Doch wie drückte es mir die Kehle zu, ließ meinen Atem stocken, als ich sah, was auf den Dornen der Kerzenständer aufgespießt war!

»Was schaust du uns so an? Hast uns doch selbst hierher gebracht!«

»Lange haben die Raben an mir gefressen, und kalt war es, so furchtbar kalt!«

Auf den Kerzenständern staken zwei Köpfe, die Köpfe zweier Enthaupteter, und sprachen zu mir. Der eine gehörte dem Rädelsführer der Mörderbande aus dem sächsischen Städtchen, den ich aufs Rad gebracht hatte. Der andere war mir unbekannt, ohne Gesicht, weil furchtbar entstellt. Sein Antlitz glich dem eines Verdammten, der alle Torturen der Hölle durchlaufen hatte. Seine Augenhöhlen waren leer, die Nase abgefressen, das Fleisch der hohlen Wangen hing in Fetzen.

Wo sich sonst das geschmolzene Wachs der Kerzen sammelte, standen Lachen aus Blut.

Der Kopf des Rädelsführers – Priesel mit Namen, wie ich mich jetzt im Traum erinnerte – schien unversehrt. Er grinste hinterhältig und starrte mich aus hasserfüllten Augen neidisch an, der Neid des Toten auf den Lebenden. Dann wandte er sich an seinen Nachbarn, um in einer Anwandlung schierer Bosheit Schmähungen gegen mich auszustoßen.

Ich wolte meinen Degen zücken, um den Kopf zum Schweigen zu bringen, aber ich hatte die Waffe nicht umgeschnallt. Daher griff ich zu meiner Pistole, die ich glücklicherweise im Gürtel trug. Ich legte an, zielte, drückte ab, doch nachdem der Qualm verzogen war, grinsten mich die Köpfe an wie zuvor.

»Wir sind doch schon tot!«, rief der eine hohl, und der andere lachte so ausgelassen, wie man es nur am Ende einer guten Veralberung hört.

Plötzlich schob sich an der Decke des Gewölbes ein Schatten vorüber.

»Pssst! Der Gierfraß!«, flüsterte einer der Köpfe.

»Oh, er hat sie gefressen. Er hat sie alle gefressen – wie schade«, sagte der Priesel-Kopf. »Ich hätte ebenfalls von ihrem Fleisch essen sollen. Das Blut schmeckt süßlich, lieblich, wie gezuckerte Täubchen.«

Priesel wandte sich wieder mir zu. »Und die Händchen erst, wahre Leckerbissen! Es waren doch wahre Leckerbissen, oder? Nun sagt schon, wie haben sie Euch gemundet?«

Mein Blick fiel auf eines der Fenster, wo eine kleine Hand das Eis von der Scheibe kratzte. Durch die freigeschabte Stelle blickte ein Gesicht, ein junges Gesicht, das Gesicht eines unschuldigen kleinen Mädchens.

Der Priesel-Kopf drehte sich in diese Richtung.

»Ach, die Kleine. Ja, die ist auch schon tot. Seht, ihre zierliche Hand, wie sie die gefrorene Scheibe reibt.«

»Habt Ihr von ihr probiert?«, fragte mich der andere, zur Unkenntlichkeit entstellte Kopf.

Ich wollte verneinen, weglaufen, irgendetwas tun, aber meine Zunge gehorchte mir nicht, meine Beine waren kraftlos, mein Körper blieb erstarrt.

»So ist es, wenn man tot ist«, sagte der verstümmelte Kopf.

»Mach ihm doch keine Angst!«, schalt der Kopf des Priesel, und an mich gewandt: »Kommt, legt Euch auf den Altar, legt Euch zu uns, streckt die Glieder aus und schlaft!«

Eine unbezwingliche Macht hieß mich auf den Altar steigen. Ich schob die Köpfe, die mich in ihrer grotesken Art ansahen, zur Seite.

Eine warme Frauenhand strich mir über die Wange. Wiederum war ich wie gelähmt.

Ragana stieg lautlos zu mir auf den Steinaltar. Sie war splitternackt. Ich wollte etwas sagen, ich wollte ihr etwas zu verstehen geben, aber sie legte ihre Fingerspitzen auf meine Lippen, und ich schwieg. Wir vermischten uns fleischlich. Ihre Augen waren geschlossen. Ich streichelte ihre Schultern, presste sie fest und eng an mich, und jedes Mal, wenn ich über ihren feuchten Leib strich, war es mir, als tröffe statt Schweiß Blut aus ihren Poren.

Meine Hände glitten über ihre Haut und krochen in ihr Fleisch wie die Finger eines Metzgers, die in die warmen, feuchten aufgeschnittenen Kadaver der Schlachttiere schlüpfen. Je mehr uns die fleischliche Lust zu jenen Wonnen führte, die den ekstatischen Liebenden die Kräfte raubt, desto dichter umhüllte ein schwarzer Nebel meine Geliebte. Sie verschwamm vor meinen Augen, schneller, als ich die Kraft aus meinem Körper weichen fühlte. In wenigen Augenblicken lösten sich ihr erhitzter lüsterner Körper mit seinen drängenden Bewegungen und unser Gefühl der vollkommenen Vereinigung in einen Zustand der Unwirklichkeit auf. Ihr Körper wurde Geist, Nebel und war nicht mehr greifbar. Er entschwand, entfernte sich von mir. Meine letzte Kraft verließ mich.

Ich versuchte, meine Geliebte zurückzuholen, wiederzugewinnen, doch umsonst. Noch hielt ich ein weibliches Wesen in meinen Armen, noch verspürte ich eine Vermischung, eine Verbindung, doch es war nicht mehr Ragana, selbst wenn ihr Äußeres sich nicht verändert hatte.

Kälte erfüllte mich. Meine Arme, meine Beine, ja, mein ganzer

Körper erstarrte, ich wurde reglos, unfähig, mich zu bewegen, fiel in einen Zustand des lebendigen Totseins. Zwar sahen meine Augen, meine Nerven empfanden, mein Leib aber blieb unbeweglich, meine Glieder versagten mir den Dienst, hörten auf, mir zu gehorchen.

Das Weib mit dem Aussehen Raganas, dessen Augen während des gesamten Aktes geschlossen geblieben waren, schlug jetzt die Lider auf.

Doch wie entsetzt war ich, als ihre blauen, manchmal ins Grüne changierenden Augen mich in einem finsteren farblosen Ton, einem in der Hölle gemischten Schwarz anblickten!

»Du hast mich gerufen, hier bin ich!«

Gelähmt, hilflos, ausgeliefert sah ich dem Weib über mir in die erloschenen Augen. Giltine!

»Ah, du erkennst mich! Ja, ich bin es selbst! Selten bekomme ich einen so schönen Mann!«

Ich versuchte mich loszureißen, aber meine Gliedmaßen schienen in Ketten geschlagen. Aus dem Munde des Dämons strömte mir ein Friedhofsgeruch entgegen, ein Totengestank, gleich einem Leichenbrand.

»Komm, mein Schöner, liebe mich!«

Ich wand mich wie ein Tier in der Falle, verzweifelt, panisch, aber mein Widerstand war sinnlos. Ich war den Klauen der Todesgöttin nicht gewachsen.

»Mein Schöner, liebe mich!« Ihr eisiger Körper begann sich mit mir zu vermählen. Stück um Stück meines Leibes erstarb, wurde von ihr genommen, erkaltete, verlor sein Gefühl.

Nur im Innersten verspürte ich noch einen Rest von Glut, Leben, Willen, Stärke und Kraft.

Ich umschloss ihren Kopf. Er war weder fleischlich noch immateriell, ein Gefühl, das mir schier den Verstand raubte.

Ich wollte meine Lippen auf die ihren pressen, doch irgendetwas hielt mich zurück, fesselte mich an den Altar.

Langsam, lustvoll, schob sich die schwarze Zunge, aus ihrem Mund, spitz, verführerisch, glänzend und klebrig. Sie drang zwischen meine Lippen, fuhr mir in den Hals, raubte mir den Atem, doch ich lebte weiter, spürte ihre Bewegung tief ihn mir, schmeckte ihr Aroma: faulig, verwest, erdig.

Giltines Schlangenzunge wand sich um mein Herz, umschlang den Lebensmuskel, würgte ihn, schnitt ihn ab, liebkoste das zuckende Ding und stach hinein, durchbohrte ihn mit ihrer Spitze.

Doch ich starb nicht.

Und als spürte die Todesgöttin meine Unsterblichkeit, zog sie ihre Zunge zurück, aus meinem Herzen heraus, und schob sie noch tiefer hinein in meinen Leib, verfing sie mit meinen Eingeweiden, der Leber, den Nieren, der Milz, der Lunge, alles war umknotet von der beißenden schwarzen Zunge der Göttin.

Sie hauchte mich an: »Komm, Schöner, Liebster!«

Schließlich zog sie ihre Zunge zurück, meine Eingeweide aus meinem Inneren reißend, ganz langsam, jedes Teil für sich, nach und nach, Stück für Stück. Ich spürte, wie ich meine Organe, mein Gekröse erbrach, während ihre glitschige Zunge aus meinem Schlund hinausfuhr.

Die Bestie richtete sich über mir auf. Ohne Beine, ohne Füße, kaum Leib, nur Geist. Und dennoch kehrte sie mein Innerstes nach außen, langsam, genüsslich, jeden Augenblick auskostend, voller Wonne, Begierde, Geilheit und Todeslust.

Erbarmenswert der Mensch, der solches träumt!

Die beiden Köpfe hatten ihren blanken Spaß an meinen Schmerzen und Ängsten.

»Ha«, sagte der Priesel-Kopf, »so eine Geliebte findet man selten!«

»Wahrlich, mit mir hat sie nicht so lange gebuhlt!«, erwiderte der zweite Schädel.

Ich wachte auf.

Die Kammer war dunkel und still. Nur meine Hände lagen in einem Streifen milchigen Mondlichts. Ich war benommen. Durch die Wand drang Kosemauls Schnarchen. Und erbarmungslos holte mich der Schlaf zurück in diesen furchtbaren Traum.

Meine Eingeweide hingen als warmes, nasses Bündel vor meinem Bauch. Ich hielt sie mit meinen Händen, obgleich sie mir immer wieder zu entgleiten drohten.

Giltine war verschwunden, ebenso der Altar und die sprechenden Köpfe. Ich war allein in der Kirche oder Kathedrale. Ich suchte Hilfe, Menschen. Meinen lieben Gefährten Kosemaul. Doch niemand war zu sehen.

Von draußen tönten Stimmen herein, laute Stimmen. Es wurde gesungen. Trinklieder. Man war fröhlich und ausgelassen.

Da tat sich das Portal des Gotteshauses auf. Ich wankte hinaus, doch statt auf feiernde Menschen zu treffen, die mir hätten helfen können, stand ich mitten in einem Birkenwald. Es war kalt, noch kälter als in der Kathedrale. Kein Laut, kein Wind erfüllte die Luft. Es herrschte Totenstille.

Der Herbst hatte die Bäume entlaubt. Noch immer pendelten meine Eingeweide vor meinem Bauch, und eine unbeschreibliche Todesangst erfüllte mich.

Plötzlich huschte ein Schatten an mir vorbei und verschwand hinter einem Birkenstamm. Ich vernahm ein Knurren. Schritte näherten sich. Ein fröstelnder Hauch blies mir ins Gesicht. Ich wollte rennen, mich irgendwo in Sicherheit bringen, meine überquellende Last versorgen.

Wie aus den Tiefen der Hölle erhob sich da ein graues übermenschlich großes Wesen vor mir. Der Gierfraß! Er überragte mich zwei Fuß hoch, war ganz mit langen grauen blutverschmierten Haaren bewachsen. Ein grausames, wildes Brüllen tobte aus seinem klaffenden Maul. Von seinen langen messerscharfen Zähnen troffen Blut und Geifer. Ein bestialischer Gestank umhüllte mich, als seine gebleckten Fänge auf mich eindrangen.

Der Kopf des Gierfraßes glich dem eines riesigen Wolfes, doch haftete seiner Form zugleich auf widernatürliche Weise etwas erschreckend Menschliches an.

Ich war reglos, gelähmt. Die Klauen des Monsters glitten beinahe streichelnd über meine entblößten Eingeweide. Der Gierfraß leckte sich die Lefzen im Vorgeschmack auf seinen Fraß.

Vor mein inneres Auge trat ein Bild aus meiner Kindheit. Eine große schwarz und grau gestreifte Katze fraß das Innere einer Maus, ihr Opfer dabei unentrinnbar zwischen den Krallen haltend. Das Katzenmaul war schleimverschmiert und blutig. Als die Katze an den Kopf der Maus kam, umschloss sie ihn mit den Zähnen und riss ihn ab.

Ich wollte nicht das Mäuschen sein. Ich wollte mich dem Gierfraß, in welcher Form auch immer, stellen. Doch wohin mit meinen freigelegten Eingeweiden?

Ich versuchte sie durch die Bauchdecke zu pressen, doch es gelang mir nicht. Wie ein tödlich verwundeter Soldat schleppte ich mich von diesem Ort des Schreckens hinfort, geduldig verfolgt vom Gierfraß, der genau wusste, dass ihm seine Beute nicht entgehen würde. Triumphierend ließ er sein schreckliches unmenschliches Gebrüll hören.

Einen Lidschlag später gab der Boden unter meinen Füßen nach. Ich verlor das Gleichgewicht, die Schwerkraft griff nach mir und ich fiel hart auf den Boden einer metertiefen Grube.

Augenblicke später erschien die Schnauze des Gierfraßes über dem Rand des Loches. Aus glühenden Augen blickte er auf mich herab. Seine Nüstern blähten sich, als röchen sie mein warmes Fleisch.

Er spannte seine Muskeln und sprang in einem geschmeidigen Satz zu mir in die Grube. Seine Klauen verkrallten sich in meine schwingenden Innereien. Eigenartigerweise verspürte ich keinen Schmerz, als er sie Stück für Stück in sein Maul stopfte, zerkaute, verschlang.

Ich blickte empor. Kosemauls rundes Gesicht beugte sich über die Grubenöffnung.

Seine Stimme klang weniger entsetzt als vorwurfsvoll. »Warum lasst Ihr Euch das jefallen, Krosich?«, fragte er.

Da schüttelte ich den Alb endgültig ab. Und als ich nach einer endlosen Weile wieder in den Schlaf fand, war er traumlos.

XX

An nächsten Morgen wurde ich ausnahmsweise nicht von unserem zuverlässigen Hahn geweckt, sondern vom Tönen der Kirchenglocken. Die panische Hast, mit der sie um diese Zeit geläutet wurden, ließ nichts Gutes erahnen.

Kosemaul steig mit einem dicken Kopf aus dem Bett. Obwohl er am vergangenen Abend nur wenig von der »französischen Plörre« genossen hatte und kaum betrunken gewesen war, war ihm allem Anschein nach der Inhalt der Bierkanne nicht bekommen, die er vor dem Schlafengehen bei mir geleert hatte. Des Gerstensaftes Freund ist des Rebensaftes Feind und umgekehrt, wie die Erfahrung lehrt. Er schaute ziemlich missmutig drein, als ich ihn wachrütteln musste, denn das Geläut schien er überhören zu wollen.

Mir selbst hing noch der schauderhafte Albtraum nach. Ein vorsichtiger Griff an meinen Bauch unmittelbar nach dem Erwachen hatte mich allerdings beruhigt. Dennoch; mein Genick war steif und knackte, wenn ich den Kopf drehte. Meine Schultern, vor allem die linke, waren hart und schmerzten.

Kaum standen wir unten im Schankraum, als uns Schüttewürfel, natürlich mit Branntweinfahne, bestürzt berichtete, der Herr Pfarrer habe sich erhängt. Unwirsch sah Kosemaul schräg zu mir herüber und brummte: »Hawe ich doch jesagt, dass mit dem was nich stimmt.«

Das ganze Dorf war mittlerweile auf den Beinen, und fast schien es, als strömte die Gemeinde zu einer öffentlichen Hinrichtung, um das Galgenopfer zu begaffen. Glücklicherweise war das Kirchenportal verriegelt. Erst als der Küster, der Schwager des Pfarrers, Kosemaul und mich in der Menge erkannte, öffnete er die Tür und winkte uns beide herein.

Wir traten in die Sakristei, in der es nach einem Gemisch aus Weihrauch, Spiritus und Messwein roch, eben wie es an einem solchen Ort zu riechen pflegt: nicht muffig, sondern heilig.

Der Küster stand mit hängenden Schultern vor der Tür, die zum Altar führte. Seine Familie hatte er zurückgelassen, unter dem strengen Verbot, aus dem Haus zu gehen. Er hatte verhindern wollen, dass sein Weib oder die Kinder erzählten, was vorgefallen war. Zunächst einmal sollten die Herren Criminalkommissare die Leiche besichtigen. Wie der Selbstmord dennoch ruchbar hatte werden können, blieb ein Geheimnis.

Ich bedeutete ihm vorauszugehen, was er mit einem Stoßseufzer tat. Er war ein Mann von etwa 45 Jahren, der sich selbst sehr wichtig nahm. Unablässig hausierte er damit, neue Kantaten einstudiert und darüber hinaus alte Stücke neu bearbeitet zu haben, wohl um sich in den Ruf eines großen Musikers zu bringen. Er erinnerte mich an zahlreiche Gernegroße, die irgendeine Schwäche verbergen wollten. Vielleicht hatte er zu stark im Schatten seines Schwagers gestanden?

Diese Gedanken gingen mir durch den Kopf, als ich den Altarraum betrat.

Der Magister Schmalhaus hing direkt neben der Kanzel, wo sich vorher ein fast lebensgroßes Bild eines seiner Vorgänger befunden hatte. Dieses war herabgenommen und an den Altar gelehnt worden. Der Kopf des Pfarrers war blau angelaufen, die geschwollene Zunge hing ihm schwarz aus dem Mund. Was einem geübten Blick nicht entgehen konnte, war der Umstand, dass ein Stuhl oder ein anderer Gegenstand fehlte, mit dessen Hilfe der Pfarrer die Schlinge hätte erreichen und den eigenen Kopf hineinlegen können. Schon dies machte mich stutzig. Ich blickte zu Kosemaul hin, um mich zu vergewissern, ob er meine Beobachtung und meinen Verdacht teilte, doch mein Gefährte inspizierte lieber den Raum hinter dem Altar, statt sich mit dem Toten abzugeben.

Nicht nur dass ein Stuhl oder Schemel fehlte: Die Schlinge, die den Magister totgewürgt hatte, war ganz nach Soldatenart geknüpft, genauso, wie man es von den Schnellgerichts- oder Soldatengalgen her kennt. Sollte Magister Schmalhaus, ein durch und durch frommer Mann, wie ich bis zu diesem Zeitpunkt glaubte, versiert im Knüpfen von Galgenstricken gewesen sein? Er, ein Mann des Wortes, des heiligen Wortes obendrein? Das schien mir unwahrscheinlich.

So wie die Leiche aussah, war der Tod etwa in der Mitte der vergangenen Nacht eingetreten. Ich hatte in Ausübung meines Berufs genügend Erhängte gesehen, um das mit einiger Sicherheit beurteilen zu können.

Also musste Magister Schmalhaus sich kurz nach unserem Aufbruch vom Bankett des Generals, oder genauer gesagt: kurz nach seiner Ankunft in der Kirche, aufgeknüpft haben. Falls er es denn wirklich eigenhändig getan hatte.

Ich wies den Küster an, mir eine Trittbank zu holen. Diese stellte ich unter den Erhängten und rief Kosemaul herbei, damit er mir dabei half, den Leichnam des Pfarrers abzunehmen. Er war eine schwere Last und wog wohl gute 200 Pfund. Falls es sich nicht um Selbstmord, sondern um Mord handelte, wie ich zu vermuten Anlass hatte, mussten mindestens zwei Täter zu Werke gegangen sein, denn einer allein hätte Schmalhaus niemals hinaufhieven, geschweige denn diesen kräftigen, wehrhaften Mann gegen seinen Willen strangulieren können.

Nachdem wir die Leiche glücklich abgeschnitten und neben den Altar gelegt hatten, untersuchte ich sie. Zu meinem Erstaunen fand ich auf dem Hinterkopf eine schwere und tiefe Platzwunde, die nur von einer gewichtigen eisernen Schlagwaffe verursacht sein konnte. Unwillkürlich fiel mir der türkische Streitkolben aus der Waffensammlung des Generals ein. Ich fragte den Küster, ob er irgendetwas Verdächtiges gehört hatte.

»Nein, Herr, wir schliefen fest. Es geschah häufiger, wenn der Herr General im Schloss weilte, dass er meinen seligen Schwager zu sich einlud. Diese Bankette dauerten immer sehr lange, und da ich in aller Frühe aus den Federn muss, gehen wir, meine Familie und ich, zeitig zu Bett.«

»Hatte der Herr Pfarrer Feinde?«

»Gott bewahre, nein, doch nicht unser Herr Pfarrer!«

»Wer außer Ihm und dem Herrn Pfarrer hat einen Schlüssel von der Kirche?«

»Nur der selige Herr Pfarrer und ich besitzen einen, sonst niemand.«

»Vielleicht war er jestern awend ja noch in der Kirche und hat jebetet? Hat ja och den janzen Ahmd nur komisches Zeuch jeredet.«

Kosemaul, wieder einmal fehlt es dir an Pietät, aber du könntest Recht haben, fuhr es mir durch den Kopf. Doch vorerst sollte der Mord an Magister Schmalhaus geheim bleiben. Der oder die Missetäter sollten sich in der Gewissheit wiegen, dass ihre schändliche Tat noch nicht entdeckt sei.

»Mein guter Mann«, sagte ich daher zu dem Küster, »wir müssen überlegen, was zu tun ist, denn ein Selbstmörder wird nicht christlich begraben.«

»Wie soll ich das nur meiner Frau beibringen? Wo sie doch so gottestreu ist und ihren heiligsamen Bruder so verehrt hat!«

Ich klopfte ihm väterlich auf die schmalen Schultern. »Geh Er zu hr und tröste Er sie. Vielleicht wendet sich ja doch noch alles zum Guten, wenn man das denn hier noch so sagen darf. Und den Herrn Pfarrer bahre Er ruhig erst einmal hier auf, mit allen Ehren, wie es sich für einen so rechtschaffenen und frommen Mann gehört.«

Das hagere Männel nickte und stakste mit steifen Schritten davon.

»Ick glowe, der Herr Pfarrer hat sich nich erhängt!«

»Kosemaul, das sehen wir beide ähnlich.«

»Ick glowe füll mehr, der Mörder folchte ihm in die Kirche und brachte den armen Kerl dann hier ums Lewen.«

»Ein Mörder?«

»Nee, Krosich, so dick, wie der iss, müssens wohl ihrer zweje jewesen sein.«

»Das sehe ich genauso.«

»Kommt awer ma mit, denn ick hawe was interessantes jefunden.«

Kosemaul führte mich über zwei Abwärtsstufen hinter den Altar, wo sich eine mit Eisen beschlagene Holztür befand. Zwar zog er wie ein Berserker an ihr, aber selbst mit seinen Bärenkräften gelang es ihm nicht, sie zu öffnen. Das Schloss war zu stark. Also riefen wir erneut den Küster und baten ihn, die Tür aufzuschließen.

Sofort strömte uns ein morbider, fauliger Geruch entgegen. In der Mitte der Gewölbekammer, die sich uns aufgetan hatte, standen zwei prachtvoll verzierte Zinksärge, die auffallenderweise mit starken Eisenbändern umschlossen waren. Wie wir an den

Wappen auf den Särgen unschwer erkennen konnten, handelte es sich bei diesem Gewölbe um die Gruft derer von Wolfsdorf. Hinter den beiden Zinksärgen erkannten wir weitere aus Holz, darunter auch kleinere. Bei einigen waren die Deckel verrutscht, und man konnte Menschenknochen in ihnen erkennen. Insgesamt zählte ich sieben Särge.

An den Wänden standen Epitaphien aus Sandstein, die schon ziemlich alt zu sein schienen. Leider konnte man auf ihnen nichts mehr erkennen, da sie zu verwittert waren. Woher diese Verwitterung hier unten rühren mochte, war eigentlich nicht zu erklären. Ich bat den Küster, Licht zu holen. Als er zurückkehrte, untersuchte ich die Grabsteine genauer. Und tatsächlich, deutlich waren Beil- und Hammerspuren erkennbar, die von der Beseitigung der Figuren und Inschriften herrührten. Das allerdings löste nicht die Frage, warum die Grabsteine so bearbeitet worden waren und von wem.

Ich fragte den Küster, ob er wusste, wer diese Grabsteine unkenntlich gemacht hatte.

»Nein, das vermag ich nicht zu sagen. Die Gruft der edlen Herren von Wolfsdorf durfte nur vom Herrn selbst, also dem General, oder meinem Schwager betreten werden.«

»Er selbst war also niemals hier unten?«

»Nein, Herr, ich war nie hier.« Das klang ehrlich, und ich glaubte dem Mann.

»Awer man sieht doch, das hier jemand rumjefriemelt hat«, warf Kosemaul ärgerlich dazwischen. »Keener ma mit Werchzeuch da jewesen?«

»Ja, doch, im letzten Frühjahr kam der Stallknecht des Generals und brachte auch Hämmer und Meißel mit.«

Mein Helfer sah mich ernst an. »Mit diesen Kerls muss man hochdeutsch reden, sonst verstehn die enen nich!« Zum Glück hatte ich Kosemaul.

»Gut. Führe Er uns jetzt in die Wohnräume des Herrn Pfarrers.«

Das Männel nickte und ging voran, raus aus der Kirche, vorbei an den neugierigen Leuten und hinein ins Pfarrhaus, dabei immer den Kopf tief zwischen die Schultern gezogen. Dort erwartete ihn schlotternd sein Weib mit den Kindern.

»Leg Er sich ein wenig hin«, wies ich ihn an. »Er sieht mitgenommen aus. Sein Weib zeigt uns die Räume ihres Bruders.« Der arme Kerl ließ sich das nicht zweimal sagen und verschwand. Ich sagte seiner Frau, was wir zu sehen begehrten.

»Meine Herren, bitte folgen Sie mir«, stammelte sie und führte uns schwankend in die Privaträume des Magisters.

Die Küsterin war eine kümmerliche Kreatur, gleich dem Schüttewürfel von Branntweingeruch umwölkt und anscheinend dem Laster des Saufens ebenso verfallen wie er. Doch anders als bei dem Wirt zeichneten sich an ihr die Malzeichen des Saufteufels schon recht erbärmlich ab. Ihre Gestalt war abgemagert und schien nur noch aus Haut und Knochen zu bestehen. Feine Blutadern durchzogen ihr verhärmtes Gesicht mit den tief in den Höhlen liegenden, glasigen Augen. Sie mochte vielleicht 40 Jahre alt sein, aber man hätte sie getrost auf 60 schätzen können. So pappten ihre dünnen, strähnigen Haare nur noch wie angeklebt auf ihrem Haupt, und alles in allem hatte es den Anschein, als sei ihr Lebensfaden schon recht dünn und fransig.

In der spartanisch eingerichteten Stube des Pfarrers mit den vergilbten, seit vielen Jahren nicht mehr getünchten Wänden fiel mein Blick sogleich auf seinen Bücherschrank, in dem auch Briefe, Exzerpte für Predigten und kleine Steuerzettel lagen. Kosemaul hatte nicht übertrieben, Magister Schmalhaus sammelte tatsächlich Bibeln. Ich zählte 24 Exemplare, darunter prachtvolle Ausgaben, aber auch halb verfallene Bücher ehrwürdigen Alters. Daneben umfasste des Pfarrers Bibliothek einige Bände des *Theatrum Europaeum*, vier Bände von Happels *Größte Denkwürdigkeiten der Welt*, Harsdoerffers *Schauplatz jämmerlicher Mord-Geschichte*, Licetus' *Tractat von den Ungeheuern*, Spizels *Macht der Finsternis*, Laubes *Von der Lycanthropia* und andere einschlägige Werke. Die Bücher im Schrank waren sorgsam geordnet. Auf dem Schreibtisch des Magisters hingegen lagen zahlreiche beschriebene Seiten verstreut. Ich sichtete die Papiere, und als hätte ich es geahnt, lag zuunterst ein besonders dicker Stapel aus unzähligen Einzelseiten, der von einem Bindfaden zusammengehalten wurde. Ich knüpfte das Bündel auf und begann in den Blättern zu lesen. Was ich hier gefunden hatte, war die während des Banketts erwähnte Chronik des Magisters. Nach ihr hatten die Mörder also nicht gesucht; sie hätten dazu auch in das Pfarrhaus eindringen müssen. Anscheinend hatten sie geglaubt, mit dem Tode des Pfarrherrn sei die Sache erledigt.

Ich nahm das Manuskript unter den Arm und sagte der Frau des Küsters, dass ich es als Beweismaterial einbehalten würde. Dann gingen Kosemaul, der den Kleiderschrank des Pfarrherrn durchwühlt hatte, und ich zurück in den ›Krog‹. Ich war überzeugt, dass wir gefunden hatten, was zu finden sich lohnte.

Im Wirtshaus bat ich Leutnant Beesenacker, einen Soldaten aus seiner Truppe zum General zu schicken, um ihm den Tod des Magisters zu melden. Auch sollte er sich nach dem Befinden der Ragana und ihres Töchterleins erkundigen.

XXI

Die *Chronicka* des Magisters Schmalhaus war ein Manuskript von fast 1000 Seiten Umfang, gegliedert in die Historie des hiesigen Klosters, die Familiengeschichte des Rittergeschlechts von Wolfsdorf sowie die Entwicklungsgeschichte des Dorfes nebst einem Anhang, enthaltend die lokalen Ereignisse der letzten 30 Jahre, über die er gewissenhaft und ausführlich eine Art Tagebuch geführt hatte, und zwar glücklicherweise in einer sehr leserlichen Handschrift. Außerdem hatte er zahlreiche Zeichnungen angefertigt, die das Kloster, das ›Feste Haus‹ und etliche Epitaphien aus der Familiengruft derer von Wolfsdorf zeigten.

Da die Zeit drängte, schickte ich den guten Kosemaul in die Schankstube, hoffend, er möge noch das eine oder andere aus dem Wirt oder einem der Trinkgäste herausbekommen. Zuvor mahnte ich ihn, nicht gar zu tief in die Kanne zu schauen, denn mein Instinkt sagte mir, dass die nächsten Tage die entscheidende Wende, wenn nicht sogar die Aufklärung des Falles bringen würden. Kosemaul war der rechte Mann für diesen Auftrag.

Diese verschlagene Kanaille von einem Wirt wusste garantiert mehr über die verborgenen Geschehnisse im Dorf, als er zu wissen vorgab. Schenkenwirte waren stets gut informiert. Da gab es die Säufer, die ihren privaten Kummer ins Wirtshaus trugen, genauso wie diejenigen, die in angeregter Gesellschaft immer ein Histörchen zu erzählen wussten. Von den Wichtigtuern, die nichts für sich behalten konnten, ganz zu schweigen. Ganz gewiss hatte dieser elende Wirt noch nie eine Möglichkeit verschmäht, seine wein- und bierseligen Gäste nach Strich und Faden auszuhorchen und sich zum eigenen Nutzen all das zu merken, was ihre vom Alkohol gelösten Zungen preisgaben. Wahrscheinlich erfuhr er mehr über seine Mitmenschen und ihre Geheimnisse als der Herr Pfarrer im Beichtstuhl.

Was seinen Wert als zweibeiniges Archiv der Dorfmysterien schmälerte, war seine eigene dauernde Betrunkenheit, die sich wieder an seiner Fahne und den glasigen Augen bemerkbar machte, als er mir auf mein Geheiß zwei zusätzliche Lampen in die Kammer brachte.

Wie bereits gesagt, war die Chronik des ermordeten Magisters ein umfängliches Manuskript. Angesichts des Zeitdrucks konnte ich dieses voluminösen Werkes nur Herr werden, indem ich es quer las. Konzentriert überflog ich die ersten Seiten, die sich umständlich mit der geographischen Lage des Ortes, etymologischen Überlegungen zum Ortsnamen und Ähnlichem befassten.

Die Stunden vergingen, ich wälzte Seite um Seite, meine Augen schmerzten. Und noch immer hatte ich nichts von Bedeutung gefunden. Aus der Schankstube drang Gegröle an mein Ohr, das sich wohl als Gesang verstand. Hoffentlich war mein munterer Kosemaul nicht der Vorsänger! Fast schon hätte ich meinen Arbeitsplatz mit einem Tisch im Schankraum getauscht, als mein Blick zufällig auf ein zusammengefaltetes Stück Papier fiel, das nicht zum Manuskript zu gehören schien und eine andere Handschrift aufwies.

Es war der wenige Wochen zuvor datierte Brief eines Königsberger Professors an den Magister Schmalhaus. Darin referierte der Professor dem Pfarrer die so genannte ›Gründungssage‹ des Klosters von Wolfsdorf, die er in einem bisher unbekannten Manuskript einer Landeschronicka aus der Königsberger Bibliothek gelesen hatte. Der Professor besaß eine entsetzliche Klaue – ich konnte nicht einmal seinen Namen entziffern –, aber mit der Zeit gelang es mir doch, sein Schreiben Buchstaben für Buchstaben aufzuschlüsseln. Auf Grund ihrer Bedeutung für den vorliegenden Fall gebe ich die ›Gründungssage‹ in den Worten des Briefes wieder:

Um das Jahr 1380 belagerte der Ritter Albrecht von Wolfsdorf, ein gottesfürchtiger, mutiger und unerschrockener Deutschherr, im Namen des Allmächtigen mit seinen Getreuen, Kriegsknechten und Söldnern die Burg des heidnischen Ritters Boleslaw. Die Feste des Boleslaw war vor urväterlichen Zeiten aus Holz erbaut und mit einem Wassergraben umgeben worden. Der Kampf um die

Burg wurde blutig geführt, und auf beiden Seiten ließen viele Männer ihr Leben. Mit grausamer Härte trieb der Ritter Albrecht seine Mannen immer wieder durch den Wassergraben gegen die hölzerne Wehr der Burg. Und doch gelang es ihm nicht, das Bollwerk zu erstürmen.

Schließlich ersann er einen teuflischen Plan. Mittels einer in sechs Tagen erbauten Wurfmaschine schleuderte er, die Proteste einiger anderer Deutschherren missachtend, Teile der verwesenden Leichen seiner Männer in die feindliche Burg. Da die Leute des Boleslaw sich dieser schrecklichen Gaben Tag und Nacht erwehren mussten, bemerkten sie nicht, dass ein von Maden zerfressener Rumpf in den Burgbrunnen fiel. Erst als am nächsten Tag etwa zur Mittagsstunde die ersten Verteidiger unter Qualen zugrunde gingen, erkannte der Ritter Boleslaw, dass das Wasser vergiftet war.

Damit war für ihn jegliche Hoffnung auf eine erfolgreiche Verteidigung seiner Festung dahin. Um wenigstens das Leben seiner Familie und seiner getreuen Männer zu retten, bat er den Ritter Albrecht um eine Kampfpause und bot Verhandlungen an. Er entsandte einen Parlamentär zu seinem Gegner mit der Anfrage: »Lasst Ihr meine Familie, meine Männer und mich in Frieden und unbehelligt ziehen, wenn ich die Verteidigung einstelle und die Burg übergebe?« Der Ritter Albrecht willigte ein.

Doch kaum hatte Ritter Boleslaw den Belagerern das Burgtor geöffnet, schrie ein das Heer der Deutschherren begleitender Priester: »Ihr werdet doch die Heiden nicht freigeben! Verbrennt die Gottlosen, verbrennt sie!« Aber Ritter Albrecht wollte sein gegebenes Wort nicht brechen und befahl, Boleslaw und die Seinigen unversehrt aus der Burg reiten zu lassen.

Der Priester jedoch ereiferte sich: »Im Namen des Vaters und des Sohnes und des Heiligen Geistes sowie aller Heiligen und Märtyrer, ich sage Euch, bestraft die Heiden, oder der heilige Vater in Rom wird Euch mit dem Kirchenbann schlagen! Übergebt die Feinde Gottes dem Feuer, oder Ihr selbst werdet in der Hölle brennen!«

Diese Worte trafen den Deutschherren hart, und so gab er schließlich den Befehl, Boleslaw und die Seinigen in den hölzernen Turm der Burg zu sperren, diesen mit Reisig zu umhäufen und anzuzünden.

»Recht getan! Dies Werk ist Gott gefällig«, sprach der Priester und segnete das mörderische und verräterische Tun. Hoch zu Ross verfolgte Ritter Albrecht das Sterben der Heiden in den Flammen. Er war Krieger, Ritter im Namen des Herrn, kein Schlächter von Weibern, Kindern und wehrlosen Menschen, und so krallte sich gleich einer Eisenfaust Mitleid, aber auch Angst und ein übergroßes Gefühl von Schuld, Schande und Schmach in sein Herz. Pontius Pilatus hatte sich selbst reinwaschen können, doch wer würde ihn vom Blute derer säubern, die er so grausam verraten hatte?

Und dann, als die Flammen den Turm vollständig erobert hatten und die Schreie der Kinder, Weiber und Männer nach und nach verstummten, erblickte er auf der oberen Plattform des Burgfrieds den Ritter Boleslaw. Am ganzen Leib verbrannt, die Arme zu schwarzen Stümpfen verkohlt, schaute er mit hasserfüllten Augen zu dem Deutschherrn hinab. Von Feuersäulen umlodert, von gierigen Flammenzungen beleckt, schrie er wie eine gepeinigte Seele aus Luzifers Reich:

»Ich verfluche dich, Albrecht von Wolfsdorf, ich verfluche dich! Bis zum Ende aller Tage und bis zum letzten Glied soll dein Geschlecht die ruchlose Gier nach unserem Blute sühnen! So wie ihr mein und der meinen unschuldiges Blut vergossen habt, so sollen deine Nachkommen Generation um Generation das Blut der Unschuldigen trinken!«

Dann brach der Turm zusammen und begrub den Ritter und alle, die darinnen waren, des Ritters Frau, seine Kinder und Getreuen, unter brennenden Balken und verkohlten Hölzern.

Der Deutscherr hingegen erstarrte innerlich vor Grauen über diesen Fluch seines Opfers. Er ritt zu dem Priester hin, der ihn zu dem feigen Mord angestachelt hatte, und hieb ihm mit einem Streich seines Bihänders den Schädel entzwei.

Zur Sühne für sein Vergehen stiftete der Ritter das hiesige Kloster und bestimmte, dass an festgelegten Tagen Gebete für ihn, seine Vorfahren und seine Nachkommen von den Mönchen des Konvents gesprochen werden sollten.

So endete die ›Gründungssage‹ des Klosters. Seine geographische Lage war mir nicht bekannt. Doch glaubte ich etwa 100

Schritte neben dem Schloss des Generals Ruinen gesehen zu haben. Dieser Sache würden wir noch auf den Grund gehen müssen.

Der Königsberger Professor bemerkte abschließend, dass es sich bei dieser Sage um eine »hübsche Geschichte« handele, wie sie das finstere Mittelalter so häufig hervorgebracht habe, die man aber nicht mit verlässlicher Geschichtsschreibung verwechseln dürfe. Immerhin könne man sie, so der Professor launig, am abendlichen Kamin zum Heulen des Windes den Kindern erzählen.

Obwohl die Kirchturmuhr schon Mitternacht geschlagen hatte, war ich auf einmal hellwach und sehr aufgewühlt.

Konnte es sein, dass die Kindermörder oder Gierfräße tatsächlich aus der Familie derer von Wolfsdorf stammten? Mir fiel das übertünchte Deckengemälde im Rauchzimmer des Generals ein. Hatten die von Wolfsdorf etwa ein Bild der Gründungssage übertüncht, um ihr dunkles Geheimnis zu verschleiern? Zeigten die Epitaphien in der Gruft die von Wolfsdorf als Gierfräße? Mit verwachsenen Gliedmaßen oder fellbedeckten Gesichtern? In diesem Augenblick musste ich wieder an die Ragana und ihr Töchterlein denken, diesmal mit ernsthafter Sorge. Hatte ich sie den Klauen eines Ungeheuers ausgeliefert?

Ich versuchte, diesen erschreckenden Gedanken zu verdrängen, und blätterte in dem Manuskript zurück, bis mir die Zeichnungen vorlagen. Wahrhaftig, der tote Magister hatte, wie das Datum unter ihnen verriet, erst vor zwei Jahren drei der Epitaphien abgezeichnet.

Das erste Epitaph zeigte im Relief den Ritter Joachim von Wolfsdorf, der 1630 gestorben war. Er war identisch mit jenem Herrn von Wolfsdorf, mit dem der Urahne des Dagg zu tun gehabt hatte. Die Inschrift wies ihn als großen Kämpfer für den Glauben der Kirche gegen die Türken aus. Sein Angesicht aber war hässlich, geradezu entstellt, die Augenbrauen waren über der Nasenwurzel zusammengewachsen, die Nase flach und breit, die Augen lagen tief und die raubtierstarken Zähne ragten über die Unterlippe hinaus. Er steckte in einem seinerzeit gebräuchlichen Harnisch, dessen Brust ein großes Kreuz zierte. Zu seinen Füßen saß ein Wolf, das Wappentier der Familie. Ein allegorischer

Hinweis auf die dunkle Familiengeschichte der alten Rittersippe?

Auf dem zweiten Epitaph war Johann I. von Wolfsdorf abgebildet, Teilnehmer der großen Schlacht gegen die Türken vor Wien anno 1683 und daselbst gefallen. Auch er war der Zeit entsprechend mit einem Harnisch bekleidet, aber kein Wolf saß ihm zu Füßen. Dafür stand der Ritter auf einem Berg aus Totenschädeln. Wahrscheinlich sollten sie die abgehauenen Köpfe seiner Feinde symbolisieren. Johann von Wolfsdorf war, ganz anders als sein Verwandter Joachim, ein stattlicher Mann; seine Gesichtszüge erinnerten mich stark an den General.

Das dritte Epitaph, das der Magister abgezeichnet hatte, war ungleich älter als die ersten beiden. Es zeigte einen Ritter, dessen Name in der Inschrift unkenntlich gemacht worden war. Doch hatte eine augenscheinlich zittrige Hand ihn nachträglich unter der Zeichnung vermerkt: »Albrecht III., ein Deutschherr, gestorben im Jahre des Herrn 1480 im Kampf gegen die Heiden.«

Dieser früheste, etwa 250 Jahre alte Grabstein war offenbar auf natürliche Weise verwittert. Wie seine Nachfahren auf den anderen Grabsteinen trug Albrecht eine Rüstung, seine linke Hand hielt einen Schild mit einem Wolfskopf als heraldischem Symbol, die rechte eine Lanze. Was wie ein Überwurf aussah, konnte auch ein Wolfsfell sein. Zu seinen Füßen saß wie bei seinem Nachfahren Joachim ein Wolf.

All dies stimmte mich sehr nachdenklich. Das eigenartige Benehmen des jungen Karl Hermann von Wolfsdorf nach dem Bankett seines Onkels hatte mich zutiefst misstrauisch gemacht. Der Mord am Magister Schmalhaus passte ebenfalls ins Bild. Hier war unzweifelhaft ein intimer Kenner der Wolfsdorfschen Familiengeschichte, ein unliebsamer Mitwisser und möglicher Verräter, aus dem Weg geschafft worden.

Aber warum hatte der Pfarrer so lange geschwiegen und sein Wissen zurückgehalten? Sah er vielleicht die Hauptschuld an dem Fluch und seinen Folgen bei seinem klerikalen Vorgänger, der den Ritter Albrecht zum Mord an den Heiden angestachelt hatte? Wollte er vielleicht die Mutter Kirche von ihrer Schuld an den Geschehnissen reinigen? Abwegig war dieser Gedanke keinesfalls. Oder hatte er die Enthüllung zurückgehalten, bis er weitere Beweise gesammelt haben würde? Vielleicht auch hatte er es einfach nicht gewagt, das Ansehen der mächtigen Wolfsdorfschen Familie zu beschädigen. Schließlich waren die von Wolfsdorf unerschrockene und weit über die Grenzen des hiesigen Distriktes hinaus angesehene Kämpfer für den wahren Glauben der Kirche, erst als fromme Deutschherren, dann als Streiter Christi gegen die Türken und schließlich als Offiziere, ja, sogar als Generäle im Heer Seiner Majestät des Königs.

Letzteres musste auch ich bei meinem Handeln bedenken, wie auch die Tatsache, dass ein missgestalteter Vorfahr oder die Stiftung eines Klosters vor über 400 Jahren auf Grund eines nicht erwiesenen Verbrechens, einer alten Mär, noch keine handfesten Indizien für die Existenz eines Gierfraßes oder gar einer ganzen Sippschaft solcher Unholde darstellten. Wieder kamen mir die Worte Seiner Exzellenz des Ministers von Cocceji in den Sinn: »Ermittelt in dieser Sache äußerst diskret und einfühlsam. Denkt daran, der Herr Generalmajor von Wolfsdorf entstammt einer sehr alten, angesehenen Familie, die sich um unser Land und den König mehr als verdient gemacht hat. Wir dürfen ihn auf keinen Fall brüskieren.«

Und nun fiel mein ärgster Verdacht auf den Neffen des Generals und sogar auf diesen selbst! Wie sollte ich nun vorgehen? Sollte ich mit dem General offen reden, sozusagen von Mann zu Mann? In Kürze würde es wieder Vollmond geben und – Gott bewahre – vielleicht einen neuen grausigen Kindermord.

Ich erhob mich von des Magisters Manuskript, tauchte mein Gesicht in die Wasserschüssel, die auf der Kommode stand. Im Nebenraum hörte ich Kosemaul rumoren, der seine feuchten Befragungen im Schankraum offenbar abgeschlossen hatte. Noch bevor ich an den Schreibtisch zurückkehrte und mit dem Lesen fortfuhr, drang sein beharrliches Schnarchen durch die Trennwand.

Mich hingegen beschlich in der nächsten halben Stunde ein Gefühl, als bestätigte sich mein schlimmster Albtraum. Ich stieß auf ein weiteres gefaltetes Blatt. Es handelte sich um Aufzeichnungen des Magisters, die dieser vor über zwanzig Jahren nach einem Gespräch mit dem Bruder des Generals, Johann II. von Wolfsdorf, abgefertigt hatte. Ich las:

Heute eröffnete mir der Herr General Johann von Wolfsdorf, er wolle zum Schutze seiner Untertanen dem unsäglichen wahngeborenen Treiben seiner Familie ein Ende setzen. Er sei davon überzeugt, dass in seiner Familie ein schreckliches Erbübel wüte, das sie in menschliche Bestien verwandle. Vermutlich bestehe ein Zusammenhang zwischen den regelmäßigen Ausbrüchen dieser Wahnkrankheit bei Angehörigen seiner Sippe und dem Vollmond. Aus diesem Grunde habe er sich endlich entschlossen, in jeder künftigen Vollmondnacht sämtliche männlichen Mitglieder der Familie in den alten Gewölben des Schlosses anzuketten. So hoffe er, dem Morden Einhalt zu gebieten.

Von dieser Zeit an, so berichtete Magister Schmalhaus, schloss der Herr General, ein großer Mann und eine gute Seele, sich selbst, seinen Bruder und auch seinen kleinen Sohn jeden Monat bei Vollmond in den Schlosskellern ein.

Jetzt verstand ich. Jetzt glaubte ich auch der Ragana. Arme Mutter, armes Kind, wohin hatte ich sie geschickt? Bis zum ersten Hahnenschrei dauerte es nicht mehr lange, dennoch weckte ich Kosemaul und Beesenacker.

XXII

Glücklicherweise hatte ich den Dragonern nicht befohlen, in ihre Königsberger Quartiere abzurücken, wie der General vorgeschlagen hatte. Ich unterrichtete Leutnant Beesenacker von meinem Plan, das ›Feste Haus‹ zu besetzen und zu durchsuchen. Der wackere Mann war über diesen Befehl nicht wenig bestürzt, denn der General zählte zu den angesehensten Offizieren Seiner Majestät des Königs.

»Seid Ihr sicher, dass das notwendig ist, Krosigk?« fragte er mit zitternder Stimme.

»Glaubt mir, das ist es, andernfalls würde ich so etwas von Euch nicht fordern«, beruhigte ich ihn. Ich versprach, die Verantwortung für das Vorgehen uneingeschränkt auf mich zu nehmen, und zeigte ihm nochmals meine von Herrn Minister von Cocceji ausgestellte Vollmacht. Dann instruierte ich den Leutnant eingehend und mahnte ihn, seinen Soldaten zu befehlen, die Durchsuchung bedachtsam vorzunehmen, ohne Sachbeschädigungen zu hinterlassen, wie es leider bei Requirierungen häufig vorkam.

»Offiziell ist keine Verhaftung des Generals geplant. Wir wollen nur sein Schloss durchsuchen. Dort ist irgendetwas faul.«

»Und wenn er Widerstand leistet? Ich würde mein Haus auch nicht so ohne Weiteres durchsuchen lassen. Bedenkt auch, der Herr von Wolfsdorf ist ein Militär, ein General!«

»Das weiß ich. Dennoch: Tut Eure Pflicht!«

Besenacker nickte halbherzig und ließ seine Soldaten wecken.

Schon der dunkelgraue Abendhimmel des vergangenen Tages hatte die Kälte und den feuchten Nieselregen des heutigen Morgens angekündigt. Graue Nebelwolken hüllten das ›Feste Haus‹ in einen gespenstisch anmutenden Schleier. Die morgendliche Stille wurde jäh gestört durch das Schnauben der

Pferde und das Geklapper der Hufe auf dem schmierigen Pflaster der Allee.

Die Dienerschaft des Generals war bei unserem Einrücken gegen fünf Uhr morgens bereits auf den Beinen. Einige Bedienstete schienen angesichts der Dragoner und der beiden Crakos bestürzt, als ahnten sie Schlimmes.

Als ich in den Schlosshof einritt, erblickte ich hinter einem der Fenster des Rauchzimmers im oberen Stock das graue Gesicht des Generals.

»Wir wollen zum General und zu dem jungen Herrn.«

»Der Herr General und auch sein Neffe sind abwesend, ausgeritten«, entgegnete Matthes, der alte Stallknecht, trotzig und stellte sich meinem »Graukopf« in den Weg. Nach und nach ritten Beesenackers Dragoner in den Hof. Befehle erklangen. Kosemaul und ich sprangen von den Pferden. Der Stallknecht ergriff eine Mistgabel.

»Will der Kerl uns drohen?«, fragte Kosemaul erheitert.

»Gehen Sie, der Herr General ist nicht mehr anwesend!«

»Ich habe ihn gesehen, Bursche, lüg Er uns nichts vor!«, herrschte ich den Stallknecht an.

Kosemaul baute sich vor ihm auf. »Du lässt uns jetzt durch oder wir lejen dich in Eisen!«

»Zwei Mann nach vorn und den Bauern festnehmen«, erklang ein Befehl, und ehe ich mich versah, hatten zwei kräftige Dragoner den Stallburschen entwaffnet und in Gewahrsam genommen.

»Wir sind ja auch noch da«, warf Beesenacker dazwischen. Aber er schien sich noch immer nicht ganz wohl in seiner Haut zu fühlen, als er befahl: »Sichert das Schloss und schafft alle Domestiken, Stallknechte und so weiter her. Wir müssen sicher stellen, dass uns hier niemand durch die Lappen geht.«

Kosemaul, Beesenacker und ich schritten mit zehn Dragonern im Gefolge zur Haupttreppe des Schlosses. Das Portal war versperrt.

»Aufbrechen!«, befahl Beesenacker nach kurzer Selbstüberwindung. Sofort traten zwei Mann mit Gewehren nach vorn und stießen mit ihren Kolben die Tür aus den Angeln.

»Nicht so grob!«, schimpfte der Leutnant und murrte: »Die Jungens sinds eben nicht anders gewöhnt …«

Hinter der Tür stand leichenblass der Erste Lakai.

»Wo ist der General?«, fragte ich ihn.

»Er … er …«

»Der General? Wo ist er? Kerl, sprich, oder wir nehmen Ihn fest und pflanzen Ihn für den Rest seines Lebens ins Loch!«

»Ich weiß es nicht, Herr. Der General ist fort.«

»Festnehmen!«, befahl ich einem Dragoner, der ihn sofort am Arm ergriff und auf den Schlosshof zerrte.

»Wir sollten den alten Stallknecht verhören. Mir scheint, der Kerl weiß mehr, als er vorgibt.«

Kosemaul stimmte mir zu.

»Beesenacker, lasst Eure Männer ausschwärmen und das Schloss durchsuchen. Wir müssen den General und auch die Zigeunerin samt ihrer Tochter finden.«

Inzwischen hatte Kosemaul den Stallknecht recht unsanft herbeigeschleppt. »Wo sind die Zechinerin und ihr Töchterlein?«, fragte er.

»Welche Zigeunerin?«, gab sich der Stallknecht stur.

Ich warf Kosemaul einen Blick zu. Der schaute verächtlich auf den alten Mann herab.

»Krosich, Ihr habt Recht. Der Kerl weß mehr, als er uns erzählt. Ick glowe, wir müssen nen Scharfrichter zu ner peinlichen Befrarung holn lassen.«

Leutnant Beesenacker, der neben uns stand und das Schauspiel verfolgte, erbot sich, schnellstmöglich einen seiner Reiter nach Königsberg zu schicken.

»Wir haben keine Zeit mehr für den Scharfrichter. Ich glaube, das Mädchen und ihre Mutter schweben in Lebensgefahr, falls es nicht schon zu spät ist. Schafft diesen Hund in den Keller, dann hört man seine Schreie nicht so sehr. Bereitet mir glühende Eisen vor und bindet den Kerl gut, denn es wird sehr schmerzhaft für ihn werden.«

Zwei Dragoner zerrten den Stallknecht fort, dem der Schrecken über das Vernommene ins Gesicht geschrieben stand.

Kosemaul und Beesenacker sahen mich erstaunt an. »Ihr wollt den Alten tatsächlich torquieren?«

»Wenn ich damit das Leben von Mutter und Tochter retten kann.«

»Besudelt Euch doch nicht die Hände! In einigen Tagen haben wir einen Scharfrichter hier.«

»Dann ist es vielleicht zu spät. Dennoch könnt Ihr den Richter und den Scharfrichter kommen lassen. Denn wenn wir den Gierfraß heute nicht erlegen, erlegen wir ihn nie.«

Beesenacker schickte einen Dragoner nach Königsberg, mit der Order, so schnell wie möglich mit Richtern und einem Henker zurückzukehren.

An Kosemaul gewandt, fragte ich: »Wollt Ihr mir zur Hand gehen?« Ich zwinkerte mit dem linken Auge. Er verstand die Geste und rieb sich die Hände.

»Wenns denn sein muss, wolln mer den Kerl ma ausquetschen.«

Matthes, der alte Stallknecht, schlotterte unterdessen wie ein armer Sünder. Er blutete aus der Nase. Die beiden Dragoner, die ihn gebunden hatten, waren nicht gerade zimperlich mit ihm umgegangen. Als wir die Treppen zum Keller des ›Festen Hauses‹ hinabstiegen, stießen wir auf vier große Weinfässer, in denen der General seine französische Plörre lagerte. Ich musste an das Bankett und die Bärentatzen denken. Doch ich fing mich wieder und rief den Soldaten draußen zu, die Eisen ordentlich zu erhitzen.

Der Stallknecht, ein Mann sicherlich jenseits der 60, stand mit nach oben gebundenen Händen an einem Pfeiler unter der Gewölbedecke des Kellers. Aus weit aufgerissenen Augen sah er mich an. Neben ihm hatten sich zwei Dragoner aufgebaut.

»Nun, hat Er mir etwas zu sagen?«

»Ich … ich … kann doch … nicht … gegen … meinen … Herrn … aussagen …«, stammelte er.

Ich musterte ihn. Der ist aber schnell weich geworden, dachte ich. Die beiden Dragoner grinsten verhohlen.

»Herr Major«, sagte der eine, »lasst uns nur ruhig eine kleine Weile mit dem allein. Dann spricht der ganz schnell.«

»Die Eisen brauchen noch eine Weile«, antwortete ich. »Wenn ihr schneller seid, bin ich auch zufrieden.«

Der Alte fürchtete, dass ihm etwas Schlimmes bevorstand. »Nein, nein, Herr, eine Folter würde ich nicht überstehen, ich …«

»Hör Er mir gut zu! Vor ihm steht ein Criminalkommissarius Seiner Majestät des Königs. Wenn ich Ihm befehle – und ich kann Ihm nur raten, diesen Befehl zu befolgen –, mir auf alle meine Fragen zu antworten, tut Er nichts Unrechtes, sondern dient seinem König.«

Der arme Kerl geriet durch diese Rede in einen argen Gewissenskonflikt. Mir hingegen lief die Zeit davon, während die kleine Dragana und ihre Mutter in höchster Gefahr schwebten. Doch schon stampfte ein Soldat mit einer Schmiedezange in den Keller. Er reichte sie mir stolz mit den Worten: »Wir haben oben noch mehr von den Dingern. Das Feuer oben braucht noch eine Weile. Vielleicht versucht Ihr es so.«

Der Stallknecht hörte dies – und sank in Ohmacht.

»Holt kaltes Wasser!«

Ich weiß nicht, ob es nur das Wasser war, das wir ihm ins Gesicht gossen, oder ob ihm auch Tränen über die Wangen liefen, jedenfalls brach er sein Schweigen und erzählte uns alles, was wir wissen wollten.

»Schon seit etlichen Jahren«, jammerte er, »bringt der Herr General kleine Mädchen von seinen Unternehmungen und Feldzügen mit. Er sagte immer, er würde sich um die kleinen Waislein kümmern. Doch nach einer geraumen Weile verschwanden die Kinder.«

»Und Er hat davon gewusst und nichts gesagt?«, fuhr ich den Stallknecht an.

»Ja«, schluchzte der Alte. »Hab doch selbst Kinder und Kindeskinder, und es war doch mein Herr.«

»Was hat das mit Seinen eigenen Kindern zu tun?«

»Der Herr machte immer solche Andeutungen.«

»Welche Andeutungen?«

»Er fragte mich immer, wie es meinen Kindern ginge, ob es ihnen auch gut gehe. Dabei sah er mich immer sehr merkwürdig an, sodass ich furchtbare Angst bekam.«

»Dass die armen Kinder, die Er hätte retten können, Angst verspürten, interessierte Ihn hingegen nicht, oder?«

Der alte Mann sah beschämt zu Boden. Für seine Mitwisserschaft würde er auf dem Schafott enden.

»Wie viele Kinder waren es?«

Er schüttelte den Kopf. »Ich weiß es nicht mehr.«

»Du weßt es nich mehr, verdammter Kerl!«, schnauzte

Kosemaul dazwischen, dem während des Verhörs die Zornesröte ins Gesicht gestiegen war.

»Wo schaffte der General sie hin?«, fragte ich weiter.

Der Stallknecht brach in ein jammervolles Weinen aus.

Jetzt platzte Kosemaul der Kragen. »Mensch, Kerl, Hundsfott – rede! Wir suchen 'ne Mutter und ihre Kleene, und nur du kannst se noch retten! Also, wo schaffte er se hin?«

»Um Gottes willen ...«, wimmerte er.

Ich packte den Alten am Kragen. »Wohin schaffte er sie? Rede, verdammt!«

»Seht in die Keller unter dem alten Turm, Herr. Vielleicht sind das arme Mädchen und ihre Mutter noch dort!«

»Gut. Wo finden wir den General? Ich habe ihn am Fenster gesehen.«

»Er wird über einen Gang in die Keller geflohen sein.«

»Einen Gang?«

»Ja, er hat das ganze Schloss umbauen lassen. Er kann von fast jedem Zimmer aus ungesehen in die Keller gelangen.«

»Ist das überhaupt möglich?«, fragte ich Kosemaul, der nickend antwortete.

»Dit Mauerwerk is dick. Da kann man janz jemütlich Jänge durchbrechen, dit jeht.«

Ich ließ den Alten losbinden und befahl den beiden Dragonern, sich ihn unter die Arme zu klemmen und hinter uns herzuschleifen.

Im Inneren des Turmes, den wir durch eine kleine Tür betraten, die uns der Stallknecht aufschloss, erkannte ich hinter den Trümmern des eingestürzten Daches einen Treppenabstieg. Eine verrostete Gittertür verwehrte den Zugang. Da der Stallknecht keinen Schlüssel zu ihr hatte, den besaß nur der General, ließ ich das Gitter von Kosemaul aufbrechen. Leutnant Beesenacker und einige seiner Dragoner standen mit Lichtern bereit, damit wir im Dunkeln den Weg erkennen konnten.

Das frühe Morgenlicht fiel noch zurückhaltend auf die Treppe. Ich begann als Erster, vorsichtig die Stufen hinabzusteigen, stets gewahr, von einer Ratte angefallen zu werden. Doch was uns bevorstand, war weit schlimmer als Ratten.

Nach etwa 25 Abwärtsstufen gelangten wir in einen nicht sehr hohen Raum von vier mal sechs Metern Größe. Die Luft war dumpf und modrig. Ich hieß die Dragoner, ihre Lampen in die Lichtnischen der Wände zu stellen und weitere Leuchten und Fackeln zu holen.

Der Raum war, ebenso wie der gesamte Turm, ganz aus hart gebrannten Ziegeln gemauert. An den Wänden wucherte vereinzelt Moos, und aus einigen Fugen ragten verrostete Eisen. Von der Decke tröpfelte Wasser. Immerhin ein paar Achtbeiner in ihren Spinnegankern sowie Käfer schienen sich hier wohl zu fühlen. An einer der Längswände des Raumes hing eine Kette mit einem Halseisen daran. Das war an sich nichts Ungewöhnliches in solch einem altertümlichen Gemäuer. Jedoch schien mir die sorgfältig ausgeführte Schmiedearbeit weit weniger alt zu sein. Vermutlich war dieses Loch noch bis in die jüngste Zeit als Verlies genutzt worden.

An der Schmalseite, die der Treppe gegenüberlag, stieß ich auf eine mit schweren Eisenbändern beschlagene Eichentür, deren Bohlen ganze zwei Zoll stark waren. Was sich dahinter befand, wusste der Stallknecht nicht zu sagen.

Ich zog an der Tür und war nicht wenig erstaunt, sie offen zu finden. Ein schmaler, sehr niedriger Stufengang führte hinab in undurchdringliche Schwärze. An dem feuchten Ziegelmauerwerk sah ich Kratzspuren und Ritzungen. Feuchte, warme Luft, angereichert mit dem Odeur nicht näher zu bestimmender Sekrete, strömte mir entgegen.

Ich hielt meine Lampe ausgestreckt vor mich und kletterte in der Hoffnung, dass meine Begleiter mir folgen würden, nach unten. Ja, man kann sagen, dass ich bangen Herzens war, während ich die enge Stiege in diesen wohl aus mittelalterlichen Zeiten stammenden Kerker hinabkletterte. Sie führte steil in die Tiefe, und als ich schließlich festen Boden spürte, hatte ich gut 60 Stufen gezählt. Mein Licht begann in der hier unten vorherrschenden stickigen Luft zu flackern, die durchdrungen war von einem widerwärtigen süßlichen Geruch.

Ich stand in einem flach eingewölbten Raum von etwa drei Metern Höhe, vier Metern Breite und sechs Metern Länge. An der dunklen Decke hingen Fledermäuse, die losschwärmten, als ich ihren Schlaf störte. Ich konnte den Angriff aber sehr schnell abwehren und zermalmte das von meiner Fackel versengte Tierchen unter dem Stiefelabsatz. *Garstige kleine Biester,* dachte ich, *irgendwoher müsst ihr ja gekommen sein.*

Von oben rief Kosemaul, ob er zu mir hinuntersteigen solle. Ich hieß ihn, endlich für mehr Licht zu sorgen und Beesenacker samt ein paar Dragonern mitzubringen.

Nach und nach wurde mir das ganze Ausmaß der menschlichen Grausamkeit bewusst, die hier gewirkt hatte. Es war kaum zu glauben, wie man allein mit Hilfe einiger Ziegelsteine solch eine Perversion hervorbringen konnte!

Die Erbauer dieses Kerkers hatten in perfider Manier links und rechts in den Wänden merkwürdig gemauerte und mit festen Türen abgeteilte Nischen eingelassen. Vorsichtig öffnete ich eine davon. Die Maurerarbeit war sehr sorgfältig ausgeführt worden, und dies erst vor wenigen Jahren, wie es mir vorkam. Jeweils drei Stufen führten in die Nischen hinein, die offensichtlich menschlichen Körpern angepasst waren. In jeder befand sich eine Art Sitz, und auf Fuß-, Bauch- und Halshöhe ragten gebogene Eisen oder Ketten aus der Wand heraus, um damit den Sitzenden fixieren zu können. Auch für die Hände waren gebogene und mit starken Schlössern gesicherte Eisen vorgesehen.

Zwei der Türen waren mit kleineren Schlössern versiegelt. Mit dem Pistolenknauf schlug ich eines auf und öffnete die Tür.

Ich torkelte zurück. Dahinter saß ein Mensch!

Er lebte nicht mehr, das war auf den ersten Blick zu erkennen. Aber er musste gelebt haben, als man ihn hier unten angekettet und lebendig begraben hatte.

Welch eine menschliche Bestie musste das gewesen sein, die man hier so tief unter der Erde ohne Licht in dieser Sitznische in Eisen gelegt und obendrein hinter schweren Türen weggeschlossen hatte?

Eine dunkle Ahnung überkam mich. Sollte ich das schreckliche Familiengeheimnis des altehrwürdigen und angesehenen Geschlechtes derer von Wolfsdorf offen gelegt haben?

Ich beschloss, die Tür ganz aufzuziehen und die Überreste des hier eingesperrten Untäters näher zu begutachten. Was ich entdeckte, war ein Geheimnis, ein Mirakel, eine Merkwürdigkeit, wie man sie selten oder noch nie gesehen hatte.

Der Mann war nicht verwest, sondern auf irgendeine Weise vertrocknet. Seine Haut war zwar hart und spröde, dennoch vollständig erhalten und von der Zeit dunkel gebräunt. Ich erkannte deutlich jeden Muskel, jede Ader. Seine eingetrockneten Augen starrten mich an, als wollte der Tote mit mir sprechen.

Seine Kleidung entsprach der eines adligen Mannes. Selbst seine Perücke war weder zerfressen noch sonstwie beschädigt. Dem Anschein nach saß der Mann hier seit höchstens fünfzehn Jahren, denn die Mode seiner Kleider passte in unsere Zeit. Selbst seine hohen Lederstiefel glänzten, nachdem ich den Staub fortgestrichen hatte, wie frisch gewichst.

Derjenige, der hier lebendig eingeschlossen und qualvoll verendet war, hatte mit letzten Kräften versucht freizukommen. Mit schmerzhafter Anstrengung hatte er die rechte Hand durch die Handkette gezogen, wobei er sich den Daumen ausgekugelt haben musste. An der Innenwand der Nischentür standen einige Wörter, die er vermutlich im Todeskampf dort eingeritzt hatte. Ich konnte sie aber, so sehr ich mich auch mühte, nicht entziffern.

Während ich mit schauderndem Herzen die mumifizierte Leiche in der Hoffnung untersuchte, einen weiteren, noch so kleinen Hinweis zu finden, öffnete sich in der Mauerecke hinter mir langsam und leise eine versteckte Pforte, die ich übersehen hatte, da sie gleich einer Tapetentür den Ziegelsteinen nachempfunden war.

Durch den Spalt drang ein Lufthauch herein, mein Licht begann zu flackern, und noch ehe ich begriff, was vor sich ging, stand hinter mir ein Schatten.

Zu Tode erschrocken fuhr ich herum und sah in ein altes hässliches Gesicht, das mich mit gelben reglosen Augen anstarrte. In der nächsten Sekunde spürte ich einen heißen schmerzhaften Stich in der Seite. Während ich getroffen zu Boden sank und mein Bewusstsein erlosch, gewahrte ich noch, wie der Schatten von innen einen schweren Balken vor die Eingangstür der Zelle legte.

XXIII

Ich weiß nicht, wie viel Zeit vergangen war, bis ich mein Bewusstsein wiedererlangte. Um mich herum herrschte Finsternis. Mein Schädel brummte, und an meiner linken Seite lief eine warme Flüssigkeit hinab – Blut. Ich wollte die Wunde mit der Hand betasten, konnte aber weder Hände noch Arme rühren. Auch meine Füße, meine Körpermitte und mein Hals steckten in Eisenfesseln. Ich scharrte hilflos mit den Füßen und spürte einen hölzernen Widerstand. Nun dämmerte mir: Ich saß angekettet in einer der Nischen neben dem mumifizierten menschlichen Kadaver!

Niemand, weder Kosemaul noch Beesenacker, konnte mir in diesem Augenblick helfen. Sie würden sicherlich versuchen, die Tür aufzurammen, aber das brauchte seine Zeit. Vielleicht war ich bis dahin schon erstickt? Verreckt wie der arme Kerl neben mir!

Die Eisen waren gut geschmiedet. Sie zu sprengen, würde mir schwerlich gelingen. Meine Aussichten waren düster. Und dazu quälte mich der Gedanke, Ragana und ihr Töchterlein durch meine Schuld in den Händen des Gierfraßes zu wissen. Lebten sie überhaupt noch?

In diesem Augenblick drang das Wimmern eines Kindes an mein Ohr. Dragana! Jemand öffnete die Nischentür; ein Streifen trüben Lichtes fiel herein. Ich erkannte das alte hässliche Gesicht wieder. Es gehörte dem General! Sein Gesichtsausdruck war völlig entmenschlicht. Er hob zu einem höhnischen Gelächter an, um dann mit verzerrter Fistelstimme zu fragen: »Ist sie nicht ein zartes Täubchen?«

Das hässliche Gesicht verschwand, um sogleich darauf die kleine Dragana vor mein Gesicht zu heben.

»Ein zartes unschuldiges Täubchen!« Die Bestie schnalzte widerwärtig mit der Zunge. »*Délicieux!* Wird das ein Schmaus … Haaaahaaaah!«

Ich sah, wie er seine Klaue in die langen dunklen Haare des

Mädchens verkrallte und ihren Kopf ins Genick bog. Das Kind, an Armen und Beinen gefesselt, lebte noch. Sein Gesicht war rot, aufgedunsen und nass. Sie musste geweint haben; nun wimmerte sie nur noch leise.

Ich befand mich nur zwei, drei Schritte von diesem Opferlamm und seinem Schlächter entfernt, und doch war ich machtlos. Ich konnte die Kleine nicht vor ihrem Peiniger schützen. Wieder versuchte ich, mich aus den Eisen zu winden, scheuerte meine Handgelenke blutig, aber wenn ich mir auch die Daumen auskugelte, die Klammern waren zu eng geschlossen. Ich konnte meine Hände nicht befreien.

»Oh, das hat er auch versucht. Haaaahaaaah! Aber wie Ihr seht, ist es ihm nicht geglückt. Der Schmied hat sehr gute Arbeit geleistet. Überhaupt hatte mein Bruder doch eine großartige, geniale Idee mit diesen Nischen, meint Ihr nicht auch?«

»Lasst das Mädchen am Leben, ich bitte Euch! Sie hat Euch doch nichts getan!«

»Aber mein lieber Krosigk! Hier geht es nicht darum, ob sie mir etwas angetan hat, es handelt sich hierbei nicht um etwas Persönliches, ganz gewiss nicht! Ich war auch nie ein nachtragender Mensch. Nein, sie soll mich nur ein wenig ergötzen, mir ein bisschen Spaß bereiten. Oh, sie wird mir köstlich schmecken!« Wieder schnalzte er auf diese Ekel erregende Weise mit der Zunge, dann fuhr er sie in erstaunlicher Länge aus dem Mund und leckte der Kleinen quer übers Gesicht.

Abscheu schüttelte mich. »Damit kommt Ihr nicht durch! Mein Adjutant und Leutnant Beesenacker werden das Schloss erbrechen!«

»Potztausend! Wie tüchtig von ihnen! Wackere Burschen, fürwahr, um deren Beistand ich Euch beneide! Nur leider wird es Euch nicht helfen. Denn bis dahin bin ich mit diesem schönen Kind längst schon auf und davon. Ihr hingegen werdet hier unten verbluten. Außerdem, erwartet Ihr denn allen Ernstes, Ihr fändet mit dieser Geschichte Gehör? Ist es denn nicht weitaus wahrscheinlicher, dass man einem General und Vertrauten des Königs mehr Glauben schenken wird als einem Commissarius? Ich bin heute früh nach Berlin geritten, mein Stallknecht kann es bezeugen.«

»Euer Stallknecht hat gestanden und mich hierher geführt.«

»Wenn schon, dann ist er eben ein verlogener Kerl, dem ich noch nie getraut habe. Seine Mutter wurde wegen Diebstahls gehängt, so etwas liegt in der Familie. Jedes Gericht wird mir darin beipflichten. Nein, niemand wird mir auf die Schliche kommen, niemand wird beweisen können, dass ich der Gierfraß bin!« Während er das Wort ›Gierfraß‹ höhnisch gedehnt aussprach, ließ er seine lange Zunge abermals über Draganas tränennasses Gesicht gleiten.

»General, in Gottes Namen, lasst das Kind frei, tut ihm nichts!«

»Oh, so ein feines Zuckerkind! Ich werde zuerst meine Zähne in ihre Kehle graben und ihr dann die Gurgel herausreißen. Sie wird im Nu verbluten, der Tod kommt schnell und mit geringen Schmerzen. Das immerhin verspreche ich Euch. Sie wird nicht allzu sehr leiden. Dann trinke ich das hübsche Mädchen bis auf den letzten Tropfen aus ... schlürfe ihr frisches, warmes, süßes Blut, das mir ihr noch pochendes Herz durch die Kehle pumpt! Oh, ich mag das Blut der Mägdelein, ich habe es immer genossen, aus ihnen zu trinken, wenn ihre Leiber noch warm waren, ihre Glieder noch zuckten, ihre Herzen noch schlugen. Aber das ist nur der *Aperitif!* Denn wie deliziös schmeckt erst das zarte Fleisch ihrer Hände, ihrer Füßchen. Auch dieser Kleinen werde ich die Schlegel abreißen. Manchmal dringt dann aus den Stümpfen noch etwas Blut, das macht eine feine Bouillon zu meinem Braten.«

Ich unterbrach den General, der völlig dem Wahnsinn verfallen schien. Ich musste Zeit gewinnen.

»Wer ist der Mann neben mir?«

Das alte hässliche Gesicht Wolfsdorfs erschien dicht vor dem meinen.

»Gut, diese eine Frage beantworte ich Euch noch, bevor Ihr verendet, aber dann ist Schluss. Ich muss nach Berlin, haaahaaah! Ihr fragt, wer dort sitzt, angekettet und vertrocknet? Ahnt Ihr es denn wirklich nicht? Nein? Mein Bruder Johann ist es, mein über alles geliebtes Bruderherz, Fleisch von meinem Fleische, Blut von meinem Blute. Jahrelang hat er mich, den Jüngsten in unserer Familie, hier unten angekettet. Er wähnte, das sei in unserer Familie so üblich, ein alter Brauch. Wähnte, wir Wolfsdorfs würden uns in Vollmondnächten in Werwölfe oder gar in Gierfräße verwandeln ... und um das arme Volk vor uns zu schützen, müssten wir uns einsperren. Der Tor saß selbst jede Vollmondnacht hier unten, besessen von dem Glauben, ein Gierfraß zu sein. Welch ein Narr er doch war!«

»Ihr seid wahnsinnig, General!«

»Wahnsinnig? Oh nein! Ich, Herr von Krosigk, *ich* bin bei vollem Verstand. Ich baue dem König ein neues Regiment auf, und niemand wird mich behelligen, schon gar nicht Ihr.«

»Ihr Neffe ...«

»Was ist mit meinem Neffen?«

»Ich werde ihm die ganze Geschichte erzählen, er wird ...«

»Mein Neffe wird gar nichts tun. Im schlimmsten Fall werde ich ihn als Gierfraß anklagen und aufs Rad bringen. Habt Ihr denn nicht seine Hand gesehen? Oh, solche feinen Missbildungen zieren fast alle Mitglieder der Wolfsdorfschen Familie. Die Leute fürchten sich davor. Sie haben sich immer vor Karl Hermanns Hand gefürchtet. Ich selbst war es, der ihm empfahl, sie unter einem Handschuh zu verbergen. Im Angesichte dessen wird man mir, einem verdienten General Seiner Majestät des Königs, gerne vertrauen und glauben, dass er das Böse war. Und ...« Hier wurde er unterbrochen. Hinter der Tür wurden Stimmen laut. Ich erkannte an ihnen Kosemaul und Beesenacker.

»Außerdem, mein lieber Krosigk, wer sagt Euch, dass mein Neffe nicht ein Gierfraß ist wie ich? Haaahaaah! Wir Wolfsdorfs haben da eine lange Tradition. Glaubt es mir.«

An der Tür entstand Gepolter. Der gesamte kleine Raum wurde durch mächtige Stöße erschüttert, als meine Befreier einen starken Baumstamm gegen die Tür rammten, bis sie einbrach. Doch bevor die Tür entzweiging, war der General mit seinem Opfer durch die geheime Ziegeltür verschwunden. Ein »Jott sei Dank!« befreite mich.

Meine Seitenschmerzen waren nicht so schlimm wie der Umstand, Dragana in den Klauen dieses Wahnsinnigen zu wissen. Darauf zu hoffen, dass die Mutter noch lebte, schien mir immer aussichtsloser.

»Der General war hier unten«, keuchte ich, »und er hat das

Mädchen. Schnell, Kosemaul, dort in der Wand befindet sich eine Tür. Brecht sie auf! Beeilt Euch!«

Während Leutnant Beesenacker mich losschloss, hackte Kosemaul mit einem spitzen, langen Eisen an der Wand herum.

»Ich krieje sie nich off …«, brummte er verdrossen. Dann drehte er sich um und brüllte den Stallknecht mit geballter Lungenkraft an. »Mensch, Kerl, sahre mir, wie die Tür jeöffnet wird!«

Der Alte stammelte etwas.

»Lauter, du Hundsfott, ick höre schwer!«

»Ihr müsst an dem Eisenring ziehen, der dort rechts heraushängt.«

Kosemaul zog wie ein Berserker an dem Ring, und siehe, die Tür begann sich zu drehen und tat sich vor uns auf.

Mittlerweile war ich halbwegs wiederhergestellt. Meine Stichverletzung war weit weniger ernst, als der General angenommen hatte, und ich verspürte kaum noch Schmerzen. Glücklicherweise hatten die Rippenbögen die Klinge abgelenkt, und sie hatte kein Organ getroffen.

Ich nahm dem Stallknecht die Fackel ab und stieß ihn zurück.

»Leutnant Beesenacker, legt diesen Kerl in Ketten! Und schickt Soldaten aus, die auch außerhalb des Schlosses nach dem General suchen sollen. Wenn sie dem Neffen begegnen, sollen sie ihn ebenfalls verhaften. Wir müssen das gesamte Gebiet abriegeln.«

»Mit größtem Vergnügen, Herr von Krosigk!« Der Leutnant salutierte und erteilte seinen Männern die Befehle. Die jüngsten Ereignisse schienen seine anfänglichen Befürchtungen wegen unsers Vorgehens gegen den General zerstreut zu haben.

In diesem Moment vernahm ich ein leises Stöhnen hinter der zweiten verschlossenen Nische.

»Beesenacker, brecht das Schloss auf.«

Kaum hatte ich dies gesagt, hatte der Dragonerleutnant auch schon das Schloss zertrümmert. Wie erleichtert war ich, als ich hinter der Tür die Ragana sah. Sie war zwar angekettet und schien arg mitgenommen, lebte aber noch. Über ihre Stirn lief Blut. Beesenacker befreite sie und half ihr auf die Beine.

»Mein Kind, mein Kind!«, hauchte sie schwach.

Ich nahm sie in meine Arme und strich ihr beruhigend übers verklebte Haar.

»Fürchte dich nicht. Dragana lebt, und wir werden sie befreien.«

Das arme Weib brach in ein Heulen aus und sank vor meinen Füßen zusammen. Ich zog sie hoch und strich ihr tröstend über die Schultern.

»Rettet mein Kind! Ich bitte Euch«, flehte sie mit zitternder, kaum hörbarer Stimme.

»Das werde ich«, sagte ich leise. In diesem Moment verließ sie das Bewusstsein, das nur die Sorge um ihr Kind aufrechterhalten hatte. Der General hatte die Zigeunerin gefoltert, ihren Rumpf und ihre Glieder mit schweren Stöcken geschlagen, ihr mit glühenden Eisen Rücken, Hände und Füße verbrannt. Ihrem abgezehrten Zustand nach zu urteilen hatte sie, angekettet in der engen, stickigen Nische, gedurstet und gehungert. Von anderen Dingen will ich schweigen.

»Schafft sie nach oben! Aber vorsichtig!«, befahl ich einem Soldaten.

Ich winkte Kosemaul. »Folgt mir!«

Hinter der Geheimtür tat sich ein Gang auf, der den übrigen ähnelte, außer dass er nicht vollständig gemauert, sondern größtenteils aus dem nackten Fels gehauen war.

Von der moosbewachsenen Decke tröpfelte Wasser. Ab und an stieß sich Kosemaul am Kopf. Ich erkannte es an den deftigen Flüchen, die jedes Mal dicht hinter mir erschollen, ein sicheres Zeichen, dass mein getreuer Begleiter mir auf dem Fuße folgte. Wir waren etwa zwanzig Schritte gegangen, als die Fackeln zu blaken begannen. Ich drehte mich zu Kosemaul um.

»Riecht Ihr das?«, fragte ich ihn entsetzt. Doch er stand nur da und starrte mit weit aufgerissenen Augen über meine Schulter hinweg an mir vorbei.

»Krosich, dreht Euch langsam um! Awer in Jottes Namen ...«

Noch bevor er ausgeredet hatte, wandte ich mich um. Ich hörte Kosemaul erbrechen. Zugleich sah ich das Unfassbare, das Unglaubliche – das Scheußlichste, was jemals Menschen verbrochen hatten.

Das blanke Entsetzen ließ mich zurücktaumeln, und ich stieß mit Kosemaul zusammen. Mit rauer Stimme sagte er, ebenso fassungslos wie ich: »So was hawe ick noch niemals jesehn, bei Jott, so was hawe ick noch nie jesehn!«

Neben dem Gang, linker Hand, erhellte meine Fackel eine Höhle. Ich ging einen Schritt nach vorn. Ein übler Gestank strömte mir entgegen, und je weiter ich in die Höhle trat, desto intensiver wurde er.

Im Schein der Fackeln türmten sich menschliche Skelette, Schädel, Armknochen, Beinschienen, Unterkiefer, Rippen ... Überbleibsel von wer weiß wie vielen erbärmlichen Menschen, achtlos hingeworfen, nicht bedachtsam geordnet wie in einem Beinhaus, sondern wirr übereinander gehäuft, durcheinander geschmissen wie Abfall, wie Müll, den Ratten zum Fraße.

Eines dieser feisten Tierchen saß auf einem gespaltenen Schädel und schmatzte vergnügt. Scheinbar schreckte der Ratz nicht vor Menschen zurück ... ja, vielleicht war er sogar an Menschen gewöhnt? Vielleicht hatte der General, dieser Unmensch, die Ratten ganz bewusst hier unten zum Schmause geladen?

Eine zweite Ratte wuselte quiekend heran. Plötzlich knallte ein Schuss. Das Tier überschlug sich und rollte zwischen einen Berg von Knochen. Ehe das Echo des Schusses in der Höhle erstarb, war die andere Ratte, die so unbändig geschmatzt hatte, spurlos verschwunden.

»Kosemaul«, fauchte ich meinen Adjutanten an, »seid Ihr von Sinnen?«

Kosemaul steckte die schmauchende Waffe in den Gürtel zurück. »Verzeiht, awer ick konnte nicht anders.«

Die Knochen begannen, sich zu bewegen, als wollten sich die Skelette der Gemordeten wieder erheben. Ein Schädel, dessen Fleisch noch nicht ganz abgenagt war und dessen lange schwarze Haare sich um die zerfressenen Schläfen wanden, rollte vor meine Füße. Der Kopf eines jungen Mädchens.

Kosemaul stand nun dicht neben mir und leuchtete ebenfalls den Knochenhaufen an. »Mein Jott, mein Jott!«, stammelte er.

Ich schluckte einen ekelhaften Geschmack herunter. Die Ratte, die eben noch vor unseren Augen gefressen hatte, kauerte jetzt einen Schritt weit vor mir. Doch sie war nicht allein. Es mochten 20, 30, 40 oder noch mehr Ratten sein, denen wir uns gegenüberfanden.

»Dit Pack denkt, wir wolln ihnen wat wechfressen!«, rief Kosemaul. »Na wartet, ihr Biester! Wie jefällt euch das?«

Und ehe ich mich versah, war Kosemaul mit der gesenkten Fackel vorgesprungen und hatte die erste Ratte in Brand gesteckt. Ein entsetzliches Quieken stach in unsere Ohren. Das Biest lief wie wild umher, entfachte dabei noch andere Ratten mit seinem Feuer und verwandelte die Leichenhöhle in eine unbeschreibliche Höllengrube.

Im Affekt riss ich Kosemaul mit mir fort. Wir liefen und liefen, als gälte es unser Leben, stießen uns die Köpfe an der niedrigen Decke des Ganges blutig, stürzten, schlugen uns die Knie wund und verbrannten uns an den Fackeln, die währenddessen erloschen und uns im Finsteren zurückließen.

Uns blind vorantastend, gelangten wir nach etwa 100 Fuß an eine Tür. Mit der Kraft zweier verzweifelter Männer hoben wir sie aus ihren Angeln und standen, wie in einem Wunder, vor einer Treppe, im Tageslicht, an der freien Luft, umweht von einem Wiesenhauch und kaltem Wind. Wir atmeten tief durch, sogen unsere Lungen voll Sauerstoff und rieben uns die geblendeten Augen. Die Tränen, die uns entpresst worden waren, wischten wir ebenfalls weg.

»Wo mach dit Scheusal hin sein?«, fragte Kosemaul leise.

»Ich weiß es nicht«, erwiderte ich müde. »Aber ich habe Dragana gesehen! Sie lebte noch. Er hat sie mitgenommen. Mit dieser Last kann er noch nicht weit gekommen sein.«

Abermals sah ich die Augen der Kleinen vor mir, wie sie flehentlich den General anblickten, ich hörte ihr Wimmern, ihr ängstliches Weinen. Wieder musste ich mir die Augen trocken wischen. Ich vermisste meine Pistole, meinen Stoßdegen. Der General hatte mir alle Waffen abgenommen.

»Ruhich Blut, mein Freund«, mahnte mein Begleiter. Er schien schon wieder gefasst. »Der jute Kosemaul hat an alles jedacht.«

Er öffnete seinen weiten Mantel, und wie damals, als die Dörfler die Ragana als Hexe verbrennen wollten und Kosemaul mich mit einem wahren Zeughaus unter seinem Mantel überrascht hatte, so konnte der verlässliche Kerl auch dieses Mal wieder ein reichhaltiges Arsenal an Waffen vorweisen.

Kosemaul übergab mir meine geladene Pistole sowie meinen

Hirschfänger. Er spannte den zweiten Hahn seiner doppelläufigen Pistole und beäugte den Feuerstein: »So janz vertraue ick nur denen!« Gemeint waren seine Waffen, die er wie seinen Augapfel hütete. Sodann suchte er den Wiesengrund nach Spuren ab.

Wir standen auf einer Lichtung mitten im Wald, ohne zu wissen wo genau wir uns befanden. Doch schnell entdeckte ich Ruinen aus gebrannten Ziegeln und großen Feldsteinen. Das Kloster, fuhr es mir durch den Sinn. Die Wolfsdorfer hatte einen geheimen Gang bis zu den Ruinen des Klosters graben lassen.

»Ein Pferd hat er jedenfalls nich hier jehabt.«

»Ich hoffe, Leutnant Beesenacker ist uns gefolgt!«

»Ein tüchtjer Kerl, der wird schonn kommen.«

Kaum hatte Kosemaul diese Worte gesprochen, als hinter ihm die Gestalt des Leutnants aus dem Dunkel des Tunnelganges auftauchte. Seine bisher vorbildlich gepflegte Uniform war völlig verdreckt. In der rechten Hand hielt er mein Gewehr. Auch an ihm waren die Bilder in der Gebeinhöhle nicht spurlos vorübergegangen. Der gute Hauptmann war bleich wie ein toter Fisch. An seinem versengten Ärmel hing eine Ratte und versuchte, zu seiner Schulter emporzukriechen. Ich zog meinen Hirschfänger und erledigte das Biest mit einem Hieb.

»Verdammte Sauerei! So eine Schweinerei! Ich hoffe, wir kriegen das Scheusal bald!« schimpfte er aus tiefstem Herzen.

»Habt Ihr Soldaten zurückgelassen?«

»Ja, ja, bei den Leichen und im Gang. Ich habe das Feuer löschen lassen und überall Wachen aufgestellt. Zwei Mann müssten gleich hier sein.«

»Dit is schlimmer als Kriech.«

»Wie wahr, Hauptmann von Kosemaul. Ob das meine Kerls, ohne Schaden zu nehmen … ich meine an der Seele … wie sie es verkraften, wage ich nicht zu sagen. So etwas haben sie noch nie mitgemacht. Ich selbst ebenso wenig.« Leutnant Beesenacker war noch ganz benommen. Mit ein paar Gurgellauten reichte er mir mein Gewehr. Die beiden Soldaten, die ihm gefolgt waren, traten auf die Lichtung, taumelten wie geistesabwesend auf der Wiese herum, gingen in die Knie und erbrachen sich, wie es schon der sonst so dickhäutige Kosemaul vor der Höhle getan hatte.

»Sagt ihnen, sie sollen sich zusammenreißen. Wir brauchen sie noch. Der Gierfraß hat ein Mädchen in seiner Gewalt. Wir müssen alles versuchen, um sie zu retten, falls das noch möglich ist.«

»Los, Kerls, hoch, ihr seid im Dienst! Und ein Kind ist in Gefahr!«

Die Soldaten, von oben bis unten verdreckt, abgerissen und verängstigt, versuchten Haltung anzunehmen.

»Wie kann nur ein General Seiner Majestät des Königs so etwas ...«

»Beesenacker«, unterbrach ich ihn, »uns fehlt die Zeit zum Räsonieren. Schickt einen von den Soldaten ins Dorf. Alle wehrfähigen Männer sollen sich bewaffnen, egal, womit, und seien es Heugabeln und Dreschflegel. Irgendwer aus dem Dorf soll zeter und mordio schreien und vor dem General warnen. Doch die Leute mögen auf der Hut sein! Der Mörder ist unberechenbar und kann seine hohe Stellung ausnutzen. Den zweiten Mann schickt zum alten Dagg. Der soll mit seinen Söhnen kommen.«

»Und ich selbst?«, fragte Beesenacker.

»Ihr kommt mit uns!«

XXIV

Das Waldstück, in dem wir uns befanden, war relativ licht. Ich vermutete, der General würde ins Dickicht flüchten, um auf die eine oder andere Weise doch noch zu entkommen. Sollte ihm das gelingen, würde ich es schwer haben, die Richter von seiner Schuld zu überzeugen, denn wie von ihm angekündigt, würde er alles leugnen und nötigenfalls seinen Neffen opfern.

Gegen sieben Uhr abends und nach zwei Stunden vergeblichen Suchens trafen wir auf einer Lichtung den Dagg und seine Söhne. Meine Frage, ob im Dorf Alarm gegeben worden sei, wurde bejaht. »Der Dorfschulze wollte den Soldaten abwimmeln, dann aber sah er doch ein, dass er uns wohl besser helfen sollte.«

»Also kommen die Dörfler?«

»Sie werden sich mit Spießen und Äxten bewaffnen.«

»Ich gehe ins Dorf, es ist ja nicht so weit«, sagte Beesenacker. »Ich werde die Bauern und meine Männer zusammenführen und den Wald Baum für Baum absuchen.«

»Gut, Leutnant«, erwiderte ich, »wir können jeden Mann gebrauchen. Sagt den Leuten auch, dass sie jetzt den richtigen Gierfraß jagen, keinen Wolf!«

»Das werde ich tun.«

Langsam brach die Dämmerung herein. Die von allen gefürchtete Vollmondnacht stand bevor. Warum das Volk vor dem Vollmond so viel Angst hat, bleibt mir schleierhaft.

Aber angesichts der Geschichten und Sagen vom Gierfraß kann ich es ungebildeten Leuten zumindest nicht verübeln, solch törichtem Aberglauben anzuhängen.

Wieder verging eine Stunde, während wir Draganas Namen riefen, auch den General laut aufforderten, sich zu stellen oder sich selbst zu richten. Aber erfolglos, kein Laut und keine Spur verriet uns ihren Aufenthaltsort.

Obwohl unter dem Vollmond, der jetzt über den Wipfeln der Bäume leuchtete, eine helle Nacht herrschte, wurde unser Suchtrupp im dichten Unterholz unglücklicherweise zerstreut. Geräusche unerkannter Herkunft erfüllten den Wald. Es raschelte und rauschte, knirschte und knarrte. Die gewaltigen Bäume verwandelten sich in bizarre Riesen und gemahnten an Geschöpfe aus einer anderen Welt. Die Kälte begann, meine Kleider zu durchdringen, und ließ mich erschauern. Urplötzlich stand ich allein im Wald. Ich rief nach Kosemaul, nach dem Dagg, doch niemand antwortete mir.

Ich beschloss, mich so langsam und so leise wie möglich zu bewegen. Der leicht gefrorene Waldboden federte nicht mehr unter meinen Sohlen, sondern sandte jedem meiner Schritte einen Widerhall nach. Jetzt schien es mir sogar, als würde ich beobachtet – ein fröstelndes Gefühl, das mich zu meiner Pistole greifen ließ. Das Gewehr hielt ich dabei noch immer fest in der anderen Hand.

So kämpfte ich mich durch dickes Gestrüpp, bis mir plötzlich ein zurückschnellender Ast die Pistole aus der Hand schlug. Ich fluchte leise, fand aber gerade wohl deswegen meine Waffe nicht wieder. Jetzt blieben mir nur noch das Gewehr und der Hirschfänger des alten Dagg, den ich aber in der Scheide stecken ließ. Die Wunde, die mir der General zugefügt hatte, blutete längst nicht mehr, desto ärger machte sie mir jetzt jedoch mit einem heftigen Brennen zu schaffen.

Doch schon in der nächsten Sekunde vergaß ich den Schmerz. Ein Schatten wechselte keine zehn Schritte vor mir zwischen den Bäumen. Augenblicklich hielt ich inne und presste mich, so flach ich konnte, mit dem Rücken gegen einen starken Baumstamm. Ich glaubte ein Wimmern zu hören und hielt den Atem an.

Wieder huschte der Schatten von Baum zu Baum, jetzt nur noch fünf Schritte von mir entfernt. Er war selbst nur wenig schwärzer als die Dunkelheit zwischen den Stämmen. Ohne mich zu besinnen, hob ich das Gewehr, legte an und schoss. Der Knall dröhnte in meinem Ohr und hallte im Walde wider. Der Pulverschmauch räucherte mich ein, löste sich aber bald in nebligen Schwaden auf. Doch ich hatte umsonst geschossen und allenfalls ein paar Tiere aufgeschreckt – und den Gierfraß gewarnt.

Ich lehnte den Stutzen an einen Baum, denn abgefeuert war er nutzlos und konnte mir nur hinderlich sein. Stattdessen zog ich meinen Hirschfänger blank. Meine Beine waren wie gelähmt und wollten sich nicht von der Stelle bewegen. Auch mein Instinkt gebot mir, zu verharren und abzuwarten. Doch dann bemächtigte sich meiner irgendein stärkerer Impuls und trieb mich dazu, die Starrheit meiner Muskeln zu überwinden und hinter dem Baum hervorzutreten. Was immer dort umging, ich musste es stellen. Vielleicht war es ja nur ein Wolf? Oder nur ein harmloses Reh? Hatte ich mir das leise Wimmern nur eingebildet?

Endlich gab ich mir einen Ruck, schließlich war das Leben des Zigeunermädchens in Gefahr. Ich machte einige rasche Vorwärtsschritte, erstarrte jedoch gleich wieder. Hinter mir war ein Knacken ertönt, wie von einem brechenden Zweig. Ich fuhr herum und erblickte eine große Gestalt, die sprunghaft, fast schien es, auf allen vieren, herankam.

»Kosemaul?«, fragte ich gedämpft. Doch ich erhielt keine Antwort. Stattdessen richtete sich die Gestalt langsam auf und nahm im vagen Mondlicht Züge an, die mich erschauern ließen. Mit der linken Hand hob ich den Hirschfänger zum Stoß empor. Da durchdrang ein Brüllen den ganzen Wald, ein Brüllen, das so markerschütternd und furchtbar war, dass es von keinem bekannten Lebewesen stammen konnte. Kein Wolf, kein Tier brüllt so, ein Mensch erst recht nicht.

Wieder stieß der übergroße Schatten vor mir dieses lähmende Furcht erweckende Brüllen aus. Und dann kam er weiter auf mich zu, und ich erkannte, dass er dicht behaart war, zumindest am Kopf, dessen wolfsartige Ohren spitz aufragten, sowie am Hals und an den Armen. Die Hände – oder sollte ich besser sagen: die krallenbewehrten Pfoten? – waren blutverschmiert. Hatte meine Kugel die Kreatur doch getroffen?

Im Zwielicht konnte ich nicht genau erkennen, wie dieses Wesen aussah, nur eines war mir klar: Sollte ich den General vor mir haben, dann war ich wohl neben seinen armen Opfern der einzige Mensch, der ihn jemals so – in der Gestalt des geheimnisvollen Gierfraßes – gesehen hatte. Das Ungeheuer heulte erneut. Mein Schuss hatte sein Ziel gefunden, denn in diesem Geheul lagen Schmerzen.

Er streckte die Arme vor. Sie endeten nicht in Wolfspfoten, sondern in menschlichen Händen! Die rechte Hand war halb zerfetzt, das Werk meiner Kugel. Also doch ein Mensch, also doch der General! Welches düsteres Spielchen trieb er mit mir? War er wirklich so im Wahne befangen, dass er sich selbst für einen reißenden Tiermenschen hielt? Oder spielte er jetzt am Ende seiner Mörderlaufbahn die Rolle seines Lebens?

Er duckte sich vor; Mondlicht fiel durch das Geäst auf seinen Kopf. Mein Gott, es war der Kopf eines Wolfes! Zwischen klaffenden Lefzen schimmerte sein Gebiss, drohende Wolfsfänge zum Reißen und Fressen.

Mich übermannten Wut und der Mut der Verzweiflung. Ich packte den Hirschfänger fester und ging zum Angriff über. Mich trieb nur ein Gedanke an: dem Monster die Klinge in den Leib zu stoßen und sein teuflisches Herz zu zerschneiden.

Die Bestie jedoch war schneller. Bevor der Stahl sie erreichte, führ sie herum und schlug sich ins Unterholz. Ermutigt durch diese Fluchtreaktion folgte ich ihr und erkannte, dass sie wie ein Mensch lief, obwohl sie sich zuvor noch auf allen vieren bewegt hatte. Ihre Fortkommen jedoch war geschmeidig und schnell, ich konnte kaum mithalten. Mit der menschlichen Gestalt schien der General auch die Schwerfälligkeit des Alters abgestreift zu haben.

Nach etwa 50 Schritten musste ich innehalten, ich hatte ihn verloren. Über mir rauschten die Bäume. *Auf welcher Seite steht ihr?*, dachte ich. Im nächsten Augenblick traf mich ein harter Stoß, und ich wurde niedergerissen. Vor Schreck ließ ich den Hirschfänger fahren; er versank im finstren Laub des Waldbodens.

Ich hingegen wälzte mich im Kampf mit meinem Angreifer. Es war ein Mensch, ein Mann, kein Monster. Ich versuchte ihn zu packen, bekam aber nur ein Bein zu fassen. Ein harter Schlag traf meinen Rücken. Ich ließ meinen Gegner los, rollte zur Seite weg und sprang auf. Vor mir stand, es schien mir unbegreiflich, der Gierfraß, jenes dämonische Wesen, und dabei doch ein Mensch.

Er holte zu einem neuerlichen Hieb aus, aber bevor er mich treffen konnte, duckte ich mich, umschlang seine Hüfte und warf ihn hart zu Boden. Seine haarige Schnauze verrutschte und ich erkannte, dass er einen geschundenen Wolfskopf gleich einer Maske trug. Ich riss sie ihm vom Kopf und versetzte ihm mehrere harte Faustschläge ins Gesicht. Es war nicht das eines alten Mannes, aber ein mir wohl bekanntes.

In diesem Augenblick der Wahrheit konnte ich keinen klaren Gedanken fassen. Ich musste kämpfen, und wenn auch nicht mit dem alten Wolfsdorf, so doch gegen einen Schurken, der Böses vorhatte. Töten wollte ich ihn jedoch nicht.

Der Kerl warf mich erneut zur Seite, und wieder brach ein Ringkampf los. So langsam verlor ich den Atem. Sollte ich meinen Meister gefunden haben? Im Ringen? Unmöglich! Ich beherrsche sämtliche Griffe, Schläge und Tritte aus dem Auerswald. Mit letzter Kraft gelang es mir, ihn abermals auf den Rücken zu legen. Er traf auf einen starken Ast und jaulte vor Schmerz. Das war meine Gelegenheit. Ich warf mich auf seinen Bauch, und gerade als ich ihm einen starken Faustschlag auf die Stirn verpassen wollte, zerriss ganz in der Nähe ein Schuss die Luft.

Eine Sekunde lang ließ ich von meinem Gegner ab – ein Fehler, der mich fast das Leben gekostet hätte. Der falsche Gierfraß hatte meinen verlorenen Hirschfänger auf dem Waldboden gefunden und stieß ihn mir zwischen die Rippen. Durch die Wucht des Streichs brach auch meine alte Wunde wieder auf. Blitzschnell zog er die Klinge aus meinem Fleisch, um sie erneut darin zu versenken.

Doch diesmal parierte ich den Stoß, wenn auch unter größten Schmerzen, und verdrehte meinem Gegner den Arm mit der zerfetzten Hand daran. Er stöhne vor Schmerzen auf, wir rollten aneinander gekrallt zur Seite. Dabei traf meine Verletzung gegen einen Baumstumpf. Es fühlte sich an, als hätte mich eine glühende Faust durchbohrt. Schwankend versuchte ich, mich aufzurichten. Mein Feind stand über mich gebeugt und starrte mich keuchend und voller Hass an. Da krachte ein zweiter Schuss, diesmal kaum zwanzig Schritt von uns entfernt. Aus dem Mund des Kerls brach eine Blutfontäne hervor. Seine gesunde Hand fuhr an seine durchschossene Brust, aus der sich ein zweiter Blutschwall auf mich ergoss. Ein dritter Schuss peitschte durch den nächtlichen Wald. Auch er hatte sein Ziel gefunden.

Ein letztes Zucken durchbebte den getroffenen Körper, ein brechendes Augenpaar blickte mich an, dann starb er, verzweifelt und nur von Gott beweint. Der vermeintliche Gierfraß stürzte nieder, um nie wieder aufzustehen.

Aus dem Gestrüpp kamen meine Retter hervor. Es war der Dagg mit seinen Söhnen. Sie hielten qualmende Büchsen in den Händen. Schnell waren sie bei mir und halfen mir auf die schwankenden Beine. »Ist nur eine Fleischwunde, Herr von Krosigk, obwohl es so aussieht, als habe er zweimal zugestochen«, sagte der Jäger und legte mir mit einigen geschickten Griffen einen Verband aus seinem Taschentuch an.

»Es sind tatsächlich zwei Stiche! Doch davon später. Habt Ihr das Kind?«

»Nein, Herr, wir haben die Kleine noch nicht. Ich habe so etwas immer geahnt, erinnert Euch, aber an solch ein grauenvolles Werk kann man doch gar nicht denken.«

Während mich der alte Dagg verarztete, schleppten seine Söhne den toten Gierfraß heran. Ich schüttelte ungläubig den Kopf.

»Wer ist es?«, fragte der Jäger.

»Vater, das ist Heinrich, der älteste Sohn des Schulzen!«, antwortete einer der Daggsöhne.

»Der soll der Gierfraß sein?«, fragte der Dragg ungläubig.

»Nein, er spielte ihn nur«, antwortete ich. »Vielleicht sollte er etwas vertuschen oder uns auf eine falsche Spur bringen, um dem General die Flucht zu ermöglichen.«

Eine böse Ahnung durchfuhr mich. Der General stand im Verbund mit dem jungen Schulzen. Jetzt wurde mir auch klar, woher dieser das Geld hatte, um seine Saufkumpane auszuhalten. Böse war er durch und durch. Welche Händel genau er aber für den General getrieben hatte, blieb mir ein Rätsel.

»Vielleicht gibt es zwei Mörder. Unabhängig voneinander …«, mutmaßte der Dagg.

Ich schüttelte den Kopf. In der Ferne hallten Schüsse. Sie kamen aus südlicher Richtung. Auch Menschen mit Fackeln näherten sich.

»Kommt, Dagg, helft mir!«, bat ich. Der Jäger stützte mich, wobei ich mich an seine Schulter klammerte, und gemeinsam liefen wir, so schnell es die Dunkelheit und meine Verwundung zuließen. Der Vollmond stand mittlerweile fast im Zenit. Schienen die Bäume den Gierfraß mit ihren breiten Stämmen und tiefen Schatten schützen zu wollen, so versuchte der helle Mond, uns zu helfen.

Nahe einer Quelle, die auf einer Wiese entsprang und einen kleinen Bachlauf durch den Wald sandte, trafen wir auf Kosemaul. Er saß auf einem Baumstumpf und lud seine Pistole. Als er uns bemerkte, sprang er auf und rief erregt: »Na, ick dachte schonn, ihr seid verlornn jejangen. Zum Glück is heute Vollmond, denn ewen hawe ich den Jeneral anjeschossen. Der Kerl lief mir hier jerade üwern Wech.«

»Und wo ist er jetzt?«

»Er konnte fliehen, awer jetroffen hawe ick ihn. Wahrscheinlich inne Flanke.«

»Hoffentlich habt ihr nicht das Kind erwischt, Kosemaul!« Sorgenvoll sah ich mich um.

»Nee, nee, Krosich. Die Kleene rannte zwar an seiner Hand mit, awer ihr wisst doch, wie jut ick schießen kann.«

»Er kann nicht weit sein!«, meinte der alte Dagg.

»In die Richtung is er.« Kosemaul zeigte nach Osten, wo sich ein Birkenwald erstreckte. »Der Kerl sah ziemlich gruselich aus.«

XXV

Während wir in die gewiesene Richtung marschierten, informierte ich Kosemaul über den Kampf im Wald und dessen tödlichen Ausgang.

»Na so was, der Schulzensohn ohch, hätt ick nich jedacht! Aber dessen Benehmen während der Leiche kam mir gleich spanisch vor!«

Die Birken standen nicht so dicht und finster grimmig wie zuvor die Eichen. Vereinzelt wuchsen einige kleinere Büsche zwischen ihnen, die das Sichtfeld einschränkten.

Wir sahen, dass sich hinter einem der Stämme etwas bewegte. Sofort blieben wir stehen. Der alte Dagg legte den Finger auf die Lippen und gebot uns Schweigen.

»Was hättet Ihr nicht gedacht?«, ertönte plötzlich eine Stimme aus dem Dunkel.

Es war der General, wie wir am Tonfall erkannten. Im nächsten Moment trat er einen Schritt heran; wie ein graues Granitmonument erhob er sich vor uns im Mondlicht. Das Scheusal hielt die kleine Dragana im Würgegriff fest an der Seite. Gott sei Dank lebte sie noch.

»Keinen Schritt weiter, meine Herren!«

»General, lasst das Mädchen frei und ergebt Euch. Ihr bekommt eine …«

»Krosigk, Krosigk, Krosigk … Ihr lebt also noch. Aber glaubt Ihr wirklich, ich könnte dieses schöne Kind gehen lassen?«

»Eure Chancen stehen schlecht, General. Wir wissen um Euch und Euer mörderisches Treiben!«

»Na wenn schon«, entgegnete er kalt, und legte dem Mädchen eine große Klinge an den Hals. »Ein Schnitt nur, und schon ist es mit ihrem jungen Leben vorbei! Schade nur, dass Ihr sie ohnehin nicht retten könnt, denn dieses verfluchte Kind nehme ich mit – in die Hölle! Haaahaaah!« Wieder lachte er dieses zähe, wahnsinnige Lachen.

Männer mit Fackeln näherten sich uns, und bald konnte ich die ersten Dreispitze der königlichen Dragoner erkennen. Sie hatten die Bajonette aufgepflanzt und durchstachen jeden Busch. *Mit dieser Methode könntet ihr ebenso gut das Kind treffen,* ging es mir durch den Kopf.

Langsam legte ich die Hand auf den Griff meines Hirschfängers. Doch der General schien es zu bemerken. Er schob Dragana vor sich und drückte sie auf die Knie nieder. Dann verkrallte er sich in ihren Schopf, bog ihren Kopf zurück und entblößte ihren weißen Hals.

»Zieht Ihr Eure Waffen, werde ich meinem Schlachtopfer augenblicklich die Gurgel abschneiden!« Er nahm das im Mondschein blinkende Messer und setzte es an die schutzlose Kehle seiner Geisel.

Ich hob meine Hände und bedeutete meinen Begleitern, die Waffen ebenfalls stecken zu lassen und nichts zu unternehmen, was den General reizen und dem Kind schaden könnte.

»Warum, General, warum?«, fragte ich ihn.

»Ach, Krosigk, nennt es Lust, nennt es Wahn, wie dem auch sei. Ich habe es genossen, doch jetzt ...«

»Wartet, General, wartet. Euer Bruder ...«

»... ist tot. Tot und vergessen. Ihr habt seinen Kadaver doch gesehen, Krosigk!«

»Wisst Ihr, dass dieses Kind dort, die Kleine, die Ihr so abscheulich meucheln wollt, Eure Nichte ist?«

Der General lachte höhnisch. »Meine Nichte? So ein alter Buhlteufel. Na ja, hübsch ist diese Zigeuner-Metze ja, aber ihr gleich einen Balg machen?«

»Wisst Ihr auch, dass Euer Neffe sich ebenfalls aus dem Staube gemacht hat?«

»Mein Neffe? Ein elender Versager, auch ihn hat mein Bruder dort unten angekettet, seinen eigenen Sohn! Aber ich gab ihm die Freiheit.«

»Hat er wie Ihr ...«

»Vielleicht, Krosigk, vielleicht! Wer weiß das schon? Haaahaaah, mein kleiner Neffe, auch er ein Monstrum! Na, nicht auszudenken, das scheint ja eine gute Familientradition bei uns zu sein.«

Um den General weiter hinzuhalten, fragte ich ihn: »Welche Rolle spielte der Schulzensohn?«

»Ein Mitläufer, ein Taugenichts, dabei ziemlich böse und willfährig. Er schaffte mir bisweilen Mädchen heran, sogar aus seiner eigenen Sippe. Auch hatte er die Aufgabe, Euch zu erschrecken. Die Wolfsmaske war dabei seine Idee. Wo ist er überhaupt?«

»Er ist tot.«

»Ein Versager eben!«

»General …«

»Krosigk, schweigt still! Ich bin Eurer Fragen müde. Denkt nach, Ihr seid doch ein so kluger Kopf. Im Übrigen, wie haben Euch an jenem Abend meine Delikatessen geschmeckt, Ihr wisst schon, erinnert Euch, ›zart wie gezuckerte Täubchen‹? Haaah, welch ein Spaß! Ihr könnt Euch gar nicht vorstellen, wie ich mich insgeheim amüsiert habe. Aber musstet Ihr *partout* den restlichen Abend mit Eurer blöden Fragerei über den Gierfraß verderben?«

»General …«

In diesem Augenblick brachen die ersten Dragoner mit ihren Fackeln zu uns durch. Im Schein des Lichtes glich der General einem Gespenst, wie man es von zahlreichen Kupferstichen kennt. Und wahrhaftig, er war nur mit einem weißen Morgenmantel und seinen Reitstiefeln bekleidet. Einer der Soldaten legte sein Gewehr an.

Erregt wandte ich mich ihm zu: »Nein, nicht schießen, nicht schießen!« Der Schütze ließ den Gewehrlauf sinken, und als ich mich wieder zum General umdrehte, war dieser verschwunden.

»Wo ist er hin?«, fragte ich entsetzt.

»Folcht mir, er is noch in Sichtweite«, antwortete mir Kosemaul. Vorsichtig hefteten wir uns dem General an die Fersen, der, immer mit der Klinge am Hals des Kindes, vor uns herlief. Jetzt konnte er uns nicht mehr entkommen. Tatsächlich humpelte er und verlor Blut. Über seinem rechten Oberschenkel war der Hausmantel eingerissen. Kosemaul hatte ihn also tatsächlich getroffen. Er schleppte sein Opfer gut 400 Schritt, ohne dass wir etwas unternehmen konnten.

Die Verfolgung hatte uns zu den Ruinen des Klosters zurückgeführt. Düster und geheimnisvoll erhoben sich die Mauern und Kreuzgänge. Überall lagen eingestürzte Mauerteile und Werksteine herum. Die Mauern waren mit Gestrüpp bewachsen und von zahllosen Fledermäusen umflattert. Durch die eingebrochenen Teile der Maßwerkfenster drangen die Mondstrahlen und erzeugten vielfältige Schatten und Figuren.

Auch die Soldaten mit den Fackeln waren uns gefolgt. Beesenacker erschien und flüsterte mir zu, dass seine Männer mit den Bauern das gesamte Kloster umstellt hätten. In diesem Moment schien es mir, als wären wir nicht die Einzigen, die den General jagten, denn in der Dunkelheit gewahrte ich viele leuchtende Augenpaare, die nicht von Menschen stammten. Hatte sich etwa der ganze Wald auf die Hatz begeben?

Der General kam in den Ruinen der Apsis zum Stehen, deren Gewölbe nur zum Teil eingestürzt war. An den Wänden standen verwitterte und von Efeu umrankte Epitaphien der einstigen Abteibewohner. Hatten die Äbte und Mönche jemals auch nur im Entferntesten geahnt, welch schaurige Ereignisse sich einst vor und in ihren Mauern abspielen würden? Und war das Kloster nicht indirekt selbst vom Fluch des slawischen Ritters berührt? Im Zentrum der Apsis erhob sich ein steinerner Altar; als er ihn erreichte, hielt der General keuchend inne und wandte sich um. Als er mich sah, sprach er ein letztes Mal.

»Noch eines sage ich Euch, Krosigk, dann muss es gut sein. Den Pfaffen, diesen Klugschwätzer, habe ich gemeinsam mit dem Schulzensohn gehängt. Diesen Verräter an unserer Familie!«

»Er schrieb eine Chronicka und hatte Sie im Verdacht, General.«

»Was für ein einfältiger Mensch! Schon mein Bruder, dieser Tölpel, ließ unsere Familiengeschichte malen. Ich habe alle verräterischen Bilder und auch die Grabmäler unkenntlich gemacht. Ich hätte bequem so weitermachen können, aber Ihr musstet Euch ja einmischen …«

»Ich handelte auf Befehl Seiner Majestät des Königs.«

»Des Königs?« Der General stutzte und verdrehte schauerlich die Augen. Die Perücke hatte er bei seiner Flucht verloren. Im fahlen Licht des Vollmondes ähnelte sein kahles Haupt einem mit Pergament bezogenem Totenschädel. Sein Morgenmantel war offen, und ich konnte erkennen, dass der General darunter nackt war. Ihm zitterte die Hand. Kosemaul erhob seine Pistole und zielte auf die Stirn des Generals. Ich drückte ihm die Waffe vorsichtig nieder. Ich versuchte es ein letztes Mal.

»Euer Morden wäre früher oder später sowieso ans Tageslicht gekommen. Gott hätte …«

»Was hätte Gott? Nichts hätte Gott!«, brüllte er. »Aber jetzt schweigt und lasst uns die Sache beenden. Denn …«

Weiter kam der General nicht. Mit einem ungeheuren Satz flog in diesem Augenblick ein großer schwarzer Wolf durch ein Fenster der Klostermauer, sprang den General an und verbiss sich in dessen Hals. Der Angefallene verlor das Gleichgewicht und stürzte zu Boden, wobei er Dragana aus seinen scheußlichen Fängen ließ. Das Kind sackte unverletzt zu Boden und wurde sogleich von dem hinzuspringenden Kosemaul zur Seite gezerrt. Der alte Dagg wollte sein Gewehr anlegen, doch ich hielt ihn davon ab.

»Nein, Dagg!«

Der Wolf war mein alter Bekannter. Er lieferte sich mit dem Gierfraß einen kurzen, heftigen und ungleichen Kampf. Mit grimmiger Wut und fletschenden Zähnen zerriss er sein Opfer in Stücke. Zum Schluss trennte er mit einem Biss seiner mächtigen Kiefer das Haupt des Mörders vom Rumpf, und ehe wir uns versahen, war das ganze Rudel heran und fiel über die Reste des feigen Kinderschlächters her.

Die Wölfe fürchteten selbst die Fackeln und Soldaten nicht. Einer nach dem anderen verschwanden sie in den Tiefen des Waldes, und selbst die kleinsten unter ihnen trugen Fleischstücke oder blutende Innereien in ihren Mäulern davon. Während ich ihnen zusah, schien es mir, als hätten die Wölfe von Anfang an gewusst, dass der General jenes teuflische Wesen war, welches wir den Gierfraß nannten. Sein Tod rächte die toten Wölfe ihres Rudels.

Zurückgelassen hatten sie nur den abgebissenen Kopf des Generals. Er lag auf dem Altar, mit blutig gefletschtem Gebiss, und blickte starr ins Leere.

Neben dem Altar stand noch der alte schwarze Isegrim. Er blickte mich aus glühenden Augen an, so als wollte er sagen: *Jetzt ist es vorbei mit dem Morden. Ich habe den Gierfraß genauso gejagt wie du, schon seit langer Zeit. Ihr aber, ihr glaubtet, wir wären es, die eure Kinder reißen. Wir sind Wölfe und wir töten – aber nur zum eigenen Überleben. Aus Vergnügen töten nur die Menschen. Ihr seid das Böse.*

Ich nickte ihm fast unbewusst zu. Darauf ging der Leitwolf langsam zum Altar, schnappte den abgebissenen Kopf mit dem Maul und schleuderte ihn vor unsere Füße, ehe er seinem Rudel in die Nacht hinaus folgte.

So fand also in den Mauern der Klosterruine jene Geschichte ein Ende, die hier vor vielen Generationen ihren Anfang genommen hatte. Aber war sie wirklich zu Ende?

»Was macht eijentlich der Neffe, das blöde Bübchen?«, fragte in diesem Augenblick Kosemaul, der kleinen Dragana den Kopf streichelnd. Ich erstarrte.

»Ick glowe, der is ohch'n Jierfraß.«

EPILOG

General Albrecht von Wolfsdorf hatte ein schnelles unrühmliches Ende gefunden; ein unrühmliches verdienterweise, ein schnelles vielleicht unverdient. Angesichts seiner Verbrechen wäre das Rad eine angemessenere Strafe gewesen, als er sie erlitt. Bis auf einige Fetzen seines Hausmantels, die am Morgen von den Dragonern Beesenackers eingesammelt wurden, und seinem Kopf mit der verzerrten alten Fratze und den leblosen gelben Augen war von dieser menschlichen Bestie nichts übrig geblieben.

Hätte ich den alten Dagg gewähren lassen, hätte er den Wolf erschossen und dadurch den General gerettet. Hätten wir den General lebend in die Hände bekommen, hätte er sich ärgstenfalls herausgeredet oder wäre sogar entflohen. Nein, dies war Gottes Urteilsspruch, und er war gerecht und nicht in Zweifel zu ziehen.

So also endete der Gierfraß, der doch nur ein Mensch gewesen war. Doch das Gräulichste und Furchtbarste an diesem Fall stand uns erst noch bevor. Als wir die sterblichen Überreste all der armen Ermordeten bargen, zählten wir siebzehn Opfer – allesamt zierliche Mädchen, ganz jung an Jahren! Der General hatte sich nicht nur Kinder aus der Gegend gesucht, was auch aufgefallen wäre, er hatte, wie es der Stallknecht aussagte, von Feldzügen und Manövern immer wieder junge Mädchen mitgenommen und auf sein Schloss gebracht, ihnen oder ihren Eltern, die sie im Guten hergaben, Brot und Unterkunft für sie versprochen, nur um sie zu ermorden. Gar nicht auszudenken ist, welch grausame und qualvolle Dinge dieser moderne Gilles de Rais den hilflosen Kreaturen vor ihrem Tode in seiner Perversion noch zugefügt haben mochte!

Und dabei war noch gar nicht klar, ob die bekannten und anhand der Skelette in den Kellern nachweisbaren Opfer tatsächlich das gesamte Schandwerk des Generals repräsentierten oder ob er noch weitere ermordete Mädchen verscharren oder einfach im Wald liegen ließ. Dies weiß der gütige Gott allein.

Offiziell hieß es damals in den Gazetten, der ehrenwerte und höchst verdienstvolle General Herr Albrecht von Wolfsdorf sei tragischerweise bei einem Jagdausflug ums Leben gekommen. Den scheußlichen Kopf hat man in der Familiengruft derer von Wolfsdorf entsorgt. Ein Epitaph erhielt der Mörder nicht. Sein Neffe verfügte nicht einmal Glockengeläut für ihn, was er immerhin hätte veranlassen können, denn der General kam ja durch den Angriff eines Wolfes ums Leben und nicht durch die Hand des Scharfrichters.

General Johann II. von Wolfsdorf, der mit der Ankettung der männlichen Glieder der Familie dem Treiben der Gierfräße ein Ende setzen wollte, hatte gerade dadurch einen oder zwei neue Mörder hervorgebracht. Denn dass das Anketten in diesen Nischen bei seinem Sohn und seinem Bruder krankhafte Wahnvorstellungen hervorgebracht hatte, stand für mich außer Frage. So hatte er, um das Böse zu bezähmen, es erst ganz hervorgelockt. Dass es schon immer Gierfräße in der Wolfsdorfschen Familie gegeben hat, ist anzunehmen, wenngleich eine vollständige Aufklärung nicht mehr möglich ist.

Woran ich nicht glaube, ist, dass ein Fluch am Anfang dieser über Generationen vererbten Schrecknisse stand. Wohl eher war es umgekehrt: Eine höchst seltsame und schreckliche Familiengeschichte wurde zum Ursprung einer Sage.

Die Mumie Herrn Johann von Wolfsdorfs wurde noch vor den Resten seines vermaledeiten Bruders mit allen Ehren in der Familiengruft beigesetzt. Auch Magister Schmalhaus erhielt ein standesgemäßes Begräbnis.

Seine Majestät der König schenkte diesem Fall weiter keine Beachtung, da er durch den Tod des Generals als abgeschlossen galt. Die Familienehre derer von Wolfsdorf sollte durch diese bedauernswürdige Entgleisung eines Einzelnen nicht geschmälert werden. Auch wäre ein allgemeines Bekanntwerden des Falles dem öffentlichen Ansehen der Offiziere im Heere Seiner Majestät abträglich gewesen, und dies wiederum wäre nichts Geringerem als verderblichem Defätismus gleichgekommen.

Kurzum, die Wahrheit kam nie ans Licht.

Das Schweigen der Dorfbewohner erkaufte man mit der Streichung verschiedener Abgaben und der Androhung drakonischer Strafen bei Verbreitung von Gerüchten bezüglich der Person des Generals, ihres ehemaligen Herrn.

Mir war durchaus klar, dass der eine oder andere unter den Dörflern von den Geschehnissen Kenntnis besaß oder zumindest schlimmere Ahnungen hegte, vielleicht sogar die üblen Taten seines Herrn und Gönners, wie im Falle des Schulzensohnes und des Stallknechts, gedeckt und befördert hatte.

Über den Tod des Schulzensohnes und seine üblen Verstrickungen habe ich bereits berichtet. Der General und er schlichen in der Nacht nach dem Bankett in die Kirche. Dort ergriffen sie den armen Magister Schmalhaus, als dieser gegen Mitternacht ins Gebet versunken war, und hängten ihn auf. Die Chronicka des Magisters habe ich übrigens Professor von Gundling übergeben, der sie höchst erstaunt entgegennahm. Er hatte Recht behalten: *Homo homini lupus* – der Mensch ist des Menschen Wolf.

Dem Dorfschulzen Falke wurde auf mein Verlangen wegen verschiedener Vergehen der Prozess gemacht. Er kam mit einer bedeutenden Geldbuße davon, jedoch zerfraß ihn der Gram über den Verlust seiner Söhne, und er starb ein halbes Jahr nach diesen Geschehnissen. Eine Mitwisserschaft an den Morden konnte man ihm nicht nachweisen.

Matthes, der alte Stallknecht, wurde als ein Mitwisser unter den bitterlichen Tränen seines Weibes und seiner Kinder und Kindeskinder auf einem Galgenhügel enthauptet. Das gleiche Schicksal traf noch zwei weitere Domestiken des Generals, die unter der Tortur ihre Mitwisserschaft gestanden hatten und hingerichtet wurden.

Kurz nach dem Tod des Gierfraßes begab sich Leutnant Beesenacker in den ›Krog‹, um das verruchte Wirtspaar festzunehmen. Die alte Sudelköchin und ihr versoffener Ehemann, der immer trunkene Schüttewürfel, waren gerade im Aufbruch begriffen, sprich: zur Flucht bereit. Bei ihrer Verhaftung ging es höchst tumultartig zu. Der Wirt, der von den besonderen Kochkünsten seines Weibes, die diese dem General angedeihen ließ, wahrscheinlich erst kurz vor dem Eintreffen der Soldaten erfahren hatte, stürzte beim Eintritt Leutnants Beesenackers im Rausch die Treppe hinunter und brach sich das Genick. Obzwar ich mir schon bei der ersten Begegnung mit diesem Schalk geschworen hatte, sein dunkles Geheimnis zu lüften, muss ich heute bekennen, dass er einer von den Unschuldigen in diesem Falle war.

Seine Vettel aber, mittlerweile von panischer Angst oder einer Art Schwachsinn erfasst, leistete den Dragonern verzweifelten Widerstand, warf mit Messern, schrie, krakeelte, keifte und gebärdete sich wie eine Furie. Schließlich wurde sie doch dingfest gemacht, in Ketten gelegt und nach Königsberg geschafft. Unter der Tortur bekannte das Schandweib, dem General häufig Hände und Füße von kleinen Mädchen zubereitet zu haben. Jedoch an jenem Tag, als die Herren Criminalkommissäre zu Gast waren, habe sie die Hände gegen Kalbsfüße ausgetauscht. Sie habe Angst gehabt, die Sache würde rauskommen.

Wie sehr wünsche ich, ich könnte dieser Aussage Glauben schenken! So mancher Albtraum, der mich noch heute heimsucht, so mancher plötzliche Brechreiz bei einem gänzlich unschuldigen Mahle bliebe mir erspart.

Das Weib wurde als Mitwisserin an den Verbrechen mit dem Schwert abgestraft, eine Gnade, die ihr der König gewährte, denn das Preußische Criminalkollegium sah für dieses Teufelsweib die Strafe des Räderns von oben herab vor.

Die Küstersfrau, die schon schwer vom Alkohol gezeichnet war, starb etwa vier Wochen nachdem wir das Dorf verlassen hatten. Sie erbrach sich im Schlaf und erstickte an ihrem Ausgeworfenen.

Kurz nach Abschluss des Falls erreichte mich ein Brief des alten Dagg. Darin schrieb er mir, dass man unmittelbar nach unserer Abreise die Leiche eines jungen Mannes gefunden habe. Er lag splitternackt und übel zugerichtet im Wald. Man hatte ihm den Kopf abgeschlagen, der auch nach gründlicher Suche nicht gefunden werden konnte. Wahrscheinlich wollte der Täter dadurch die Identität seines Opfers verschleiern und eine Verfolgung verhindern, was auch gelang, denn die örtlichen Gerichte legten den Fall bald nieder. Der Leichnam, so der alte

Dagg, war wegen der kalten Jahreszeit nicht oder nur wenig verwest gewesen. Nur eines sei an ihm aufgefallen: die sorgsam manikürten Hände …

Vor wenigen Tagen traf ich den Neffen des Generals, Karl Hermann von Wolfsdorf, in Berlin. Tatsächlich war er kurz vor der Ankunft unseres Durchsuchungskommandos im Schloss seines Onkels gemeinsam mit seinem Adjutanten in Richtung Königsberg losgeritten. Der junge von Wolfsdorf, jetzt einziger Erbe des gesamten Familienbesitzes, schien in Eile, denn kaum wurde er meiner Person ansichtig, wandte er sich ab und wollte das Weite suchen. Doch ich war schneller und hielt ihn freundlich zurück.

»Herr von Wolfsdorf, Ihr in Berlin?«, fragte ich leutselig, ihn dabei jedoch scharf musternd. Dem jungen Herrn war unser Wiedersehen sichtlich unbehaglich, denn er druckste herum und flüchtete sich in verlegenes Räuspern. Dann aber straffte er sich und fragte unwirsch, was ich von ihm wolle.

»Nicht viel, Herr von Wolfsdorf«, antworte ich, »gestattet mir nur eine Frage. Was macht Euer Adjutant, der junge Freiherr von Greifenberg?«

Er sah mir hart in die Augen und antwortete: »Dieser Lump ist desertiert – desertiert! Ein Skandal, man glaubt es kaum. Dabei stammt er aus bester Familie. Aber wie Sie selbst wissen werden, lieber Krosigk, kommt so etwas vor, bedauerlicherweise, aber es kommt vor.«

Der Lump war er selbst, doch konnte ich ihm nichts beweisen. Am liebsten hätte ich ihn regelrecht ins Kreuzverhör genommen, er aber schüzte Eile und dringende Obliegenheiten vor.

»Ich stehe jetzt direkt im Dienst des Königs, unserer Majestät, da hat man nicht mehr so viel Zeit. Deshalb, mein lieber Krosigk, müsst Ihr mich jetzt entschuldigen. Staatsgeschäfte!«

»Wo kann man Sie in den nächsten Wochen antreffen, Herr von Wolfsdorf?«

»In den nächsten Wochen, mein lieber Krosigk, weile ich auf einer ausgedehnten Reise, meiner Hochzeitsreise, Ihr versteht – die schöne Baronesse von Klitsch.« Bei dieser Mitteilung blinzelte er mir schlüpfrig und hochfahrend zu. Angewidert wandte ich mich ab.

Ragana und ihr Töchterlein, die kleine Dragana, verließen schließlich das Dorf. Ich weiß nicht, wohin. Ich habe das schöne Zigeunerweib nie wieder gesehen. Ob sie ihrem Kind jemals erzählt hat, dass adliges Blut durch seine Adern fließt?

Mir selbst verblieben nicht allzu viel Zeit und Muße. Ich war noch nicht lange aus Ostpreußen zurückgekehrt, da erwartete mich eines Tages vor der Tür meines Hauses ein Gendarm mit einer neuen Order. Schon von Weitem erkannte ich das Siegel des *Ministre de Justice.*

Neben dem Gendarm stand Kosemaul und grinste breit.

»Ick glowe, wir müssen wieder rann!«

Band 2 in Vorbereitung:
Der Crako und das Giftmädchen

Anmerkungen, Worterläuterungen, Personen und Rezepte

Neben Nachzehrer und Doppelsauger sind Gierfraß oder Gierrach unterschiedliche Namen für den preußischen Blutsauger. Das slawische Wort Vampir findet sich zur Zeit unserer Geschichte in den deutschen Ländern noch nicht. Erst ab 1732, mit dem Fall der Blutsauger von Medwedia in Serbien und den daraus entstandenen Schriften, ist er für den deutschsprachigen Raum nachweisbar. Der Glaube an Blutsauger hielt sich in Preußen bis in die Mitte des 19. Jahrhunderts.
Bedingt durch slawischen Einfluss verschwimmen die Charaktere des Blutsaugers oft und vermischen sich mit den Eigenschaften der Werwölfe, die sich besonders von Litauen aus verbreiteten. Hier besitzt der Gierfraß sowohl die Eigenschaften des Blutsaugers als auch des Werwolfs. Der in diesem Roman dargestellte Fall ist fiktiv.

Apsis: halbrunder Chorraum einer Kirche.

Auerswald: Fabian von Auerswald, geboren um 1460, gestorben um 1540. Lehrer der sächsischen Prinzen im Ringkampf, gab 1539 das erste gedruckte Lehrbuch zur Ringkampfkunst heraus.

Augustinus: geboren 354, gestorben 430. Asketisch lebender Kirchenlehrer, verfasste zahlreiche theologische Bücher, beschäftigte sich mit dem Bösen und wirkte in hohem Maße auf das Mittelalter und Luther.

Bärenkopf: Nehmt einen Bärenkopf, nachdem derselbe wie ein Schweinskopf abgeschnitten wurde, und brennt ihn ebenso wie einen Schweinskopf mit einem heißen Eisen ab. Wenn ihr ihn nun genügsam gebrannt habt, so schneidet ihm auch vorn am Maul das Fleisch los, schneidet ihm auch die Nase inwendig entzwei, damit solche überbrochen werden kann. Hierauf wascht ihn sauber ab, setzt ihn in Wasser, Wein und Essig zum Feuer, werft daran viel Salz, allerlei Kräuter wie Thymian, Salbei, Ysop, Lorbeerblätter, Rosmarin, Zwiebeln und dergleichen, worin er so lange kochen muss, bis er weich wird. Ist er nun gar, so hebt ihn vom Feuer weg, und lasst ihn in der Sülze erkalten. Soll er endlich angerichtet werden, müsst ihr ihn aus dem Topf herauslangen, gut beschneiden und ihn aufs Beste verzieren. Ihr könnt ihm auch eine Zitrone oder einen schönen Borsdorfer Apfel ins Maul geben. Dann ist er zum Auftragen fertig. (Aus: Nutzbares, galantes und curiöses Frauenzimmer-Lexikon, ausgestellt von Amaranthes, Leipzig 1715, herausgegeben von Manfred Lemmer, Frankfurt am Main 1980.)

Böse Sieben: So heißen insgemein die zanksüchtigen und bissigen Weiber, die Tag und Nacht murren und mit ihren Männern vetteln.

Bohlenstube: eine am Boden, an den Wänden und der Decke mit Holzbrettern/Bohlen ausgeschlagene Stube.

Brotsuppe: Schneide schmale Scheiben von schwarzem Brot, gieße frisches Wasser darauf und lass es so am Feuer weich kochen und quirle es fein. Nun nimm einige Löffel sauren Rahm, ein paar Eier und ein Stückchen frische Butter, quirle dies ebenfalls und gebe es zu dem gekochten Brot. Lasse alles ein wenig zusammen aufkochen, und fertig ist die Brotsuppe. (Aus: *Neues Kochbuch für bürgerliche Haushaltungen,* Augsburg 1998, unveränderter Nachdruck des einzig bekannten Exemplars der Universitäts-Bibliothek, erschienen bei Rudolf August Wilhelm Ahl, Coburg 1796.)

Decolliert, Decollierung: enthauptet, Enthauptung.

Der große Krieg: Der alte Dagg meint hier den Dreißigjährigen Krieg, der von 1618 bis 1648 dauerte.

Der »tolle Markgraf«: geboren 1700, gestorben 1771. Der Crako bezieht sich bei diesem Vergleich auf den Markgrafen Friedrich Wilhelm von Brandenburg-Schwedt, den man wegen seiner Allüren und groben Späße auch den »tollen Markgrafen« nannte. Am Hof dieses Draufgängers wurden zahlreiche Reiterkunststückchen vollbracht, wie z. B. das Durchreiten drehender Windmühlenflügel, der Absprung von einem durchgehenden Gespann oder der Ritt auf einem gezähmten Hirsch.

Die Türken verprügelt …: Kosemaul spielt auf den großen Türkenkrieg von 1683 bis 1699 an, in dem auch Preußen unter der Fahne des Kaisers gegen die Türken kämpften.

Dorfschulze: abgeleitet vom Schulzenamt, Dorfältester mit gewissen richterlichen Befugnissen.

Epitaph: Grabmal.

Formidabel: veraltet für Furcht einflößend, abschreckend.

Fuß: altes deutsches Längenmaß, ca. 30,48 Zentimeter.

Gilles de Rais: geboren 1404, französischer Edelmann, Gefährte der Johanna von Orleans, Marschall, Serienmörder, tötete und vergewaltigte in grausamen Riten mindestens 140 Knaben, wobei eine Dunkelziffer die Zahl von 400 nennt, wurde 1440 gehängt und anschließend verbrannt.

Gundling: geboren 1673, gestorben 1731. Freiherr Paul Jakob von Gundling, Historiker, Geograph, von der preußischen Hofkamarilla angefeindeter Gelehrter, Präsident der Akademie und Ratgeber des Königs in Finanz- und Wirtschaftsfragen, von diesem im berühmten Tabakskollegium, dem allabendlich stattfindenden Stammtisch des Königs, bei Bier und Tabak oft als Narr und Possenreißer gedemütigt, wurde schließlich auch in einem Weinfass beerdigt.

Hechtsuppe: Nimm den Hecht, enthäute ihn und zerlege ihn in Stücke. Nun nimm einen guten Wein, schneide Äpfel fein klein und lass sie eine Viertelstunde darin sieden. Jetzt lege den Hecht darein, lass ihn sieden und würze ihn. Gib ungefähr acht Limonen oder Zitronen hinein, auch etwas nicht zu scharfen Essig, färbe ihn gelb mit Safran und lass ihn sieden, bis er fertig ist. (Aus: *Das Kochbuch der Sabina Welserin,* Handschrift von 1553, herausgegeben von Hugo Stopp mit einer Übersetzung von Ulrike Gießmann, Heidelberg 1980.)

Kanaille: Schurke, Schuft; aber auch: Gesindel, Pack oder Pöbel.

Kapitel III: Die Bücher, die Professor von Gundling dem Crako übergab und die dieser für seine Aufzeichnungen nutzte, waren folgende: Heinrich Rochs *Neue Laußnitz-, Böhm- und Schlesische Chronicka* von 1687, Johann Stieflers *Loci Theologiae Historici* von 1686, Institoris *Hexenhammer* von 1487 und Wolfgang Buetners *Epitome historiarum* von 1596 sowie handschriftliche Notizen des Gelehrten.

Kapitel XX: Die Bücher, die der Crako in der Bibliothek des Magisters Schmalhaus vorfand, waren folgende: das *Theatrum Europaeum* des *Matthäus Merian* bis 1729, vier Bände von Werner Happels *Größte Denkwürdigkeiten der Welt*, Hamburg 1683 bis 1691, Georg Philipp Harsdoerffers *Schauplatz jämmerlicher Mord-Geschichte*, Frankfurt und Hamburg 1693, Fortunius Licetus' *Tractat von den Ungeheuern* von 1665, Theophilus Spizels *Macht der Finsternis*, Augsburg 1687, und Theophilus Laubes *Von der Lycanthropia*, Frankfurt 1686.

Kombattant: Mitstreiter, Kämpfer.

Leutnant von Katte: Leutnant Hans Hermann von Katte, entstammte einer alten Adels- und Soldatenfamilie, wollte gemeinsam mit dem preußischen Thronfolger Friedrich, dem späteren Friedrich II., genannt der Große, vom Hof des Vaters, des Soldatenkönigs Friedrich Wilhelm I., fliehen. Der König ließ Katte am 6. November 1730 vor den Augen des jungen Friedrich enthaupten. Das harte Urteil des Königs hinterließ weit reichende Spuren und wird auch heute noch unterschiedlich interpretiert.

König Friedrich Wilhelm I.: geboren am 14. August 1688, heiratete Sophie Dorothea aus dem Hause Hannover, regierte von 1713 bis zu seinem Tod 1740, ging als »Soldatenkönig« in die Geschichte ein, war erfüllt von Gehorsam, Arbeit, Pflicht und Gottesfurcht, fühlte sich als »Amtmann Gottes und Diener des Staates«, reformierte Preußen, dämmte massiv die Beamtenbürokratie ein, Sanierer der Staatsfinanzen, förderte die Wirtschaft, nahm verfolgte Hugenotten und Salzburger auf und schuf eine neue schlagkräftige Armee, die er allerdings, anders als sein Sohn Friedrich, der spätere Friedrich der Große, nicht einsetzte. Bekannt sind daneben die Sitzungen im Tabakskollegium (vgl. Gundling) und seine »Langen Kerls«. Seinen Lieblingsaufenthalt nahm der jähzornige und nicht mit dem Prügelstock sparende König im spartanisch eingerichteten Schloss Wusterhausen.

Leopold von Anhalt-Dessau: geboren 1676, gestorben 1747. Besser bekannt als der »alte Dessauer«, energischer, rücksichtsloser und roher, aber auch siegreicher Kommandeur in kaiserlichen Diensten, später enger Freund und Wegbegleiter des »Soldatenkönigs«, mit dem er die Liebe zum Militär und autoritären Entscheidungen teilte, führte den harten Drill, den Gleichschritt, den eisernen Ladestock sowie exakte Exerzierreglements und zahlreiche Neuerungen im preußischen Heer ein. Feldmarschall.

Lukullus: Lucius Licinius Lucullus (117–56 v. Chr.), römischer Feldherr und Konsul, berühmt für seine Gastmahle. Sprichwörtlich für: Feinschmecker, Schlemmer.

Nischen: Ähnliche Nischen existieren zum Beispiel noch auf der Alten Burg Penzlin in Mecklenburg.

Par force jagen: Hetzjagd zu Pferde mit Hunden.

Pavesen: große Schilde, die den Körper eines oder mehrerer Männer schützen konnten.

Pulvern: verbrennen.

Quacker: große runde Feldsteine aus hartem Gestein.

Rabenstein: Galgenstätte, Galgenhügel, so benannt nach den Raben und Krähen, die um die Galgen und Räder flogen und an den Gerichteten fraßen.

Rädern von oben herab: Nach dem Hängen und Enthaupten war das Rädern die häufigste Hinrichtungsart des Mittelalters und der Neuzeit bis zum Ende des 18. Jahrhunderts. Dem Missetäter wurden die Glieder und manchmal auch der Rücken mit einem Wagenrad zerstoßen, der Leib dann zwischen die Radspeichen geflochten und das Rad waagerecht auf einen Pfahl aufgerichtet. Zwei verschiedene Formen, neben zahlreichen Varianten, sind hervorzuheben: Als leichtere galt das Rädern »von oben herab«, wobei der Henker vor dem eigentlichen Rädern durch Enthauptung oder Brechen der Wirbelsäule oder des Genickes den sofortigen Tod des Missetäters herbeiführte, als schwerere das Rädern »von unten«, wobei dem Täter zunächst Arme und Beine gebrochen wurden, sodass er, bereits auf das Rad geflochten, manchmal noch tagelang lebte. Das Rädern galt als Todesstrafe für Mord oder besonders schwere Verbrechen, vereinzelt auch bei Frauen.

Ringkragen: Brustschild der preußischen Offiziere. Der Ringkragen stellte ein Überbleibsel des Brustharnischs der Ritter dar und sollte seinen Träger auch als Vertreter des Adels repräsentieren.

Samuel Freiherr von Cocceji: geboren 1679, gestorben 1755. Seit 1727 einer der Justizminister König Friedrich Wilhelms I., 1737 Chef des Justizdepartements (Ministre Chef de Justice), Großkanzler, Reformer des preußischen Justizwesens, Herausgeber bedeutender Lehrbücher und einer Zivilprozessordnung.

Schalksname: Verbrechername.

Spießruten: auch Spießrutenlauf oder Gassenlaufen, aus dem 16. Jahrhundert stammende Militärstrafe, wobei der Bestrafte durch eine Doppelreihe von Soldaten laufen musste, die ihn gleichzeitig mit Stöcken schlugen.

Spinneganker: Spinneweben.

Venerische Lust, auch venerische Krankheit: Syphillis.

vetteln: streiten, zanken.

Viertel Meile: etwas mehr als 1,5 km, eine Meile entspricht ca. 7,5 km.

Werber: auch Anwerber, zumeist Angehörige einer Armee, die mit unterschiedlichen Methoden neue Rekruten »anwerben«.

Bildnachweis für den Frontispiz:
Der Werwolf von Neuses. Kupferstich von 1685.
Tatsächlich handelte es sich um einen Wolf. Er wurde in menschlicher Kleidung und mit einer Maske und Perücke versehen an einen Galgen aufgehängt. Sollte sich der Werwolf zurückverwandeln, wäre er nicht nackt, sondern bekleidet gewesen.

DAS OBSCURUM

Mord- und Schauergeschichten aus Chroniken des Alten Europa

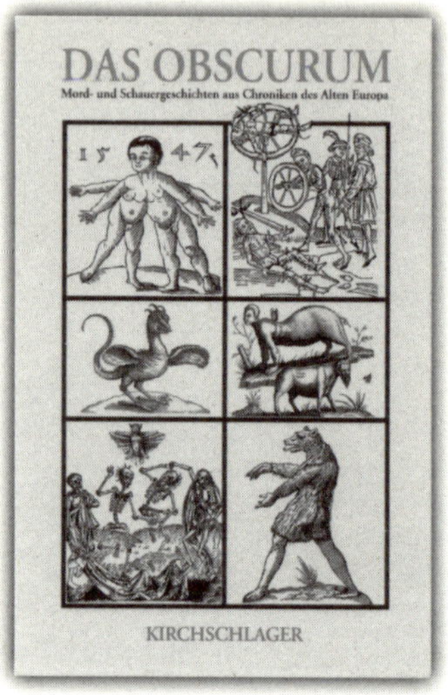

320 Seiten, 45 Abbildungen, Lesebändchen
ISBN 3-934277-09-8, 18,80 Euro

Herausgegeben von Lothar Bechler und Michael Kirchschlager.

DAS OBSCURUM enthält 130 Geschichten von Monstren, Serienmördern, Menschenfressern, Hexen, Werwölfen, Vampiren und Geistern, erschrecklichen Martyrien sowie bösen Taten der Wollust und Habgier. Der besondere Reiz der schaurig-morbiden und zum Teil fantastischen Geschichten liegt in ihrem Wahrheitsgehalt.
Die Herausgeber kommentieren, erläutern und entschlüsseln. Zahlreiche zeitgenössische Holzschnitte und Kupferstiche illustrieren diese einmalige Edition zur Kriminalgeschichte und zum Aberglauben des Alten Europa in einzigartiger Weise.

pax et gaudium: *Wer die vielen detaillierten Beschreibungen von Folterungen und Hinrichtungen liest, sollte jedenfalls nicht allzu zart besaitet sein.*

ICH WILL EIN GUTER KOCH SEIN

Küchengeheimnisse des Mittelalters und der Renaissance

288 Seiten, 136 Abbildungen,
Lesebändchen
ISBN 3-934277-08-X, 19,80 Euro

Von Michael Kirchschlager, Küchenmeister der ARD-Serie »Abenteuer Mittelalter«

Mit diesem prächtig gestalteten Kochbuch tauchen die Leser und Hobbyköche in die Geheimnisse der mittelalterlichen Küche ein. Der Historiker und Krimiautor Michael Kirchschlager, Küchenmeister der ARD-Serie »Abenteuer Mittelalter«, die auf Schloß Burgk in Thüringen spielte, hat aus etwa 8000 alten Rezepten die schönsten und kuriosesten ausgewählt.
Gewürzt wurde das Buch mit zahlreichen Anekdoten, Erläuterungen und interessanten Empfehlungen, die allesamt auf dem Erfahrungsschatz der alten Meister beruhen. So gibt Pfauenfleisch böses Geblüt, Bär schmecke besser wie Reh (zumindest die Tatzen) und Auerochsen jage man am besten in der Gruppe. Salat wird jungen Eheleuten nicht empfohlen, da er die eheliche Lust dämpfe, wohl aber dem Bischof. Wer die Bücher aus dem Verlag Kirchschlager kennt, kommt auch in puncto schwarzem Humor nicht zu kurz, denn ein Gericht für Damen empfiehlt z. B. ein Spanferkel mit lebendigen Aalen zu füllen und diese nach dem tranchieren über den Tisch laufen zu lassen … An anderer Stelle gibt es interessante Tipps für das »medizinische« Kochen, beruhend auf der Viersäfte-Lehre, »... denn erkennst du deine Natur, so weist du, was gut für dich ist«.
Dieses reich illustrierte Koch- und Lesebuch gewährt allen Freunden des verwöhnten Gaumens einen umfassenden Einblick in die Welt der mittelalterlichen Küche und ihrer originellen Möglichkeiten.

Karfunkel: *Da die historischen Rezepte nicht immer unseren modernen Ansprüchen von Genauigkeit entsprechen, ist zum tatsächlichen Nachkochen dann allerdings hin und wieder etwas Fantasie und Improvisationsvermögen gefragt.*

pax et gaudium: *Dieses Buch spricht jene an, die dem Mittelalter mehr als saufende, grölende Rittersleut' zutrauen.*

DER VAMPIR
in Legende, Kunst und Wirklichkeit

Taschenbuch
336 Seiten, 12,90 Euro
ISBN 3-935822-88-X

Der englische Filmkenner und erfolgreiche Krimiautor Basil Copper erzählt die Geschichte der Kinder der Nacht, die ewig nach Blut gieren – sogar über den Tod hinaus.
Bram Stokers *Dracula*, Sheridan Le Fanus *Carmilla* und der Sussex-Vampir, der von Sherlock Holmes und Dr. Watson gejagt wurde, sind nur einige der literarischen Figuren, die Copper in diesen Buch untersucht. Stummfilmklassiker wie *Nosferatu* werden ebenso behandelt wie moderne Filme, doch auch wirkliche Vampire wie John George Haigh oder Fritz Haarmann.

Mit dieser Ausgabe liegt Coppers Werk erstmals ungekürzt auf Deutsch vor. Übersetzt von Malte S. Sembten, der das Buch auch sachkundig bearbeitet hat, enthält es außerdem einen breiten bibliographischen Anhang, einen Index mit dem Lebensdaten der erwähnten Personen sowie ein umfangreiches Nachwort von Uwe Sommerlad, der das Thema in den 1970er Jahren aufgreift, als die englische Originalausgabe erschien, und es bis heute weiterführt.

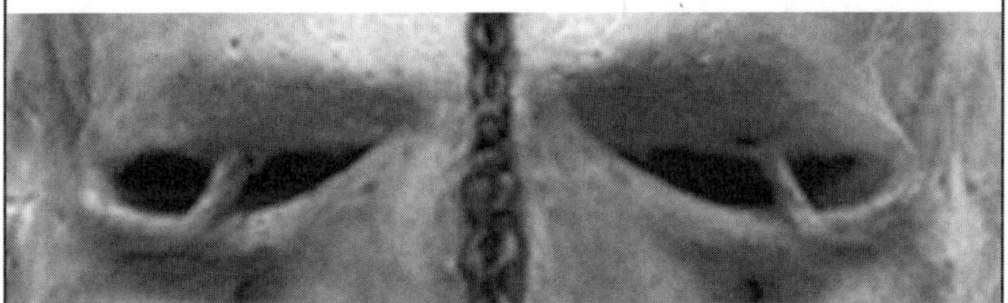

FESTA

GRAHAM MASTERTON

In den USA zählt Graham Masterton zu den Stars der Horrorszene.
Amazon.de

ISBN 3-935822-99-5
384 S., 9,90 Euro

David Williams hat den Auftrag angenommen eine verrufene Villa zu renovieren. Zusammen mit seinem kleinen Sohn Danny zieht er in das alte Gemäuer, doch bereits in der ersten Nacht werden sie von unheimlichen Geräuschen geweckt – etwas Großes und Ruheloses bewegt sich oben auf dem Dachboden.
Damit beginnt der Albtraum aber erst: Existiert das Haus tatsächlich, oder ist es nur eine Spiegelung aus der Vergangenheit oder der Zukunft? Und sind es wirklich Geister, die das Haus heimsuchen?
Bestsellerautor Graham Masterton verneigt sich mit diesem großartigen Albtraum in Prosa vor H. P. Lovecraft, dem modernen Meister des Schreckens.

Wer noch nie das Vergnügen hatte, einen Roman von Graham Masterton zu lesen, sollte mit diesem Albtraum beginnen, in dem die Toten ruhelos durch Granitehead, einem Fischerdorf an der Küste Neu-Englands, wandeln.

ISBN 3-935822-78-2
420 S., 9,90 Euro

Das Haus der Fantastik